季羡林 著

不完满才是人生

作家出版社

目　录

第一编　不完满才是人生

第四编 一个预言的实现

第一编　不完满才是人生

谈老

偶读白香山诗，读到一首《咏老赠梦得》，觉得很有意思，先把诗抄在下面：

> 与君俱老也，自问老何如。
> 眼涩夜先卧，头慵朝未梳。
> 有时扶杖出，尽日闭门居。
> 懒照新磨镜，休看小字书。
> 情于故人重，迹共少年疏。
> 惟是闲谈兴，相逢尚有余。

老，在人生中，是一件大事。佛家讲生、老、病、死，可见其地位之重要。但是对待老的态度，各个时代的人却是很不相同的。白香山是唐代人。他在这一首诗中表现出来的态度，我觉得还过得去。他是心平气和的，没有叹老嗟贫，没有见白发而心惊，睹颓颜而伤心。这在当时说已经是颇为难得的了。但是，其中也多少有一些消极的东西。比如说懒梳头，不看镜，等等。诗中也表现了他的一些心理活动，比如说"情于故人重，迹共少年疏"，这恐怕是古今之所同。我们今天常讲的代沟，不是"迹共少年疏"吗？

到了今天，人间已经换了几次，情况大大地变了。今天，古稀老人，触目皆是，谁也不觉得稀奇了。我相信，我们绝大多数都是唯物主义者，我们认为，老是自然规律，老是人生阶段之一，能达到这个阶段，就是幸福的。大家都想再多活几年，再多给人民做点事情。老以后还有一个阶段，那一个阶段也肯定会来的，这也是自然规律，谁也不会像江淹说的那样："莫不饮恨而吞声。"

至于说"迹共少年疏"，虽然是古今之所同，但是我认为不是不能挽救的。今天我们老人，还有年轻人，在我们思想中的封建的陈旧的东西恐怕是越来越少了吧，我们老人并不会认为，自己一贯正确，永远正确，"嘴上无毛，办事不牢"。我们承认自己阅历多，经验富，但也承认精力衰，容易保守。年轻人阅历浅，经验少，但是他们精力充沛，最少保守思想。将来的天下毕竟是他们的。我们老年和青年，我相信只要双方都愿意，是能谈得来的。"迹共少年疏"，会变为"迹共少年密"（平仄有点不协）的。

1985 年 6 月 17 日

4

1987 年元旦试笔

从孩提到青年，年年盼望着过年。中年以后，年年害怕过年。而今已进入老境，既不盼望，也不害怕，觉得过年也平淡得很，我的心情也平淡得如古井寂波。

但是，夜半枕上，听到外面什么地方的爆竹声，我心里不禁一震：又过年了，仿佛在古井中投下了一块小石头。今天早晨起来，心中顿有年意，我要提笔写元旦试笔了。

时间本来是无始无终的，又没有任何痕迹。人类偏偏把三百六十多天定为一年，硬在时间上刻上痕迹。这在天文学上不能说没有根据，对人类生活分上个春夏秋冬，也不无意义。你可切莫小看这个痕迹，它实际上支配着我们的生命。人的一生要计算个年龄。皇帝老子要定个年号。和尚有僧腊，今天有工龄、教龄和党龄。工龄碰巧多上几天，工资就能向上调一级。什么地方你也逃不掉这一个人为的痕迹。

我也并没有处心积虑来逃掉。我只觉得，这有点自找麻烦。

如果像原始人那样浑浑噩噩，不识不知，大概可以免掉不少麻烦：至少不会像后代文明人那样伤春悲秋，自伤老大。一切顺乎自然，心情要平静得多了。

我现在心情也平静得很，是在激烈活动后的平静。当人们意识到自己老大时，大概有两种反应：一是自伤自悲，一是认为这是自然规律，而处之泰然。我属于后者。去年一年，有几位算是老师一辈的学者离开人间，对我的心情不能说没有影响，我非常悲伤。但是，在内心深处，我认为这是自然规律，是极其平常的事情，短暂悲伤之后，立即恢复了平静，仍然兴致勃勃地活了下来。

活下来，就有希望。我希望在新的一年内，天下太平，人民康乐，我那些老师一辈的人不再匆匆离开人间，我自己也健康愉快，多做点对人民有益的工作。

1987 年元旦

新年抒怀

除夕之夜，半夜醒来，一看表，是一点半钟，心里轻轻地一颤：又过去一年了。

小的时候，总希望时光快快流逝，盼过节，盼过年，盼迅速长大成人。然而，时光却偏偏好像停滞不前，小小的心灵里溢满了忿忿不平之气。

但是，一过中年，人生之车好像是从高坡上滑下，时光流逝得像电光一般，它不饶人，不了解人的心情，愣是狂奔不已。一转眼间，"两岸猿声啼不住，轻舟已过万重山"。滑过了花甲，滑过了古稀，少数幸运者或者什么者，滑到了耄耋之年。人到了这个境界，对时光的流逝更加敏感。年轻的时候考虑问题是以年计，以月计。到了此时，是以日计，以小时计了。

我是一个幸运者或者什么者，眼前正处在耄耋之年。我的心情不同于青年，也不同于中年，纷纭万端，绝不是三两句就能说清楚的。我自己也理不出一个头绪来。

过去的一年，可以说是我一生最辉煌的年份之一。求全之毁根本没有，不虞之誉却多得不得了，压到我身上，使我无法消化，使我感到沉重。有一些称号，初戴到头上时，自己都感到吃惊，感到很不习惯。就在除夕的前一天，也就是前天，在解放后第一次全国性的国家图书奖会议上，在改革开放以来十几年的，包括文理法农工医，以及军事等等方面的九万多种图书中，在中宣部和财政部的关怀和新闻出版署的直接领导下，经过全国七十多位专家的认真细致的评审，共评出国家图书奖四十五种。只要看一看这个比例数字，就能够了解获奖之困难。我自始至终参加了评选工作。至于自己同获奖有份，一开始时，我连做梦都没有梦到。然而结果我却有两部书获奖。在小组会上，我曾要求撤出我那一本书，评委不同意。我只能以不投自己的票来处理此事。对这个结果，要说自己不高兴，那是矫情，那是虚伪，为我所不取。我更多地感觉到的是惶恐不安，感觉到惭愧。许多非常有价值的图书，由于种种原因，没能评上，自己却一再滥竽。这也算是一种机遇，也是一种幸运吧。我在这里还要补上一句：在旧年的最后一天的《光明日报》上，我读到老友邓广铭教授对我的评价，我也是既感且愧。

　　我过去曾多次说到，自己向无大志，我的志是一步步提高的，有如水涨船高。自己绝非什么天才，我自己评估是一个中人之才。如果自己身上还有什么可取之处的话，那就是，自己是勤奋的，这一点差堪自慰。我是一个富于感情的人，是一个自知之明超过需要的人，是一个思维不懒惰、脑筋永远不停地转动的人。我得利之处，恐怕也在这里。过去一年中，在我走的道路上，撒满了玫瑰花；到处是笑脸，到处是赞誉。我成为一个"很可接触者"。要了解我过去一年的心情，必须把我的处境同我的性格，同我内心的感情联系在一起。

现在写"新年抒怀"，我的"怀"，也就是我的心情，在过去一年我的心情是什么样子的呢？

首先是，我并没有被鲜花和赞誉冲昏了头脑，我的头脑是颇为清醒的。一位年轻的朋友说，我似乎忘记了自己的年龄。这只是一个表面现象。尽管从表面上来看，我似乎是朝气蓬勃，在学术上野心勃勃，我揽的工作远远超过一个耄耋老人所能承担的，我每天的工作量在同辈人中恐怕也居上乘。但是我没有忘乎所以，我并没有忘记自己的年龄。在友朋欢笑之中，在家庭聚乐之中，在灯红酒绿之时，在奖誉纷至沓来之时，我满面含笑，心旷神怡，却蓦地会在心灵中一闪念："这一出戏快结束了！"我像撞客的人一样，这一闪念紧紧跟随着我，我摆脱不掉。

是我怕死吗？不，不，绝不是的。我曾多次讲过：我的性命本应该在"十年浩劫"中结束的。在比一根头发丝还细的偶然性中，我侥幸活了下来。从那以后，我所有的寿命都是白捡来的；多活一天，也算是"赚"了。而且对于死，我近来也已形成了一套完整的看法："应尽便须尽，无复独多虑。"死是自然规律，谁也违抗不得。用不着自己操心，操心也无用。

那么我那种快煞戏的想法是怎样来的呢？记得在大学读书时，读过俞平伯先生的一篇散文：《重过西园码头》，时隔六十余年，至今记忆犹新。其中有一句话："从现在起我们要仔仔细细地过日子了。"这就说明，过去日子过得不仔细，甚至太马虎。俞平伯先生这样，别的人也是这样，我当然也不例外。日子当前，总过得马虎。时间一过，回忆又复甜蜜。纳兰词中有一句话，"当时只道是寻常"，真是千古名句，道出了人们的这种心情。我希望，现在能够把当前的日子过得仔细一点，认为不寻常一点。特别是在走上了人生最后一段路程时，更应该这样。因此，我的快煞戏的感觉，完全是积极的，没有消极的东西，更与怕死没有牵连。

在这样的心情的指导下，我想得很多很多，我想到了很多的人。首先是想到了老朋友，清华时代的老朋友胡乔木，最近几年曾几次对我说，他要想看一看年轻时候的老朋友。他说："见一面少一面了！"初听时，我还觉得他过于感伤。后来逐渐品味出他这一句话的分量。可惜他前年就离开了我们，走了。去年我用实际行动响应了他的话。我邀请了六七位有五六十年友谊的老友聚了一次。大家都白发苍苍了，但都兴致淋漓。我认为自己干了一件好事。我哪里会想到，参加聚会的吴组缃现已病卧医院中。我听了心中一阵颤动。今天元旦，我潜心默祷，祝他早日康复，参加我今年准备的聚会。没有参加聚会的老友还有几位。我都一一想到了，我在这里也为他们的健康长寿祷祝。

我想到的不只有老年朋友，年轻的朋友，包括我的第一代、第二代、第三代的学生，无论是在国内，还是在国外，我也都一一想到了。我最近颇接触了一些青年学生，我认为他们是我的小友。不知道为什么我对这一群小友的感情越来越深，几乎可以同我的年龄成正比。他们朝气蓬勃，前程似锦。我发现他们是动脑筋的一代，他们思考着许许多多的问题，淳朴，直爽，处处感动着我。俗话说："长江后浪推前浪，世上新人换旧人。"我们祖国的希望和前途就寄托在他们身上，全人类的希望和前途也寄托在他们身上。对待这一批青年，唯一正确的做法是理解与爱护，诱导与教育，同时还要向他们学习。这是就公而言。在私的方面，我同这些生龙活虎般的青年们在一起，他们身上那一股朝气，充盈洋溢，仿佛能冲刷掉我身上这一股暮气，我顿时觉得自己年轻了若干年。同青年们接触真能延长我的寿命。古诗说："服食求神仙，多为药所误。"我一不服食，二不求神。青年学生就是我的药石，就是我的神仙。我企图延长寿命，并不是为了想多吃人间几千顿饭。我现在吃的饭并不特别好吃，多吃若干顿饭是毫无意义的。我现在计划要做的学术工作还很多，好像一个人在日落西山的时分，前面还有颇长的路要走。我现在只希望多活上几年，再多走几程路，在学术上再多做点工作，如此而已。

在家庭中，我这种煞戏的感觉更加浓烈。原因也很简单，必然是因为我认为这一出戏很有看头，才不希望它立刻就煞，因而才有这种浓烈的感觉。如果我认为这一出戏不值一看，它煞不煞与己无干，淡然处之，这种感觉从何而来？过去几年，我们家屡遭大故。老祖离开我们，走了。女儿也先我而去。这在我的感情上留下了永远无法弥补的伤痕。尽管如此，我仍然有一个温馨的家。我的老伴、儿子和外孙媳妇仍然在我的周围。我们和睦相处，相亲相敬。每一个人都是一个最可爱的人。除了人以外，家庭成员还有两只波斯猫，一只顽皮，一只温顺，也都是最可爱的猫。家庭的空气怡然，盎然。可是，前不久，老伴突患脑溢血，住进医院。在她没病的时候，她已经不良于行，整天坐在床上。我们平常没有多少话好说。可是我每天从大图书馆走回家来，好像总嫌路长，希望早一点到家。到了家里，在破藤椅上一坐，两只波斯猫立即跳到我的怀里，让我搂它们睡觉。我也眯上眼睛，小憩一会儿。睁眼就看到从窗外流进来的阳光，在地毯上流成一条光带，慢慢地移动。在百静中，万念俱息，怡然自得。此乐实不足为外人道也。然而老伴却突然病倒了。在那些严重的日子里，我从大图书馆走回家来，在下意识中，总嫌路太短，我希望它长，更长，让我永远走不到家。家里缺少一个虽然坐在床上不说话却散发着光与热的人。我感到冷清，我感到寂寞，我不想进这个家门。在这样的情况下，我心里就更加频繁地出现那一句话："这一出戏快煞戏了！"但是，就目前的情况来看，老伴虽然仍然住在医院里，病情已经有了好转。我在盼望着，她能很快回到家来，家里再有一个虽然不说话但却能发光发热的人，使我再能静悄悄地享受沉静之美，让这一出早晚要煞戏的戏再继续下去演上几幕。

按世俗的算法，从今天起，我已经达到八十三岁的高龄了，几乎快到一个世纪了。我虽然不爱出游，但也到过三十个国家，应该说是见多识广。在国内将近半个世纪，经历过峰回路转，经历过柳暗花明，快乐与苦难并列，顺利与打击杂陈。我脑袋里的回忆太多了，过于多了。眼前的工作又是头绪万端，谁也说不清我究竟有多少名誉职称，说是打破纪录，也不见得是夸大。但是，在精神上和身体上的负担太重了，我真有点承受不住了。尽管正如我上面所说的，我一不悲观，二不厌世，可是我真想休息了。古人说："大块劳我以生，息我以死。"德国伟大诗人歌德晚年有一首脍炙人口的诗，最后一句是 ruhst du auch（你也休息），仿佛也表达了我的心情，我真想休息一下了。

心情是心情，活还是要活下去的。自己身后的道路越来越长，眼前的道路越来越短，因此前面剩下的这短短的道路，更弥加珍贵。我现在过日子是以天计，以小时计。每一天每一个小时都是可贵的。我希望真正能够仔仔细细地过，认认真真地过，细细品味每一分钟每一秒钟，我认为每一分每一秒都不"寻常"。我希望千万不要等到以后再感到"当时只道是寻常"，空吃后悔药，徒唤奈何。对待自己是这样，对待别人，也是这样。我希望尽上自己最大的努力，使我的老朋友，我的小朋友，我的年轻的学生，当然也有我的家人，都能得到愉快。我也绝不会忘掉自己的祖国。只要我能为她做到的事情，不管多么微末，我一定竭尽全力去做。只有这样，我心里才能获得宁静，才能获得安慰。"这一出戏就要煞戏了"，它愿意什么时候煞，就什么时候煞吧。

现在正是严冬。室内春意融融，窗外万里冰封。正对着窗子的那一棵玉兰花，现在枝干光秃秃的一点生气都没有。但是枯枝上长出的骨朵却象征着生命，蕴含着希望。花朵正蜷缩在骨朵内心里，春天一到，东风一吹，会立即绽开白玉似的花。池塘里，眼前只有残留的枯叶在寒风中在层冰上摇曳。但是，我也知道，只等春天一到，坚冰立即化为粼粼的春水。现在蜷缩在黑泥中的叶子和花朵，在春天和夏天里都会蹿出水面。在春天里，"莲叶何田田"。到了夏天，"接天莲叶无穷碧，映日荷花别样红"。那将是何等光华烂漫的景色啊。"既然冬天到了，春天还会远吗？"我现在一方面脑筋里仍然会不时闪过一个念头，"这一出戏快煞戏了"，这丝毫也不含糊；但是，另一方面我又觉得这一出戏的高潮还没有到，恐怕在煞戏前的那一刹那才是真正的高潮，这一点也绝不含糊。

1994 年 1 月 1 日

1995 年元旦抒怀

——求仁而得仁，又何怨！

是不是自己的神经出了点毛病？最近几年以来，心里总想成为一个悲剧性人物。

六十年前，我在清华大学念书的时候，有一门课叫作"当代长篇小说"。英国老师共指定了五部书，都是当时在世界上最流行的，像今天名震遐迩的乔伊斯的《尤利西斯》和普鲁斯特的《追忆逝水年华》都包括在里面。这些书我都似懂非懂地读过了，考试及格了，便一股脑儿还给了老师，脑中一片空白，连故事的影子都没有了。

独独有一部书是例外，这就是英国作家哈代的 *The Return of the Native*（《还乡》）。但也只记住了一个母亲的一句话："我是一个被儿子遗弃了的老婆子！"我觉得这个母亲的处境又可怜，又可羡。怜容易懂，羡又从何来呢？人生走到这个地步，也并不容易。在人生的道路上，每一个人都是孤独的旅客。与其舒舒服服，懵懵懂懂活一辈子，倒不如品尝一点不平常的滋味，似苦而实甜。

我这种心情有点变态，但我这个人是十分正常的。这大概同我当时的处境有关。离别了八年以后，我最爱的母亲突然离开了人世，走了。这对我是一个空前绝后的打击。我从遥远的故都奔丧回家。我真想取掉自己的生命，追陪母亲于地下。我们家住在村外，家中只有母亲一人。现在人去屋空。我每天在村内二大爷家吃过晚饭，在薄暮中拖着沉重的步子，踽踽独行，走回家来。大坑里的水闪着白光。柴门外卧着一团黑乎乎的东西，是陪伴母亲度过晚年的那一条狗。现在女主人一走，没人喂食。它白天到村内不知谁家蹭上一顿饭（也许根本蹭不上），晚上仍然回家，守卫着柴门，绝不离开半步。它见了我，摇一摇尾巴，跟我走进院子。屋中正中停着母亲的棺材，里屋就是我一个人睡的土炕。此时此刻，万籁俱寂，只有这一条狗，陪伴着我，为母亲守灵。我心如刀割，抱起狗来，亲它的嘴，久久不能放下。人生至死，天道宁论！在茫茫宇宙间，仿佛只剩下我和这一条狗了。

是我遗弃了母亲吗？不能说不是：你为什么竟在八年的长时间中不回家看一看母亲呢？不管什么理由，都是说不通的，我万死不能辞其咎。哈代小说中的母亲，同我母亲的情况是完全不一样的。然而其结果是相同或者至少是相似的。我母亲不知多少次倚间望子，不知多少次在梦中见儿子，然而一切枉然，终于含恨地离去了。

我幻想成为一个悲剧性的人物，是不是与此有些关联呢？恐怕是有的。在我灵魂深处，我对母亲之死抱终天之恨，没有任何仙丹妙药能使它消泯。今生今世，我必须背负着这个十字架，我绝不会再有什么任何形式的幸福生活。我不是一个悲剧性的人物又是什么呢？

然而我最近梦寐以求的悲剧性，又绝非如此简单，我心目中的悲剧，绝不是人世中的小恩小怨、小仇小恨。这些能够激起人们的同情与怜恤、慨叹与忧思的悲剧，不是我所想象的那种悲剧。我期望的究竟是什么样的悲剧呢？我好像一时也说不清楚。我大概期望的是类似能"净化"人们的灵魂的古希腊悲剧。相隔上万里，相距数千年，得到它又谈何容易啊！

然而我却于最近于无意中得之，岂不快哉！岂不快哉！这里面当然也有遗弃之类的问题。但并不是自己被遗弃，而是自己遗弃了别人。自己怎么会遗弃别人呢？不说也罢。总之，在我家庭中，老祖走了，德华走了，我的女儿婉如也走了。现在就剩下了我一个孤家寡人，赤条条来去无牵挂了。成为一个悲剧性的人物，条件都已具备，只待东方风了。

孔子曰：求仁而得仁，又何怨！

1995 年 1 月 2 日

16

我们面对的现实

我们面对的现实，多种多样，很难一一列举。现在我只谈两个：第一，生活的现实；第二，学术研究的现实。

一、生活的现实

生活，人人都有生活，它几乎是一个广阔无垠的概念。在家中，天天开门七件事：柴、米、油、盐、酱、醋、茶，人人都必须有的，这且不表。要处理好家庭成员的关系，不在话下。在社会上，就有了很大的区别。当官的，要为人民服务，当然也盼指日高升。大款们另有一番风光，炒股票、玩期货，一夜之间成了暴发户，腰缠十万贯，"春风得意马蹄疾，一日看遍长安花"。当然，一旦破了产，跳楼自杀，有时也在所难免。我辈书生，青灯黄卷，兀兀穷年，有时还得爬点格子，以济工资之穷。至于引车卖浆者流，只有拼命干活，才得糊口。

这都是我们必须面对的生活。我们必须黾勉从事，过好这个日子（生活），自不待言。

但是，如果我们把眼光放远一点，把思虑再深化一点，想一想全人类的生活，你感觉到危险性了没有？也许有人感到，我们这个小小寰球并不安全。有时会有地震，有时会有天灾，刀兵水火，疾病灾殃，说不定什么时候就会驾临你的头上，躲不胜躲，防不胜防。对策只有一个：顺其自然，尽上人事。

如果再把眼光放得更远，让思虑钻得更深，则眼前到处是看不见的陷阱。我自己也曾幼稚过一阵。我读东坡《前赤壁赋》："唯江上之清风，与山间之明月，耳得之而为声，目遇之而成色。取之不尽，用之不竭。是造物者之无尽藏也，而我与子之所共适。"我深信苏子讲的句句是真理。然而，到了今天，江上之风还清吗？山间之月还明吗？谁都知道，由于大气的污染，风早已不清，月早已不明了。与此有联系的还有生态平衡的破坏，动植物品种的灭绝，新疾病的不断出现，人口的爆炸，臭氧层出了洞，自然资源——其中包括水——的枯竭，如此等等，不一而足。我们人类实际上已经到了"盲人骑瞎马，夜半临深池"的地步。令人吃惊的是，虽然有人已经注意到了这个现象，但并没有提高到与人类生存前途挂钩的水平，仍然只是头痛治头，脚痛治脚。还有人幻想用西方的"科学"来解救这一场危机。我认为，这是不太可能的，这一场灾难主要就是西方"征服自然"的"科学"造成的。西方科学优秀之处，必须继承，但是必须从根本上，从思想上，解决问题，以东方的"民胞物与"的"天人合一"的思想济西方"科学"之穷。人类前途，庶几有望。

二、学术研究的现实

对我辈知识分子来说，除了生活的现实之外，还有一个学术研究的现实。我在这里重点讲人文社会科学，因为我自己是搞这一行的。

文史之学，中国和欧洲都已有很长的历史。因两处具体历史情况不同，所以发展过程不尽相同。但是总的研究对象和研究方法多有相通之处，对象大都是古典文献。就中国而论，由于字体屡变，先秦典籍的传抄工作不能不受到影响。但是，读书必先识字，此《说文解字》之所以必做也。新材料的出现，多属偶然。地下材料，最初是"地不爱宝"，它自己把材料贡献出来的，有目的有意识的发掘工作是后来兴起的。盗墓者当然是例外。至于社会调查，古代不能说没有，采风就是调查形式之一。有计划有组织有目的的社会调查工作，也是晚起的，恐怕还是多少受了点西方的影响。

古代文史工作者用力最勤的是记诵之学。在科举时代，一个举子必须能背《四书》《五经》，这是起码的条件。否则连秀才也当不上，遑论进士！扩而大之，要背诵十三经，有时还要连上注疏。至于传说有人能倒背十三经，对于我至今还是个谜，一本书能倒背吗？背了有什么用处呢？

社会不断前进，先出了一些类似后来索引的东西，系统的科学的索引，出现最晚，恐怕也是受西方的影响，有人称之为"引得"（index），显然是舶来品。

但是，不管有没有索引，索引详细不详细，我们研究一个题目，总要先积累资料，而积累资料，靠记诵也好，靠索引也好，都是十分麻烦、十分困难的。有时候穷年累月，滴水穿石，才能勉强凑足够写一篇论文的资料，有一些资料可能还是可遇而不可求的。写文章之难真是难于上青天。

然而，石破天惊，电脑出现了，许多古代典籍逐渐输入电脑了，不用一举手一投足之劳，只需发一命令，则所需的资料立即呈现在你的眼前，一无遗漏。岂不痛快也哉！

这就是眼前我们面对的学术现实。最重要最困难的搜集资料工作解决了，岂不是人人皆可以为大学者了吗？难道我们还不能把枕头垫得高高的"高枕无忧"了吗？

我说："且慢！且慢！我们的任务还并不轻松！"我们面临这一场大的转折，先要调整心态。对电脑赐给我们的资料，要加倍细致地予以分析使用。还有没有输入电脑的书，仍然需要我们去翻检。

1997 年 4 月 13 日

满招损谦受益

这本来是中国一句老话，来源极古，《尚书·大禹谟》中已经有了，以后历代引用不辍，一直到今天，还经常挂在人们的嘴上。可见此话道出了一个真理，经过将近三千年的检验，益见其真实可靠。

这话适用于干一切工作的人，做学问何独不然？可是，怎样来解释呢？

根据我自己的思考与分析，满（自满）只有一种：真。假自满者，未之有也。吹牛皮，说大话，那不是自满，而是骗人。谦（谦虚）却有两种，一真一假。假谦虚的例子，真可以说是俯拾即是，故作谦虚状者，比比皆是。中国人的"菲酌""拙作"之类的词张嘴即出。什么"指正""斧正""哂正"之类的送人自己著作的谦辞，谁都知道是假的，然而谁也必须这样写。这种谦辞已经深入骨髓，不给任何人留下任何印象。日本人赠人礼品，自称"粗品"者，也属于这一类。这种虚伪的谦虚不会使任何人受益。西方人无论如何也是不能理解的。为什么拿"菲酌"而不拿盛宴来宴请客人？为什么拿"粗品"而不拿精品送给别人？对西方人简直是一个谜。

我们要的是真正的谦虚，做学问更是如此。如果一个学者，不管是年轻的，还是中年的、老年的，觉得自己的学问已经够大了，没有必要再进行学习了，他就不会再有进步。事实上，不管你搞哪一门学问，绝不会有搞得完全彻底一点问题也不留的。人即使能活上一千年，也是办不到的。因此，在做学问上谦虚，不但表示这个人有道德，也表示这个人是实事求是的。听说康有为说过，他年届三十，天下学问即已学光。仅此一端，就可以证明康有为不懂什么叫学问。现在有人尊他为"国学大师"，我认为是可笑的。他至多只能算是一个革新家。

在当今中国的学坛上，自视甚高者，所在皆是；而真正虚怀若谷者，则绝无仅有。我不认为这是一个好现象。有不少年轻的学者，写过几篇论文，出过几册专著，就傲气凌人。这不利于他们的进步，也不利于中国学术前途的发展。

我自己怎样呢？我总觉得自己不行。我常常讲，我是样样通，样样松。我一生勤奋不辍，天天都在读书写文章，但一遇到一个必须深入或更深入钻研的问题，就觉得自己知识不够，有时候不得不临时抱佛脚。人们都承认，自知之明极难；有时候，我却觉得，自己的"自知之明"过了头，不是虚心，而是心虚了。因此，我从来没有觉得自满过。这当然可以说是一个好现象。但是，我又遇到了极大的矛盾：我觉得真正行的人也如凤毛麟角。我总觉得，好多学人不够勤奋，天天虚度光阴。我经常处在这种心理矛盾中。别人对我的赞誉，我非常感激；但是，我并没有被这些赞誉冲昏了头脑，我头脑是清楚的。我只劝大家，不要全信那一些对我赞誉的话，特别是那些顶高得惊人的帽子，我更是受之有愧。

1997 年

长寿之道

我已经到了望九之年，可谓长寿矣。因此经常有人向我询问长寿之道，养生之术。

我敬谨答曰："养生无术是有术。"

这话看似深奥，其实极为简单明了。我有两个朋友，十分重视养生之道。每天锻炼身体，至少要练上两个钟头。曹操诗曰："对酒当歌，人生几何？"人生不过百年，每天费上两个钟头，统计起来，要有多少钟头啊！利用这些钟头，能做多少事情呀！如果真有用，也还罢了。他们二人，一个先我而走，一个卧病在家，不能出门。

因此，我首创了"三不主义"：不锻炼、不挑食、不嘀咕，名闻全国。

我这个"三不主义"，容易招误会，我现在利用这个机会解释一下。我并不绝对反对适当的体育锻炼，但不要过头。一个人如果天天望长寿如大旱之望云霓，而又绝对相信体育锻炼，则此人心态恐怕有点失常，反不如顺其自然为佳。

至于不挑食，其心态与上面相似。常见有人年才逾不惑，就开始挑食，蛋黄不吃，动物内脏不吃，每到吃饭，战战兢兢，如履薄冰，窘态可掬，看了令人失笑。以这种心态而欲求长寿，岂非南辕而北辙！

我个人认为，第三点最为重要。对什么事情都不嘀嘀咕咕，心胸开朗，乐观愉快，吃也吃得下，睡也睡得着，有问题则设法解决之，有困难则努力克服之，绝不视芝麻绿豆大的窘境如苏迷庐山般大，也绝不毫无原则随遇而安，绝不玩世不恭。"应尽便须尽，无复独多虑。"有这样的心境，焉能不健康长寿？

我现在还想补充一点，很重要的一点。根据我个人七八十年的经验，一个人绝不能让自己的脑筋投闲置散，要经常让脑筋活动着。根据外国一些科学家实验结果，"用脑伤神"的旧说法已经不能成立，应改为"用脑长寿"。人的衰老主要是脑细胞的死亡。中老年人的脑细胞虽然天天死亡，但人一生中所启用的脑细胞只占细胞总量的四分之一，而且在活动的情况下，每天还有新的脑细胞产生。只要脑筋的活动不停止，新生细胞比死亡细胞数目还要多。勤于动脑筋，则能经常保持脑中血液的流通状态，而且能通过脑筋协调控制全身的功能。

我过去经常说："不要让脑筋闲着。"我就是这样做的。结果是有人说我"身轻如燕，健步如飞"。这话有点过了头，反正我比同年龄人要好些，这却是真的。原来我并没有什么科学根据，只能算是一种朴素的直觉。现在读报纸，得到了上面认识。在沾沾自喜之余，谨作补充如上。

这就是我的"长寿之道"。

1997 年 10 月 29 日

爱情

一

人们常说，爱情是文艺创作的永恒主题。不同意这个意见的人，恐怕是不多的。爱情同时也是人生不可缺少的东西。即使后来出家当了和尚，与爱情完全"拜拜"，在这之前也曾蹚过爱河，受过爱情的洗礼，有名的例子不必向古代去搜求，近代的苏曼殊和弘一法师就摆在眼前。

可是为什么我写《人生漫谈》已经写了三十多篇还没有碰爱情这个题目呢？难道爱情在人生中不重要吗？非也。只因它太重要，太普遍，但却又太神秘，太玄乎，我因而不敢去碰它。

中国俗话说："丑媳妇迟早要见公婆的。"我迟早也必须写关于爱情的漫谈的。现在，适逢有一个机会：我正读法国大散文家蒙田的随笔《论友谊》这一篇，里面谈到爱情。我干脆抄上几段，加以引申发挥，借他人的杯，装自己的酒，以了此一段公案。以后倘有更高更深刻的领悟，还会再写的。

蒙田说：我们不可能将爱情放在友谊的位置上。"我承认，爱情之火更活跃，更激烈，更灼热……但爱情是一种朝三暮四、变化无常的感情，它狂热冲动，时高时低，忽冷忽热，把我们系于一发之上。而友谊是一种普遍和通用的热情……再者，爱情不过是一种疯狂的欲望，越是躲避的东西越要追求……爱情一旦进入友谊阶段，也就是说，进入意愿相投的阶段，它就会衰弱和消逝。爱情是以身体的快感为目的，一旦享有了，就不复存在。"

总之，在蒙田眼中，爱情比不上友谊，不是什么好东西，我个人觉得，蒙田的话虽然说得太激烈，太偏颇，太极端，然而我们却不能不承认，它有合理的实事求是的一方面。

根据我个人的观察与思考，我觉得，世人对爱情的态度可以笼统分为两大流派：一派是现实主义，一派是理想主义。蒙田显然属于现实主义，他没有把爱情神秘化、理想化。如果他是一个诗人的话，他也绝不会像一大群理想主义的诗人那样，写出些卿卿我我，鸳鸯蝴蝶，有时候甚至拿肉麻当有趣的诗篇，令普天下的才子佳人们击节赞赏。他干净利落地直言不讳，把爱情说成是"朝三暮四、变化无常的感情"。对某一些高人雅士来说，这实在有点大煞风景，仿佛在佛头上着粪一样。

我不才，窃自附于现实主义一派。我与蒙田也有不同之处：我认为，在爱情的某一个阶段上，可能有纯真之处，否则就无法解释日本青年恋人在相爱达到最高潮时有的就双双跳入火山口中，让他们的爱情永垂不朽。

二

像这样的情况，在日本恐怕也是极少极少的，在别的国家，则未闻之也。

当然，在别的国家也并不缺少歌颂纯真爱情的诗篇、戏剧、小说，以及民间传说。莎士比亚的《罗密欧与朱丽叶》、中国的《梁山伯与祝英台》是世所周知的。谁能怀疑这种爱情的纯真呢？专就中国来说，民间类似梁祝爱情的传说，还能够举出不少来。至于"誓死不嫁"和"誓死不娶"的真实的故事，则所在多有。这样一来，爱情似乎真同蒙田的说法完全相违，纯真圣洁得不得了啦。

我在这里想分析一个有名的爱情的案例。这就是杨贵妃和唐玄宗的爱情故事，这是一个古今艳称的故事。唐代大诗人白居易的《长恨歌》歌颂的就是这一件事。你看，唐玄宗失掉了杨贵妃以后，他是多么想念，多么情深："夕殿萤飞思悄然，孤灯挑尽未成眠。"这一首歌最后两句诗是："天长地久有时尽，此恨绵绵无绝期。"写得多么动人心魄，多么令人同情，好像他们两人之间的爱情真正纯真到了无以复加的程度。但是，常识告诉我们，爱情是有排他性的，真正的爱情不容有一个第三者。可是唐玄宗怎样呢？"后宫佳丽三千人"，小老婆真够多的。即使是"三千宠爱在一身"，这"在一身"能可靠吗？白居易以唐代臣子，竟敢乱谈天子宫闱中事，这在明清是绝对办不到的。这先不去说它，白居易真正头脑简单到相信这爱情是纯真的才加以歌颂吗？抑或另有别的原因？

这些封建的爱情"俱往矣"。今天我们怎样对待爱情呢？我明人不说暗话，我是颇有点同意蒙田的意见的。中国古人说："食、色，性也。"爱情，特别是结婚，总是同"色"相联系的。家喻户晓的《西厢记》歌颂张生和莺莺的爱情，高潮竟是一幕"酬简"，也就是"以身相许"。个中消息，很值得我们参悟。

我们今天的青年怎样对待爱情呢？这我有点不大清楚，也没有什么青年人来向我这望九之年的老古董谈这类事情。据我所见所闻，那一套封建的东西早为今天的青年所扬弃。如果真有人想向我这爱情的盲人问道的话，我也可以把我的看法告诉他们的。如果一个人不想终生独身的话，他必须谈恋爱以至结婚。这是"人间正道"。但是千万别浪费过多的时间，终日卿卿我我，闹得神魂颠倒，处心积虑，不时闹点小别扭，学习不好，工作难成，最终还可能是"竹篮子打水一场空"。这真是何苦来！我并不提倡二人"一见倾心"，立即办理结婚手续。我觉得，两个人必须有一个互相了解的过程。这过程不必过长，短则半年，多则一年。余出来的时间应当用到刀刃上，搞点事业，为了个人，为了家庭，为了国家，为了世界。

三

已经写了两篇关于爱情的短文，但觉得仍然言犹未尽，现在再补写一篇。像爱情这样平凡而又神秘的东西，这样一种社会现象或心理活动，即使再将篇幅扩大十倍、二十倍、一百倍，也是写不完的。补写此篇，不过聊补前两篇的一点疏漏而已。

在旧社会实行"父母之命，媒妁之言"的办法，男女青年不必伤任何脑筋，就入了洞房。我们可以说，结婚是爱情的开始。但是，不要忘记，也有"绿叶成阴子满枝"而终于不知爱情为何物的例子，而且数目还不算太少。到了现代，实行自由恋爱了，有的时候竟成了结婚是爱情的结束。西方和当前的中国，离婚率颇为可观，就是一个具体的例证。据说，有的天主教国家教会禁止离婚。但是，不离婚并不等于爱情能继续，只不过是外表上合而不离，实际上则各寻所欢而已。

爱情既然这样神秘，相爱和结婚的机遇——用一个哲学的术语就是"偶然性"——又极其奇怪，极其突然，绝非我们个人所能掌握的。在困惑之余，东西的哲人俊士束手无策，还不如百姓有办法，他们乞灵于神话。

一讲到神话，据我个人的思考，就有中外之分。西方人创造了一个爱神，叫作 Jupiter 或 Cupid，是一个手持弓箭的童子。他的箭射中了谁，谁就坠入爱河。印度古代文化毕竟与欧洲古希腊、罗马有缘，他们也创造了一个叫作 Kāmaolliva 的爱神，也是手持弓箭，被射中者立即相爱，绝不敢有违。这个神话当然是同一来源，此不见论。

在中国，我们没有"爱神"的信仰，我们另有办法。我们创造了一个月老，他手中拿着一条红线，谁被红线拴住，不管是相距多么远，天涯海角，恍若比邻，二人必然走到一起，相爱结

婚。从前西湖有一座月老祠，有一副对联是天下闻名的："愿天下
有情人都成了眷属，是前生注定事莫错过姻缘。"多么质朴，多
么有人情味！只有对某些人来说，"前生"和"姻缘"显得有点
渺茫和神秘。可是，如果每一对夫妇都回想一下你们当初相爱和
结婚的过程的话，你能否定月老祠的这一副对联吗？

　　我自己对这副对联是无法否认的，但又找不到"科学根据"。
我倒是想忠告今天的年轻人，不妨相信一下。我对现在西方和中
国青年人的相爱和结婚的方式，无权说三道四，只是觉得不大能
接受。我自知年已望九，早已属于博物馆中的人物，我力避发九
斤老太之牢骚，但有时又如骨鲠在喉不得不一吐为快耳。

1997 年 11 月 22 日

论压力

《参考消息》今年7月3日以半版的篇幅介绍了外国学者关于压力的说法。我也正考虑这个问题，因缘和合，不免唠叨上几句。

什么叫"压力"？上述文章中说："压力是精神与身体对内在与外在事件的生理与心理反应。"下面还列了几种特性，今略。我一向认为，定义这玩意儿，除在自然科学上可能确切外，在人文社会科学上则是办不到的。上述定义我看也就行了。

是不是每一个人都有压力呢？我认为，是的。我们常说，人生就是一场拼搏，没有压力，哪来的拼搏？佛家说，生、老、病、死、苦，苦也就是压力。过去的国王、皇帝，近代外国的独裁者，无法无天，为所欲为，看上去似乎一点压力都没有。然而他们却战战兢兢，时时如临大敌，担心边患，担心宫廷政变，担心被毒害被刺杀。他们是世界上最孤独的人，压力比任何人都大。大资本家钱太多了，担心股市升降，房地产价波动，等等。至于吾辈平民老百姓，"家家有一本难念的经"，这些都是压力，谁能躲得开呢?

压力是好事还是坏事?我认为是好事。从大处来看,现在全球环境污染,生态平衡破坏,臭氧层出洞,人口爆炸,新疾病丛生等等,人们感觉到了,这当然就是压力,然而压出来却是增强忧患意识,增强防范措施,这难道不是天大的好事吗?对一般人来说,法律和其他一切合理的规章制度,都是压力。然而这些压力何等好啊!没有它,社会将会陷入混乱,人类将无法生存。这个道理极其简单明了,一说就懂。我举自己做一个例子。我不是一个没有名利思想的人——我怀疑真有这种人,过去由于一些我曾经说过的原因,表面上看起来,我似乎是淡泊名利,其实那多半是假象。但是,到了今天,我已至望九之年,名利对我已经没有什么用,用不着再争名于朝,争利于市,这方面的压力没有了。但是却来了另一方面的压力,主要来自电台采访和报刊以及友人约写文章。这对我形成颇大的压力。以写文章而论,有的我实在不愿意写,可是碍于面子,不得不应。应就是压力。于是"拨冗"苦思,往往能写出有点新意的文章。对我来说,这就是压力的好处。

压力如何排除呢?粗略来分类,压力来源可能有两类:一被动,一主动。天灾人祸,意外事件,属于被动,这种压力,无法预测,只有泰然处之,切不可杞人忧天。主动的来源于自身,自己能有所作为。我的"三不主义"的第三条是"不嘀咕",我认为,能做到遇事不嘀咕,就能排除自己造成的压力。

1998年7月8日

不完满才是人生

　　每个人都争取一个完满的人生。然而，自古及今，海内海外，一个百分之百完满的人生是没有的。所以我说，不完满才是人生。

　　关于这一点，古今的民间谚语，文人诗句，说到的很多很多。最常见的比如苏东坡的词："人有悲欢离合，月有阴晴圆缺，此事古难全。"南宋方岳（根据吴小如先生考证）诗句："不如意事常八九，可与人言无二三。"这都是我们时常引用的，脍炙人口的。类似的例子还能够举出成百上千来。

　　这种说法适用于一切人，旧社会的皇帝老爷子也包括在里面。他们君临天下，"溥天之下，莫非王土"，可以为所欲为，杀人灭族，小事一桩，按理说，他们不应该有什么不如意的事。然而，实际上，王位继承，宫廷斗争，比民间残酷万倍。他们威仪俨然地坐在宝座上，如坐针毡。虽然捏造了"龙御上宾"这种神话，他们自己也并不相信。他们想方设法以求得长生不老，他们最怕"一旦魂断，宫车晚出"。连英主如汉武帝、唐太宗之辈也不能"免俗"。汉武帝造承露金盘，妄想饮仙露以长生；唐太宗服印度婆罗门的灵药，期望借此以不死。结果，事与愿违，仍然是"龙御上宾"呜呼哀哉了。

在这些皇帝手下的大臣们，"一人之下，万人之上"，权力极大，骄纵恣肆，贪赃枉法，无所不至。在这一类人中，好东西大概极少，否则包公和海瑞等绝不会流芳千古，久垂宇宙了。可这些人到了皇帝跟前，只是一个奴才，常言道：伴君如伴虎，可见他们的日子并不好过。据说明朝的大臣上朝时在笏板上夹带一点鹤顶红，一旦皇恩浩荡，钦赐极刑，连忙用舌尖舔一点鹤顶红，立即涅槃，落得一个全尸。可见这一批人的日子也并不好过，谈不到什么完满的人生。

至于我辈平头老百姓，日子就更难过了。建国前后，不能说没有区别，可是一直到今天仍然是"不如意事常八九"。早晨在早市上被小贩"宰"了一刀；在公共汽车上被扒手割了包，踩了人一下，或者被人踩了一下，根本不会说"对不起"了，代之以对骂，或者甚至演出全武行；到了商店，难免买到假冒伪劣的商品，又得生一肚子气……谁能说，我们的人生多是完满的呢？

再说到我们这一批手无缚鸡之力的知识分子，在历史上一生中就难得过上几天好日子。只一个"考"字，就能让你谈"考"色变。"考"者，考试也。在旧社会科举时代，"千军万马独木桥"，要上进，只有科举一途，你只需读一读吴敬梓的《儒林外史》，就能淋漓尽致地了解到科举的情况。以周进和范进为代表的那一批举人进士，其窘态难道还不能让你胆战心惊，啼笑皆非吗？

现在我们运气好，得生于新社会中。然而那一个"考"字，宛如如来佛的手掌，你别想逃脱得了。幼儿园升小学，考；小学升初中，考；初中升高中，考；高中升大学，考；大学毕业想当硕士，考；硕士想当博士，考。考，考，考，变成烤，烤，烤；一直到知命之年，厄运仍然难免，现代知识分子落到这一张密而不漏的天网中，无所逃于天地之间，我们的人生还谈什么完满呢？

灾难并不限于知识分子，"人人有一本难念的经"。所以我说"不完满才是人生"。这是一个"平凡的真理"；但是真能了解其中的意义，对己对人都有好处。对己，可以不烦不躁；对人，可以互相谅解。这会大大地有利于整个社会的安定团结。

1998 年 8 月 20 日

做人与处世

一个人活在世界上，必须处理好三个关系：第一，人与大自然的关系；第二，人与人的关系，包括家庭关系在内；第三，个人心中思想与感情矛盾与平衡的关系。这三个关系，如果能处理得好，生活就能愉快；否则，生活就有苦恼。

人本来也是属于大自然范畴的。但是，人自从变成了"万物之灵"以后，就同大自然闹起独立来，有时竟成了大自然的对立面。人类的衣食住行所有的资料都取自大自然，我们向大自然索取是不可避免的，关键是，怎样去索取？索取手段不出两途：一用和平手段，一用强制手段。我个人认为，东西文化之分野，就在这里。西方对待大自然的基本态度或指导思想是"征服自然"，用一句现成的套话来说，就是用处理敌我矛盾的方法来处理人与大自然的关系。结果呢，从表面上看上去，西方人是胜利了，大自然真的被他们征服了。自从西方产业革命以后，西方人屡创奇迹。楼上楼下，电灯电话。大至宇宙飞船，小至原子，无一不出自西方"征服者"之手。

然而，大自然的容忍是有限度的，它是能报复的，它是能惩罚的。报复或惩罚的结果，人皆见之，比如环境污染，生态失衡，臭氧层出洞，物种灭绝，人口爆炸，淡水资源匮乏，新疾病产生，如此等等，不一而足。这些弊端中哪一项不解决都能影响人类生存的前途。我并非危言耸听，现在全世界人民和政府都高呼环保，并采取措施。古人说："失之东隅，收之桑榆。"犹未为晚。

中国或者东方对待大自然的态度或哲学基础是"天人合一"。宋人张载说得最简明扼要："民吾同胞，物吾与也。""与"的意思是伙伴。我们把大自然看作伙伴。可惜我们的行为没能跟上。在某种程度上，也采取了"征服自然"的办法，结果也受到了大自然的报复。前不久南北的大洪水不是很能发人深省吗？

至于人与人的关系，我的想法是：对待一切善良的人，不管是家属，还是朋友，都应该有一个两字箴言：一曰真，二曰忍。真者，以真情实意相待，不允许弄虚作假。对待坏人，则另当别论。忍者，相互容忍也。日子久了，难免有点磕磕碰碰。在这时候，头脑清醒的一方应该能够容忍。如果双方都不冷静，必致因小失大，后果不堪设想。唐朝张公艺的"百忍"是历史上有名的例子。

至于个人心中思想感情的矛盾，则多半起于私心杂念。解之之方，唯有消灭私心，学习诸葛亮的"淡泊以明志，宁静以致远"，庶几近之。

1998 年 11 月 17 日

成功

　　什么叫成功？顺手拿来一本《现代汉语词典》，上面写道："成功：获得预期的结果。"言简意赅，明白之至。

　　但是，谈到"预期"，则错综复杂，纷纭混乱。人人每时每刻每日每月都有大小不同的预期，有的成功，有的失败，总之是无法界定，也无法分类，我们不去谈它。

　　我在这里只谈成功，特别是成功之道。这又是一个极大的题目，我却只是小做。积七八十年之经验，我得到了下面这个公式：

　　　天资 + 勤奋 + 机遇 = 成功

　　"天资"，我本来想用"天才"；但天才是个稀见现象，其中不少是"偏才"，所以我弃而不用，改用"天资"，大家一看就明白。这个公式实在是过分简单化了，但其中的含义是清楚的。搞得太烦琐，反而不容易说清楚。

谈到天资，首先必须承认，人与人之间天资是不相同的，这是一个事实，谁也否定不掉。"十年浩劫"中，自命天才的人居然号召大批天才，葫芦里卖的是什么药，至今不解。到了今天，学术界和文艺界自命天才的人颇不稀见，我除了羡慕这些人"自我感觉过分良好"外，不敢赞一词。对于自己的天资，我看，还是客观一点好，实事求是一点好。

至于勤奋，一向为古人所赞扬。囊萤、映雪、悬梁、刺股等故事流传了千百年，家喻户晓。韩文公的"焚膏油以继晷，恒兀兀以穷年"，更为读书人所向往。如果不勤奋，则天资再高也毫无用处。事理至明，无待饶舌。

谈到机遇，往往为人所忽视。它其实是存在的，而且有时候影响极大。就以我自己为例，如果清华不派我到德国去留学，则我的一生完全不会像现在这个样子。

把成功的三个条件拿来分析一下，天资是由"天"来决定的，我们无能为力。机遇是不期而来的，我们也无能为力。只有勤奋一项完全是我们自己决定的，我们必须在这一项上狠下功夫。在这里，古人的教导也多得很。还是先举韩文公。他说："业精于勤荒于嬉，行成于思毁于随。"这两句话是大家都熟悉的。

王静安在《人间词话》中说："古今之成大事业大学问者必经过三种之境界。'昨夜西风凋碧树，独上高楼，望尽天涯路。'此第一境也。'衣带渐宽终不悔，为伊消得人憔悴。'此第二境也。'众里寻他千百度，蓦然回首，那人却在，灯火阑珊处。'此第三境也。"静安先生第一境写的是预期，第二境写的是勤奋，第三境写的是成功。其中没有写天资和机遇。我不敢说，这是他的疏漏，因为写的角度不同。但是，我认为，补上天资与机遇，似更为全面。我希望，大家都能拿出"衣带渐宽终不悔"的精神来从事做学问或干事业，这是成功的必由之路。

2000 年 1 月 7 日

知足知不足

　　曾见冰心老人为别人题座右铭："知足知不足，有为有不为。"言简意赅，寻味无穷。特写短文两篇，稍加诠释。先讲"知足知不足"。

　　中国有一句老话："知足常乐。"为大家所遵奉。什么叫"知足"呢？还是先查一下字典吧！《现代汉语词典》说："知足是指满足于已经得到的（指生活、愿望等）。"如果每个人都能满足于已经得到的东西，则社会必能安定，天下必能太平，这个道理是显而易见的。可是社会上总会有一些人不安分守己，癞蛤蟆想吃天鹅肉。这样的人往往要栽大跟头的。对他们来说，"知足常乐"这句话就成了灵丹妙药。

　　但是，知足或者不知足也要分场合的。在旧社会，穷人吃草根树皮，阔人吃燕窝鱼翅。在这样的场合下，你劝穷人知足，能劝得动吗？正相反，应当鼓励他们不能知足，要起来斗争。这样的不知足是正当的，是有重大意义的，它能伸张社会正义，能推动人类社会前进。

除了场合以外，知足还有一个"分（fèn）"的问题。什么叫"分"？笼统言之，就是适当的限度。人们常说的"安分""非分"，等等，指的就是限度。这个限度也是极难掌握的，是因人而异、因地而异的。勉强找一个标准的话，那就是"约定俗成"。我想，冰心老人之所以写这一句话，其意不过是劝人少存非分之想而已。

　　至于"知不足"，在汉文中虽然字面上相同，其含义则有差别。这里所谓"不足"，指的是"不足之处""不够完美的地方"。这句话同"自知之明"有联系。

　　自古以来，中国就有一句老话："人贵有自知之明。"这一句话暗示给我们，有自知之明并不容易，否则这一句话就用不着说了。事实上也确实如此。就拿现在来说，我所见到的人，大都自我感觉良好。专以学界而论，有的人并没有读几本书，却不知天高地厚，以天才自居，靠自己一点小聪明——这能算得上聪明吗？——狂傲恣睢，骂尽天下一切文人，大有用一管毛锥横扫六合之概，令明眼人感到既可笑、又可怜。这种人往往没有什么出息。因为，又有一句中国老话："学如逆水行舟，不进则退。"还有一句中国老话："学海无涯。"说的都是真理。但在这些人眼中，他们已经穷了学海之源，往前再没有路了，进步是没有必要的。他们除了自我欣赏之外，还能有什么出息呢？

　　古代希腊人也认为自知之明是可贵的，所以语重心长地说出了："要了解你自己。"中国同希腊相距万里，可竟说了几乎是一模一样的话，可见这些话是普遍的真理。中外几千年的思想史和科学史，也都证明了一个事实：只有知不足的人才能为人类文化做出贡献。

2001 年 2 月 21 日

有为有不为

"为"，就是"做"。应该做的事，必须去做，这就是"有为"。不应该做的事必不能做，这就是"有不为"。

在这里，关键是"应该"二字。什么叫"应该"呢？这有点像仁义的"义"字。韩愈给"义"字下的定义是"行而宜之之谓义"。"义"就是"宜"，而"宜"就是"合适"，也就是"应该"，但问题仍然没有解决。要想从哲学上、从伦理学上说清楚这个问题，恐怕要写上一篇长篇论文，甚至一部大书。我没有这个能力，也认为根本无此必要。我觉得，只要诉诸一般人都能够有的良知良能，就能分辨清是非善恶了，就能知道什么事应该做，什么事不应该做了。

中国古人说："勿以善小而不为，勿以恶小而为之。"可见善恶是有大小之别的，应该不应该也是有大小之别的，并不是都在一个水平上。什么叫大，什么叫小呢？这里也用不着烦琐的论证，只需动一动脑筋，睁开眼睛看一看社会，也就够了。

小恶、小善，在日常生活中随时可见。比如，在公共汽车上给老人和病人让座。能让，算是小善；不能让，也只能算是小恶，

45

够不上大逆不道。然而，从那些一看到有老人或病人上车就立即装出闭目养神的样子的人身上，不也能由小见大看出了社会道德的水平吗？

至于大善大恶，目前社会中也可以看到，但在历史上却看得更清楚。比如宋代的文天祥。他为元军所虏，如果他想活下去，屈膝投敌就行了，不但能活，而且还能有大官做，最多是在身后被列入"贰臣传"，"身后是非谁管得"，管那么多干吗呀。然而他却高赋《正气歌》，从容就义，留下英名万古传，至今还在激励着我们全国人民的爱国热情。

通过上面举的一个小恶的例子和一个大善的例子，我们大概对大小善和大小恶能够得到一个笼统的概念了。凡是对国家有利，对人民有利，对人类发展前途有利的事情就是大善，反之就是大恶。凡是对处理人际关系有利，对保持社会安定团结有利的事情可以称之为小善，反之就是小恶。大小之间有时难以区别，这只不过是一个大体的轮廓而已。

大小善和大小恶有时候是有联系的。俗话说："千里之堤，溃于蚁穴。"拿眼前常常提到的贪污行为而论，往往是先贪污少量的财物，心里还有点打鼓。但是，一旦得逞，尝到甜头，又没被人发现，于是胆子越来越大，贪污的数量也越来越多，终至于一发而不可收拾，最后受到法律的制裁，悔之晚矣。也有个别的识时务者，迷途知返，就是所谓浪子回头者，然而难矣哉！

我的希望很简单，我希望每个人都能有为有不为。一旦"为"错了，就毅然回头。

2001 年 2 月 23 日

我的座右铭

多少年以来，我的座右铭一直是：

纵浪大化中，不喜亦不惧。

应尽便须尽，无复独多虑。

老老实实的、朴朴素素的四句陶诗，几乎用不着任何解释。

我是怎样实行这个座右铭的呢？无非是顺其自然，随遇而安而已，没有什么奇招。

"应尽便须尽，无复独多虑。"（到了应该死的时候，你就去死，用不着左思右想）这句话应该是关键性的。但是在我几十年的风华正茂的期间内，"尽"什么的是很难想的。在这期间，我当然既走过阳关大道，也走过独木桥。即使在走独木桥时，好像路上铺的全是玫瑰花，没有荆棘。这与"尽"的距离太远太远了。

到了现在，自己已经九十多岁了。离开人生的尽头，不会太远了。我在这时候，根据座右铭的精神，处之泰然，随遇而安。我认为，这是唯一正确的态度。

我不是医生，我想贸然提出一个想法。所谓"老年忧郁症"恐怕十有八九同我上面提出的看法有关，怎样治疗这种病症呢？我本来想用"无可奉告"来答复。但是，这未免太简慢，于是改写一首打油，题曰《无题》：

人生在世一百年，

天天有些小麻烦。

最好办法是不理，

只等秋风过耳边。

时间

　　一抬头，就看到书桌上座钟的秒针在一跳一跳地向前走动。它那里一跳，我的心就一跳。孔子说："逝者如斯夫，不舍昼夜！"这里指的是水。水永远不停地流逝，让孔夫子吃惊兴叹。我的心跳，跳的是时间。水是能看得见、摸得着的。时间却是看不见、摸不着的，它的流逝你感觉不到，然而确实是在流逝。现在我眼前摆上了座钟，它的秒针一跳一跳，让我再清楚不过地看到了时间的流逝，焉能不心跳？焉能不兴叹呢？

　　远古的人大概是很幸福的。他们日出而作，日入而息，根据太阳的出没来规定自己的活动。即使能感到时间的流逝，也只在依稀隐约之间。后来，他们聪明了，根据太阳光和阴影的推移，把时间称作"光阴"。再后来，人们的聪明才智更提高了，用铜壶滴漏的办法来显示和测定时间的推移，这是用人工来抓住看不见摸不着的时间的尝试。到了近几百年，人类发明了钟表，把时间的存在与流逝清清楚楚地摆在每一个人的面前。这是人类文明进步的表现。但是，正如人们常说的那样，"有一利必有一弊"，人类成了时间的奴隶，成了手表的奴隶。现在各种各样的会极多，开会必规定时间，几点几分，不能任意伸缩。如果参加重要的会而路上偏偏赶上堵车，任你怎样焦急，怎样频频看手表，都是白搭。这不是典型的时间的奴隶又是什么呢？然而，话又说了回来，在今天头绪纷纭杂乱有章的社会里，开会不定时间，还像古人那样"日出而作，日入而息"，优哉游哉，顺帝之则，今天的社会还能运转吗？不管你愿意不愿意，成为时间的奴隶就正是文明的表现。

不管你意识到还是没有意识到，大自然还是把虚无缥缈的时间用具体的东西暗示给了人们。比如用日出日落标志出一天，用月亮的圆缺标志出一月，用四季（在印度是六季或者两季）标志出一年。农民最关心这些问题，一年二十四个节气对他们种庄稼有重要意义。在自然科学家和哲学家眼中，时间具有另外的意义。他们说，大千世界，人类万物，都生长在时间和空间内，而时间是无头无尾的，空间是无边无际的。我既不是自然科学家，也不是哲学家，对无头无尾和无边无际实在难以理解。可是不这样又能怎样呢？如果时间有了头尾，头以前尾以后又是什么呢？因此，难以理解也只得理解，此外更没有其他途径。

生与死也属于时间范畴。一般人总是把生与死绝对对立起来。但是，中国古代的道家却主张"万物方生方死"，把生与死辩证地联系在一起，而且准确无误地道出了生即是死的关系。随着座钟秒针的一跳，我自己就长了无法用言语表达出来的那么一点点儿，同时也就是向着死亡走近了那么一点点儿。不但我是这样，现在正是初夏，窗外的玉兰花、垂柳和深埋在清塘里的荷花，也都长了那么一点点儿。不久前还是冰封的湖水，现在是"风乍起，吹皱一池夏水"，波光潋滟，水色接天。岸上的垂杨，从光秃秃的枝条上逐渐长出了小叶片，一转瞬间，出现了一片鹅黄；再一转瞬，就是一片嫩绿，现在则是接近浓绿了。小山上原来是一片枯草，"一夜东风送春暖，满山开遍二月兰"。今年是二月兰的大年，山上地下，只要有空隙，二月兰必然出现在那里，座钟的秒针再跳上多少万次，二月兰即将枯萎，也就是走向暂时的死亡了。所有这些东西，都是方生方死。这是自然的规律，不可逆转的。

印度人是聪明的，他们把时间和死亡视为一物。梵文 hāla，既是"时间"，又是"死亡或死神"。《罗摩衍那》的主人公罗摩，在活了极长的时间以后，hāla 走上门来，这表示他就要死亡了。罗摩泰然处之，既不"饮恨"，也不"吞声"。他知道这是自然规律，人类是无能为力的。我们今天知道，不但人类是这样，世界上万事万物都有始有终，无一例外。"顺其自然"是最好的办法。我在这里顺便说一下，在梵文里，动词"死"的字根是 mn；但是此字不用 manati 来表示现在时，而是用被动式 mniyati（ti），这表示，印度人认为"死"是被动的，主动自杀者究属少数。

同印度人比较起来，中国人大概希望争取长生。越是有钱有势的人越希望活下去，在旧社会里生活在水深火热中的小百姓，绝不会愿意长远活下去的。而富有天下的天子则热切希望长生。中国历史上几位有名的英主，莫不如此。秦始皇和汉武帝都寻求不死之药或者仙丹什么的。连唐太宗都是服用了印度婆罗门的"仙药"而中毒身亡的。老百姓书呆子中也有寻求肉身升天的，而且连鸡犬都带了上去。我这个木头脑袋瓜真想也想不通。如果真有那么一个"天"的话，人数也不会太多。升到那里去干些什么呢？那里不会有官僚衙门，想走后门靠贿赂来谋求升官，没有这个可能。那里也不会有什么市场，什么WTO，想发财也英雄无用武之地。想打麻将，唱卡拉OK，唱几天，打几天，还是会有兴趣的，但让你一月月一年年永远打下去，你受得了吗？养鸡喂狗，永远喂下去，你也受不了。"不为无益之事，何以遣无涯之生！"无益之事天上没有。在天上待长了，你一定会自杀的。苏东坡说"起舞弄清影，何似在人间"，是有见地之言。我们还是老老实实待在人间吧。

要待在人间，就必须受时间的制约。在时间面前，人人平等。如果想不通我在上面说的那一些并不深奥的道理，时间就变成了枷锁，让你处处感到不舒服。但是，如果真想通了，则戴着枷锁跳舞反而更能增加一些意想不到的兴趣。我自认是想通了。现在照样一抬头就看到书桌上座钟的秒针一跳一跳地向前走动，但是我的心却不跳了。我觉得这是时间给我提醒儿，让我知道时间的价值。"一寸光阴不可轻"，朱子这一句诗对我这个年过九十的老头儿也是适用的。

2002 年 3 月 31 日

在病中（节选）

反躬自省

我在上面，从病源开始，写了发病的情况和治疗的过程，自己的侥幸心理，掉以轻心，自己的瞎鼓捣，以致酿成了几乎不可收拾的大患，进了三○一医院，边叙事、边抒情、边发议论、边发牢骚，一直写了一万三千多字。现在写作重点是应该换一换的时候了。换的主要枢纽是反求诸己。

三○一医院的大夫们发扬了"三高"的医风，熨平了我身上的创伤，我自己想用反躬自省的手段，熨平我自己的心灵。

我想从认识自我谈起。

每一个人都有一个自我，自我当然离自己最近，应该最容易认识。事实证明正相反，自我最不容易认识。所以古希腊人才发出了 Know thyself 的惊呼。一般的情况是，人们往往把自己的才能、学问、道德、成就等等评估过高，永远是自我感觉良好。这对自己是不利的，对社会也是有害的。许多人事纠纷和社会矛盾由此而生。

不管我自己有多少缺点与不足之处，但是认识自己我是颇能做到一些的。我经常剖析自己，想回答"自己究竟是一个什么样的人？"这样一个问题。我自信能够客观地实事求是地进行分析的。我认为，自己绝不是什么天才，绝不是什么奇才异能之士，自己只不过是一个中不溜丢的人；但也不能说是蠢材。我说不出，自己在哪一方面有什么特别的天赋。绘画和音乐我都喜欢，但都没有天赋。在中学读书时，在课堂上偷偷地给老师画像，我的同桌同学画得比我更像老师，我不得不心服。我羡慕许多同学都能拿出一手儿来，唯独我什么也拿不出。

我想在这里谈一谈我对天才的看法。在世界和中国历史上，确实有过天才；我都没能够碰到。但是，在古代，在现代，在中国，在外国，自命天才的人却层出不穷。我也曾遇到不少这样的人。他们那一副自命不凡的天才相，令人不敢向迩。别人嗤之以鼻，而这些"天才"则岿然不动，挥斥激扬，乐不可支。此种人物列入《儒林外史》是再合适不过的。我除了敬佩他们的脸皮厚之外，无话可说。我常常想，天才往往是偏才。他们大脑里一切产生智慧或灵感的构件集中在某一个点上，别的地方一概不管，这一点就是他的天才之所在。天才有时候同疯狂融在一起，画家梵高就是一个好例子。

在伦理道德方面，我的基础也不雄厚和巩固。我绝没有现在社会上认为的那样好，那样清高。在这方面，我有我的一套"理论"。我认为，人从动物群体中脱颖而出，变成了人。除了人的本质外，动物的本质也还保留了不少。一切生物的本能，即所谓"性"，都是一样的，即一要生存，二要温饱，三要发展。在这条路上，倘有障碍，必将本能地下死力排除之。根据我的观察，生物还有争胜或求胜的本能，总想压倒别的东西，一枝独秀。这种本能人当然也有。我们常讲，在世界上，争来争去，不外名、利两件事。名是为了满足求胜的本能，而利则是为了满足求生。二者联系密切，相辅相成，成为人类的公害，谁也铲除不掉。古今中外的圣人贤人们都尽过力量，而所获只能说是有限。

至于我自己，一般人的印象是，我比较淡泊名利。其实这只是一个假象，我名利之心兼而有之。只因我的环境对我有大裨益，所以才造成了这一个假象。我在四十多岁时，一个中国知识分子当时所能追求的最高荣誉，我已经全部拿到手。在学术上是中国科学院学部委员，即后来的院士。在教育界是一级教授。在政治上是全国政协委员。学术和教育我已经爬到了百尺竿头，再往上就没有什么阶梯了。我难道还想登天做神仙吗？因此，以后几十年的提升提级活动我都无权参加，只是领导而已。假如我当时是一个二级教授——在大学中这已经不低了——我一定会渴望再爬上一级的。不过，我在这里必须补充几句。即使我想再往上爬，我绝不会奔走、钻营、吹牛、拍马，只问目的，不择手段。那不是我的作风，我一辈子没有干过。

写到这里就跟一个比较抽象的理论问题挂上了钩：什么叫好人？什么叫坏人？什么叫好？什么叫坏？我没有看过伦理教科书，不知道其中有没有这样的定义。我自己悟出了一套看法，当然是极端粗浅的，甚至是原始的。我认为，一个人一生要处理好三个关系：天人关系，也就是人与大自然的关系；人人关系，也就是社会关系；个人思想和感情中矛盾和平衡的关系。处理好了，人类就能够进步，社会就能够发展。好人与坏人的问题属于社会关系。因此，我在这里专门谈社会关系，其他两个就不说了。

正确处理人与人的关系，主要是处理利害关系。每个人都有自己的利益，都关心自己的利益。而这种利益又常常会同别人有矛盾的。有了你的利益，就没有我的利益。你的利益多了，我的就会减少。怎样解决这个矛盾就成了芸芸众生最棘手的问题。

人类毕竟是有思想能思维的动物。在这种极端错综复杂的利益矛盾中，他们绝大部分人都能有分析评判的能力。至于哲学家所说的"良知"和"良能"，我说不清楚。人们能够分清是非善恶，自己处理好问题。在这里无非有两种态度，既考虑自己的利益，为自己着想，也考虑别人的利益，为别人着想。极少数人只考虑自己的利益，而又以残暴的手段攫取别人的利益者，是为害群之马，国家必绳之以法，以保证社会的安定团结。

这也是衡量一个人好坏的基础。地球上没有天堂乐园，也没有小说中所说的"君子国"。对一般人民的道德水平不要提出过高的要求。一个人除了为自己着想外能为别人着想的水平达到百分之六十，他就算是一个好人。水平越高，当然越好。那样高的水平恐怕只有少数人能达到了。

大概由于我水平太低，我不大敢同意"毫不利己，专门利人"这种提法，一个"毫不"，再加上一个"专门"，把话说得满到不能再满的程度。试问天下人有几个人能做到？提这个口号的人怎样呢？这种口号只能吓唬人，叫人望而却步，绝起不到提高人们道德水平的作用。

至于我自己，我是一个谨小慎微、性格内向的人。考虑问题有时候细入毫发。我考虑别人的利益，为别人着想，我自认能达到百分之六十。我只能把自己划归好人一类。我过去犯过许多错误，伤害了一些人。但那绝不是有意为之，是为我的水平低修养不够所支配的。在这里，我还必须再做一下老王，自我吹嘘一番。在大是大非问题前面，我会一反谨小慎微的本性，挺身而出，完全不计个人利害。我觉得，这是我身上的亮点，颇值得骄傲的。总之，我给自己的评价是：一个平平常常的好人，但不是一个不讲原则的滥好人。

现在我想重点谈一谈对自己当前处境的反思。

我生长在鲁西北贫困地区一个僻远的小村庄里。晚年，一个幼年时的伙伴对我说："你们家连贫农都够不上！"在家六年，几乎不知肉味，平常吃的是红高粱饼子，白馒头只有大奶奶给吃过。没有钱买盐，只能从盐碱地里挖土煮水腌咸菜。母亲一字不识，一辈子季赵氏，连个名都没有捞上。

我现在一闭眼就看到一个小男孩，在夏天里浑身上下一丝不挂，滚在黄土地里，然后跳入浑浊的小河里去冲洗。再滚，再冲；再冲，再滚。

"难道这就是我吗？"

"不错，这就是你！"

六岁那年，我从那个小村庄里走出，走向通都大邑，一走就走了将近九十年。我走过阳关大道，也跨过独木小桥。有时候歪打正着，有时候也正打歪着。坎坎坷坷，跌跌撞撞，磕磕碰碰，推推搡搡，云里，雾里。不知不觉就走到了现在的九十二岁，超过古稀之年二十多岁了。岂不大可喜哉！又岂不大可惧哉！我仿佛大梦初觉一样，糊里糊涂地成为一位名人，现在正住在三〇一医院雍容华贵的高干病房里。同我九十年前出发时的情况相比，只有李后主的"天上人间"四个字差堪比拟于万一。我不大相信这是真的。

我在上面曾经说到，名利之心，人皆有之。我这样一个平凡的人，有了点名，感到高兴，是人之常情。我只想说一句，我确实没有为了出名而去钻营。我经常说，我少无大志，中无大志，老也无大志。这都是实情。能够有点小名小利，自己也就满足了。可是现在的情况却不是这样子。已经有了几本传记，听说还有人正在写作。至于单篇的文章数量更大。其中说的当然都是好话，当然免不了大量溢美之词。别人写的传记和文章，我基本上都不看。我感谢作者，他们都是一片好心。我经常说，我没有那样好，那是对我的鞭策和鼓励。

我感到惭愧。

常言道："人怕出名猪怕壮。"一点小小的虚名竟能给我招来这样的麻烦，不身历其境者是不能理解的。麻烦是错综复杂的，我自己也理不出个头绪来。我现在，想到什么就写点什么，绝对是写不全的。首先是出席会议。有些会议同我关系实在不大，但却又非出席不行，据说这涉及会议的规格。在这一顶大帽子下面，我只能勉为其难了。其次是接待来访者，只这一项就头绪万端。老朋友的来访，什么时候都会给我带来欢悦，不在此列。我讲的是陌生人的来访，学校领导在我的大门上贴出布告：谢绝访问。但大多数人却熟视无睹，置之不理，照样大声敲门。外地来的人，其中多半是青年人，不远千里，为了某一些原因，要求见我。如见不到，他们能在门外荷塘旁等上几个小时，甚至住在校外旅店里，每天来我家附近一次。他们来的目的多种多样，但是大体上以想上北大为最多。他们慕北大之名，可惜考试未能及格。他们错认我有无穷无尽的能力和权力，能帮助自己。另外想到北京找工作的也有，想找我签个名照张相的也有。这种事情说也说不完。我家里的人告诉他们我不在家。于是我就不敢在临街的屋子里抬头，当然更不敢出门，我成了"囚徒"。其次是来信。我每天都会收到陌生人的几封信。有的也多与求学有关。有极少数的男女大孩子向我诉说思想感情方面的一些问题和困惑。据他们自己说，这些事连自己的父母都没有告诉。我读了真正是万分感动，遍体温暖。我有何德何能，竟能让纯真无邪的大孩子如此信任！据说，外面传说，我每信必复。我最初确实有这样的愿望。但是，时间和精力都有限。只好让李玉洁女士承担写回信的任务。这个任务成了德国人口中常说的"硬核桃"。其次是寄来的稿子，要我"评阅"，提意见，写序言，甚至推荐出版。其中有洋洋数十万言之作。我哪里有能力有时间读这些原稿呢？有时候往旁边一放，为新来的信件所覆盖。过了不知多少时候，原作者来信催还原稿，这却使我作了难。"只在此室中，书深不知处"了。如果原作者只有这么一本原稿，那我的罪孽可就大了。其次是要求写字的人多，求我的"墨宝"。有的是楼台名称，有的是展览会的会名，有的是书名，有的是题词，总之是花样很多。一提"墨宝"，我就汗颜。小时候确实练过字。但是，一入大学，就再没有练过书法，以后长期居住在国外，连笔墨都看不见，何来"墨宝"？现在，到了老年，忽然变成了"书法家"，竟还有人把我的"书法"拿到书展上去示众，我自己都觉得可笑！有比较老实的人，暗示给我：他们所求的不过"季羡林"三个字。这样一来，我的心反而平静了一点，下定决心：你不怕丑，我就敢写。其次是广播电台、电视台，还有一些什么台，以及一些报纸杂志编辑部的录像采访。这使我最感到麻烦。我也会说一些谎话的，但我的本性是有时嘴上没遮掩，有时说溜了嘴，在过去，你还能耍点无赖，硬不承认。今天他们人人手里都有录音机，"君子一言，驷马难追"，同他们订君子协定，答应删掉，但是，多数是原封不动，和盘端出，让你哭笑不得。上面的这一段诉苦已经够长的了，但是还远远不够，苦再诉下去，也了无意义，就此打住。

我虽然有这样多麻烦，但我并没有被麻烦压倒。我照常我行我素，做自己的工作。我一向关心国内外的学术动态。我不厌其烦地鼓励我的学生阅读国内外与自己研究工作有关的学术刊物。一般是浏览，重点必须细读。为学贵在创新。如果连国内外的新都不知道，你的新何从创起？我自己很难到大图书馆看杂志了。幸而承蒙许多学术刊物的主编不弃，定期寄赠，我才得以拜读，了解了不少当前学术研究的情况和结果，不致闭目塞听。我自己的研究工作仍然照常进行。遗憾的是，许多多年来就想研究的大题目，曾经积累过一些材料，现在拿起来一看，顿时想到自己的年龄，只能像玄奘当年那样，叹一口气说："自量气力，不复办此。"

对当前学术研究的情况，我也有自己的一套看法，仍然是顿悟式地得来的。我觉得，在过去，人文社会科学学者在进行科研工作时，最费时间的工作是搜集资料，往往穷年累月，还难以获得多大成果。现在电子计算机光盘一旦被发明，大部分古籍都已收入。不费吹灰之力，就能涸泽而渔。过去最繁重的工作成为最轻松的了。有人可能掉以轻心，我却有我的忧虑。将来的文章由于资料丰满可能越来越长，而疏漏则可能越来越多。光盘不可能把所有的文献都吸引进去，而且考古发掘还会不时有新的文献呈现出来。这些文献有时候比已有的文献还更重要，万万不能忽视的。好多人都承认，现在学术界急功近利浮躁之风已经有所抬头，剽窃就是其中最显著的表现，这应该引起人们的戒心。我在这里抄一段朱子的话，献给大家。朱子说："圣人言语，一步是一步。近来一类议论，只是跳踯。初则两三步作一步，甚则十数步作一步，又甚则千百步作一步。所以学之者皆颠狂。"（《朱子语类》一二四）愿与大家共勉力戒之。

我现在想借这个机会廓清与我有关的几个问题。

辞"国学大师"

现在在某些比较正式的文件中，在我头顶上也出现"国学大师"这一灿烂辉煌的光环。这并非无中生有，其中有一段历史渊源。

十几二十年前，中国的改革开放大见成效，经济飞速发展。文化建设方面也相应地活跃起来。有一次在还没有改建的大讲堂里开了一个什么会，专门向同学们谈国学，中华文化的一部分毕竟是保留在所谓"国学"中的。当时在主席台上共坐着五位教授，每个人都讲上一通。我是被排在第一位的，说了些什么话，现在已忘得干干净净。《人民日报》的一位资深记者是北大校友，"于无声处听惊雷"，在报上写了一篇长文《国学热悄悄在燕园兴起》。从此以后，其中四位教授，包括我在内，就被称为"国学大师"。他们三位的国学基础都比我强得多。他们对这一顶桂冠的想法如何，我不清楚。我自己被戴上了这一顶桂冠，却是浑身起鸡皮疙瘩。这情况引起了一位学者（或者别的什么"者"）的"义愤"，触动了他的特异功能，在杂志上著文说，提倡国学是对抗马克思主义。这话真是石破天惊，匪夷所思，让我目瞪口呆。一直到现在，我仍然没有想通。

说到国学基础，我从小学起就读经书、古文、诗词，对一些重要的经典著作有所涉猎。但是我对哪一部古典，哪一个作家都没有下过死功夫，因为我从来没想成为一个国学家。后来专治其他的学术，浸淫其中，乐不可支。除了尚能背诵几百首诗词和几十篇古文外，除了尚能在最大的宏观上谈一些与国学有关的自谓是"大而有当"的问题比如天人合一外，自己的国学知识并没有增加。环顾左右，朋友中国学基础胜于自己者，大有人在。在这样的情况下，我竟独占"国学大师"的尊号，岂不折煞老身（借用京剧女角词）！我连"国学小师"都不够，遑论"大师"！

为此，我在这里昭告天下：请从我头顶上把"国学大师"的桂冠摘下来。

辞学界（术）泰斗

这要分两层来讲：一个是教育界，一个是人文社会科学界。

先要弄清楚什么叫"泰斗"。泰者，泰山也；斗者，北斗也。两者都被认为是至高无上的东西。

光谈教育界。我一生做教书匠，爬格子。在国外教书十年，在国内五十七年。人们常说："没有功劳，也有苦劳。"特别是在过去几十年中，天天运动，花样翻新，总的目的就是让你不得安闲，神经时时刻刻都处在万分紧张的情况中。在这样的情况下，我一直担任行政工作，想要做出什么成绩，岂不戛戛乎难矣哉！我这个"泰斗"从哪里讲起呢？

在人文社会科学的研究中，说我做出了极大的成绩，那不是事实。说我一点成绩都没有，那也不符合实际情况。这样的人，滔滔者天下皆是也。但是，现在却偏偏把我"打"成泰斗。我这个泰斗又从哪里讲起呢？

为此，我在这里昭告天下：请从我头顶上把"学界（术）泰斗"的桂冠摘下来。

辞"国宝"

在中国，一提到"国宝"，人们一定会立刻想到人见人爱憨态可掬的大熊猫。这种动物数量极少，而且只有中国有，称之为"国宝"，它是当之无愧的。

可是，在八九十来年前，在一次会议上，北京市的一位领导突然称我为"国宝"，我极为惊愕。到了今天，我所到之处，"国宝"之声洋洋乎盈耳矣。我实在是大惑不解。当然，"国宝"这一顶桂冠并没有为我一人所垄断，其他几位书画名家也有此称号。

我浮想联翩，想探寻一下起名的来源。是不是因为中国只有一个季羡林，所以他就成为"宝"。但是，中国的赵一钱二孙三李四，等等等等，也都只有一个，难道中国能有十三亿"国宝"吗？

这种事情，痴想无益，也完全没有必要。我来一个急刹车。

为此，我在这里昭告天下：请从我头顶上把"国宝"的桂冠摘下来。

三顶桂冠一摘，还了我一个自由自在身。身上的泡沫洗掉了，露出了真面目，皆大欢喜。

露出了真面目，自己是不是就成了原来蒙着华贵的绸罩的朽木架子而今却完全塌了架了呢？

也不是的。

我自己是喜欢而且习惯于讲点实话的人。讲别人，讲自己，我都希望能够讲得实事求是。水分越少越好。我自己觉得，桂冠取掉，里面还不是一堆朽木，还是有颇为坚实的东西的，至于别人怎样看我，我并不十分清楚。因为，正如我在上面说的那样，别人写我的文章我基本上是不读的，我怕里面的溢美之词。现在困居病房，长昼无聊，除了照样舞笔弄墨之外，也常考虑一些与自己学术研究有关的问题，凭自己那一点自知之明，考虑自己学术上有否"功业"，有什么"功业"。我尽量保持客观态度。过于谦虚是矫情，过于自吹自擂是老王，二者皆为我所不敢取。我在下面就"夫子自道"一番。

我常常戏称自己为"杂家"。我对人文社会科学领域内，甚至科技领域内的许多方面都感兴趣。我常说自己是"样样通，样样松"。这话并不确切。很多方面我不通；有一些方面也不松。合辙押韵，说着好玩而已。

我从事科学研究工作，已经有七十年的历史。我这个人在任何方面都是后知后觉。研究开始时并没有显露出什么奇才异能，连我自己都不满意。后来逐渐似乎开了点窍，到了德国以后，才算是走上了正路。但一旦走上了正路，走的就是快车道。回国以后，受到了众多的干扰，"十年浩劫"中完全停止。改革开放，新风吹起。我又重新上路，到现在已有二十多年了。

根据我自己的估算，我的学术研究的第一阶段是德国十年。研究的主要方向是原始佛教梵语。我的博士论文就是这方面的题目。在论文中，我论到了一个可以说是被我发现的新的语尾，据说在印欧语系比较语言学上颇有重要意义，引起了比较语言学教授的极大关怀。到了 1965 年，我还在印度语言学会出版的 *Indian Linguistics* Vol. XI 发表了一篇 *On the Ending-neatha for the First Person Rlural Atm, in the Budccher mixed Dialeer*。这是我博士论文的持续发展。当年除了博士论文外，我还写了两篇比较重要的论文，一篇是讲不定过去时的，一篇讲 -aṃ>o, u，都发表在哥廷根科学院院刊上。在德国，科学院是最高学术机构，并不是每一个教授都能成为院士。德国规矩，一个系只有一个教授，无所谓系主任。每一个学科全国也不过有二三十个教授，比不了我们现在大学中一个系的教授数量。在这样的情况下，再选院士，其难可知。科学院的院刊当然都是代表最高学术水平的。我以一个三十岁刚出头的异国的毛头小伙子竟能在上面连续发表文章，要说不沾沾自喜，那就是纯粹的谎话了。而且我在文章中提出的结论至今仍能成立，还有新出现的材料来证明，足以自慰了。此时还写了一篇关于解读吐火罗文的文章。

1946 年回国以后，由于缺少最起码的资料和书刊，原来做的研究工作无法进行，只能改行，我就转向佛教史研究，包括印度、中亚、以及中国佛教史在内。在印度佛教史方面，我给予释迦牟尼有不共戴天之仇的提婆达多翻了案，平了反。公元前五六世纪的北天竺，西部是婆罗门的保守势力，东部则兴起了新兴思潮，是前进的思潮，佛教代表的就是这种思潮。提婆达多同佛祖对着干，事实俱在，不容怀疑。但是，他的思想和学说的本质是什么，我一直没弄清楚。我觉得，古今中外写佛教史者可谓多矣，却没有一人提出这个问题，这对真正印度佛教史的研究是不利的。在中亚和中国内地的佛教信仰中，我发现了弥勒信仰的重要作用，也可以算是发前人未发之覆。我那两篇关于"浮屠"与"佛"的文章，篇幅不长，却解决了佛教传入中国的道路的大问题，可惜没引起重视。

我一向重视文化交流的作用和研究。我是一个文化多元论者，我认为，文化一元论有点法西斯味道。在历史上，世界民族，无论大小，大多数都对人类文化做出了贡献。文化一产生，就必然会交流，互学、互补，从而推动了人类社会的进步。我们难以想象，如果没有文化交流，今天的世界会是一个什么样子。在这方面，我不但写过不少的文章，而且在我的许多著作中也贯彻了这种精神，长达约八十万字的《糖史》就是一个好例子。

提到了《糖史》，我就来讲一讲这一部书完成的情况。我发现，现在世界上流行的大语言中，"糖"这一个词儿几乎都是转弯抹角地出自印度梵文的 śarkarā 这个字。我从而领悟到，在糖这种微末不足道的日常用品中竟隐含着一段人类文化交流史。于是我从很多年前就着手搜集这方面的资料。在德国读书时，我在汉学研究所曾翻阅过大量的中国笔记，记得里面颇有一些关于糖的资料。可惜当时我脑袋里还没有这个问题，就视而不见，空空放过，而今再想弥补，是绝对不可能的事情了。今天有了这问题，只能从头做起。最初，电子计算机还很少很少，而且技术大概也没有过关。即使过了关，也不可能把所有的古籍或今籍一下子都收入。留给我的只有一条笨办法：自己查书。然而，书籍浩如烟海，穷我毕生之力，也是难以查遍的。幸而我所在的地方好，北大藏书甲上庠，查阅方便。即使这样，我也要定一个范围。我以善本部和楼上的教员阅览室为基地，有必要时再走出基地。教员阅览室有两层楼的书库，藏书十余万册。于是在我八十多岁后，正是古人"含饴弄孙"的时候，我却开始向科研冲刺了。我每天走七八里路，从我家到大图书馆，除星期日大馆善本部闭馆外，不管是冬天，还是夏天，不管是刮风下雨，还是坚冰在地，我从未间断过。如是者将及两年，我终于翻遍了书库，并且还翻阅了《四库全书》中有关典籍，特别是医书。我发现了一些规律。首先是，在中国最初只饮蔗浆，用蔗制糖的时间比较晚。其次，同在古代波斯一样，糖最初是用来治病的，不是调味的。再次，从中国医书上来看，使用糖的频率越来越小，最后几乎很少见了。最后，也是最重要的一点，把原来是红色的蔗汁熬成的糖浆提炼成洁白如雪的白糖的技术是中国发明的。到现在，世界上只有两部大型的《糖史》，一为德文，算是世界名著；一为英文，材料比较新。在我写《糖史》第二部分，国际部分时，曾引用过这两部书中的一些资料。做学问，搜集资料，我一向主张要有一股"竭泽而渔"的劲头。不能贪图省力，打马虎眼。

　　既然讲到了耄耋之年向科学进军的情况，我就讲一讲有关吐火罗文研究。我在德国时，本来不想再学别的语言了，因为已经学了不少，超过了我这个小脑袋瓜的负荷能力。但是，那一位像自己祖父般的西克（E. Sieg）教授一定要把他毕生所掌握的绝招统统传授给我。我只能向他那火一般的热情屈服，学习了吐火罗文 A 焉耆语和吐火罗文 B 龟兹语。我当时写过一篇文章，讲《福力太子因缘经》的诸异本，解决了吐火罗文本中的一些问题，确定了几个过去无法认识的词儿的含义。回国以后，也是由于缺乏资料，只好忍痛与吐火罗文告别，几十年没有碰过。20 世纪七十年代，在新疆焉耆县七个星断壁残垣中发掘出来了吐火罗文 A 的《弥勒会见记剧本》残卷。新疆博物馆的负责人亲临寒舍，要求我加以解读。我由于没有信心，坚决拒绝。但是他们苦求不已，我只能答应下来，试一试看。结果是，我的运气好，翻了几张，书名就赫然出现：《弥勒会见记剧本》。我大喜过望。于是在冲刺完了《糖史》以后，立即向吐火罗文进军。我根据回鹘文同书的译本，把吐火罗文本整理了一番，理出一个头绪来。陆续翻译了一些，有的用中文，有的用英文，译文间有错误。到了20世纪九十年代后期，我集中精力，把全部残卷译成了英文。我请了两位国际上公认是吐火罗文权威的学者帮助我，一位德国学者，一位法国学者。法国学者补译了一段，其余的百分之九十七八以上的工作都是我做的。即使我再谦虚，我也只能说，在当前国际上吐火罗文研究最前沿上，中国已经有了位置。

下面谈一谈自己的散文创作。我从中学起就好舞笔弄墨，到了高中，受到了董秋芳老师的鼓励，从那以后的七十年中，一直写作不辍。我认为是纯散文的也写了几十万字之多，但我自己喜欢的却为数极少。评论家也有评我的散文的；一般说来，我都是不看的。我觉得，文艺评论是一门独立的科学，不必与创作挂钩太亲密。世界各国的伟大作品没有哪一部是根据评论家的意见创作出来的。正相反，伟大作品倒是评论家的研究对象。目前的中国文坛上，散文又似乎是引起了一点小小的风波，有人认为散文处境尴尬，等等，皆为我所不解。中国是世界散文大国，两千多年来出现了大量优秀作品，风格各异，至今还为人所诵读，并不觉得不新鲜。今天的散文作家大可以尽量发挥自己的风格，只要作品好，有人读，就算达到了目的，凭空作南冠之泣是极为无聊的。前几天，病房里的一位小护士告诉我，她在回家的路上一气读了我五篇散文，她觉得自己的思想感情有向上的感觉。这种天真无邪的评语是对我最高的鼓励。

最后，还要说几句关于翻译的话。我从不同文字中翻译了不少文学作品，其中最主要的当然是印度大史诗《罗摩衍那》。

以上是我根据我那一点自知之明对自己"功业"的评估，是我的"优胜纪略"。但是，我自己最满意的还不是这些东西，而是自己胡思乱想关于"天人合一"的新解。至少在十几年前，我就想到了一个问题。大自然中出现了不少问题，比如生态平衡破坏，植物灭种，臭氧出洞，气候变暖，淡水资源匮乏，新疾病产生，等等等等。哪一样不遏制，人类发展前途都会受到影响。我认为，这些危害都是西方与大自然为敌，要征服自然的结果。西方哲人歌德、雪莱、恩格斯等早已提出了警告。可惜听之者寡。情况越来越严重，各国政府，甚至联合国才纷纷提出了环保问题。我并不是什么先知先觉，只是感觉到了，不得不大声疾呼而已。我的"天人合一"要求的是人与大自然要做朋友，不要成为敌人。我们要时刻记住恩格斯的话：大自然是会报复的。

以上就是我的"夫子自道"，"道"得准确与否，不敢说，但是，"道"的都是真话。

此外，在提倡新兴学科方面，我也做了一些工作，比如敦煌学，我在这方面没有写过多少文章；但对团结学者和推动这项研究工作，我却做出了一些贡献。又如比较文学，关于比较文学的理论问题，我几乎没有写过文章，因为我没有研究。但是中国第一个比较文学研究会却是在北大成立的，可以说是开风气之先。此外，我还主编了几种大型的学术丛书，首先就是《东方文化集成》，准备出五百种，用高水平的研究成果，向世界人民展示什么叫东方文化。我还帮助编纂了《四库全书存目丛书》，取得了很大的成功。其余几种现在先不介绍了。我觉得有相当大意义的工作是我把印度学引进了中国，或者也可以说，在中国过去有上千年光辉历史的印度研究又重新恢复起来。现在已经有了几代传人，方兴未艾。要说从我身上还有什么值得学习的东西，那就是勤奋。我一生不敢懈怠。

2002 年 10 月 3 日

难得糊涂

清代郑板桥提出来的亦书写出来的"难得糊涂"四个大字，在中国，真可以说是家喻户晓，尽人皆知的。一直到今天，二百多年过去了，但在人们的文章里，讲话里，以及嘴中常用的口语中，这四个字还经常出现，人们都耳熟能详。

我也是难得糊涂党的成员。

不过，在最近几个月中，在经过了一场大病之后，我的脑筋有点开了窍。我逐渐发现，糊涂有真假之分，要区别对待，不能眉毛胡子一把抓。

什么叫真糊涂，而什么又叫假糊涂呢？

用不着做理论上的论证，只举几个小事例就足以说明了。例子就从郑板桥举起。

郑板桥生在清代乾隆年间，所谓"康乾盛世"的下一半。所谓"盛世"历代都有，实际上是一块其大无垠的遮羞布。在这块布下面，一切都照常进行。只是外寇来得少，人民作乱者寡，大部分人能勉强吃饱了肚子，"不识不知，顺帝之则"了。最高统治者的宫廷斗争，仍然是血腥淋漓，外面小民是不会知道的。历代的统治者都喜欢没有头脑没有思想的人，有这两个条件的只是士这个阶层。所以士一直是历代统治者的眼中钉。可离开他们又不行。于是胡萝卜与大棒并举。少部分争取到皇帝帮闲或帮忙的人，大致已成定局。等而下之，一大批士都只有一条向上爬的路——科举制度。成功与否，完全看自己的运气。翻一翻《儒林外史》，就能洞悉一切。但同时皇帝也多以莫须有的罪名大兴文字狱，杀鸡给猴看。统治者就这样以软硬兼施的手法，统治天下。看来大家都比较满意。但是我认为，这是真糊涂，如影随形，就在自己身上，并不"难得"。

我的结论是：真糊涂不难得，真糊涂是愉快的，是幸福的。

此事古已有之，历代如此。《楚辞》所谓"举世皆浊我独清，众人皆醉我独醒"，所谓"醉"，就是我说的糊涂。

可世界上还偏有郑板桥这样的人，虽然人数极少极少，但毕竟是有的。他们为天地留了点正气。他已经考中了进士。据清代的一本笔记上说，由于他的书法不是台阁体，没能点上翰林，只能外放当一名知县，"七品官耳"。他在山东潍县做了一任县太爷，又偏有良心，同情小民疾苦，有在潍县衙斋里所作的诗为证。结果是上官逼，同僚挤，他忍受不了，只好丢掉乌纱帽，到扬州当"八怪"去了。他一生诗书画中都有一种愤闷不平之气，有如司马迁的《史记》。他倒霉就倒在世人皆醉而他独醒，也就是世人皆真糊涂而他独必须装糊涂，假糊涂。

我的结论是：假糊涂才真难得，假糊涂是痛苦的，是灾难。

现在说到我自己。

我初进三○一医院的时候，始终认为自己患的不过是癣疥之疾。隔壁房间里主治大夫正与北大校长商议发出病危通告，我这里却仍然嬉皮笑脸，大说其笑话。终医院里的四十六天，我始终没有危急感。现在想起来，真正后怕。原因就在，我是真糊涂，极不难得，极为愉快。

我虔心默祷上苍，今后再也不要让真糊涂进入我身，我宁愿一生背负假糊涂这一个十字架。

2002 年 12 月 2 日

第二编　我的心是一面镜子

送礼

我们中国究竟是礼仪之邦，所以每逢过年过节，或有什么红白喜事，大家就忙着送礼。既然说是"礼"，当然是向对方表示敬意的，譬如说，一个朋友从杭州回来，送给另外一个朋友一只火腿，二斤龙井；知己的还要亲自送了去，免得受礼者还要赏钱；你能说这不是表示亲热吗？又如一个朋友要结婚，但没有钱，于是大家凑个份子送了去，谁又能说这是坏事呢？

事情当然是好事情，而且想起来极合乎人情，一点也不复杂；然而实际上却复杂艰深到万分，几乎可以独立成一门学问：送礼学。第一，你先要知道送应节的东西，譬如你过年的时候，提了几瓶子汽水、一床凉席去送人，这不是故意开玩笑吗？还有五月节送月饼，八月节送粽子，最少也让人觉得你是外行。第二，你还要是一个好的心理学家，能观察出对方的心情和爱好来。对方倘若喜欢吸烟，你不妨提了几听三炮台恭恭敬敬送了去，一定可以得到青睐。对方要是喜欢杯中物，你还要知道他是维新派或保守派。前者当然要送法国的白兰地，后者本地产的白干或五加皮也就行了。倘若对方的思想"前进"，你最好订一份《文汇报》送了去，一定不会退回的。

但这还不够，买好了应时应节的东西，对方的爱好也揣摩成熟了，又来了怎样送的问题。除了很知己的以外，多半不是自己去送，这与面子有关系；于是就要派听差，而这个听差又必须是个好的外交家，机警、坚忍、善于说话，还要一副厚脸皮，这样才能不辱使命。拿了东西去送礼，论理说该到处受欢迎，但实际上却不然。受礼者多半喜欢节外生枝。东西虽然极合心意，却偏不立刻收下。据说这也与面子有关系。听差把礼物送进去，要沉住气在外面等一会儿，对方的听差出来了，把送去的礼物又提出来，说："我们老爷太太谢谢某老爷太太，盛意我们领了，礼物不敢当。"倘若这听差真信了这话，提了东西就回家来，这一定糟，说不定就打破饭碗。但外交家的听差却绝不这样做。他仍然站着不走，请求对方的听差再把礼物提进去。这样往来斗争许久。对方或全收下，或只收下一半，只要与临来时老爷太太的密令不冲突，就可以安然接了赏钱回来了。

上面说的可以说是常态的送礼。可惜（或者也并不可惜）还有变态的。我小的时候，我们街上住着一个穷人，大家都喊他"地方"，有学问的人说，这就等于汉朝的亭长。每逢年节的早上，我们的大门刚一开，就会看到他笑嘻嘻地一手提了一只鸡，一手提了两瓶酒，跨进大门来。鸡咯咯地大吵大嚷，酒瓶上的红签红得炫人眼睛。他嘴里却喊着："给老爷太太送礼来了。"于是我婶母就立刻拿出几毛钱来交给老妈子送出去。这"地方"接了钱，并不像一般送礼的一样，还要努力斗争，却仍旧提了鸡和瓶子笑嘻嘻地走到另一家去喊去了。这景象我一年至少见三次，后来也就不以为奇了。但有一年的某一个节日的清晨，却见这位"地方"愁容满面地跨进我们的大门，嘴里不喊"给老爷太太送礼来了"，却拉了我们的老妈子交头接耳说了一大篇，后来终于放声大骂起来。老妈子进去告诉了我婶母，仍然是拿了几毛钱送出来。这"地方"道了声谢，出了大门，老远还听到他的骂声。后来老妈子告诉我，他的鸡是自己养了预备下蛋的，每逢过年过节，就暂且委屈它一下，被缚了双足倒提着陪他出来逛大街。玻璃瓶子里装的只是水，外面红签是向铺子里借用的。"地方"送礼，在我们那里谁都知道他的用意，所以从来没有收的。他跑过一天，衣袋塞满了钞票才回来，把瓶子里的水倒出来，把鸡放开。它在一整天"陪绑"之余，还忘不了替他下一个蛋。但今年这"地方"倒运。向第一家送礼，就遇到一家才搬来的外省人。他们竟老实不客气地把礼物收下了。这怎能不让这"地方"愤愤呢？他并不是怕瓶子里的凉水给他泄漏真相，心痛的还是那只鸡。

　　另外一种送礼法也很新奇，虽然是"古已有之"的。我们常在笔记小说里看到，某一个督抚把金子装到坛子里当酱菜送给京里的某一位王公大人。这是古时候的事，但现在也还没有绝迹。我的一位亲戚在一个县衙门里做事，因了同县太爷是朋友，所以地位很重要。在晚上回屋睡觉的时候，常常在棉被下面发现一堆银元或别的值钱的东西。有时候不知道，把这堆银元抖到地上，哗啦一声，让他吃一惊。这都是送来的"礼"。

　　这样的"礼"当然不是每个人都有资格接受的。他一定是个

79

什么官，最少也要是官的下属，能让人生，也能让人死，所以才有人送这许多金子银元来。官都讲究面子，虽然要钱，却不能干脆当面给他。于是就想出了这种种的妙法。我上面已经提到送礼是一门学问，送礼给官长更是这门学问里面最深奥的。需要经过长期的研究简练揣摩，再加上实习，方能得到其中的奥秘。能把钱送到官长手中，又不伤官长的面子，能做到这一步，才算是得其门而入了。也有很少的例外，官长开口向下面要一件东西，居然竟得不到。以前某一个小官藏有一颗古印，他的官长很喜欢，想拿走。他跪在地上叩头说："除了我的太太和这块古印以外，我没有一件东西不能与大人共享的。"官长也只好一笑置之了。

普通人家送礼没有这样有声有色。但在平庸中有时候也有杰作。有一次我们家把一盒有特别标志的点心当礼物送出去。隔了一年，一个相熟的胖太太到我们家来拜访，又恭而敬之把这盒点心提给我们，嘴里还告诉我们：这都是小意思，但点心是新买的，可以尝尝。我们当时都忍不住想笑，好歹等这位胖太太走了，我们就动手去打开。盒盖一开，立刻有一股奇怪的臭味从里面透出来。再把纸揭开，点心的形状还是原来的，但上面满是小的飞蛾，一块也不能吃了，只好掷掉。在这一年内，这盒点心不知代表了多少人的盛意，被恭恭敬敬地提着或托着从一家到一家，上面的签和铺子的名字不知换过了多少次，终于又被恭而敬之提回我们家来。"解铃还是系铃人"，我们还要把它丢掉。

我虽然不怎样赞成这样送礼，但我觉得这办法还算不坏。因为只要有一家出了钱买了盒点心就会在亲戚朋友中周转不息，一手收进来，再一手送出去，意思表示了，又不用花钱。不过这样还是麻烦，还不如仿效前清御膳房的办法，用木头刻成鸡鱼肉肘，放在托盘里，送来送去，你仍然不妨说："这鱼肉都是新鲜的。一点小意思，千万请赏脸。"反正都是"彼此彼此，诸位心照不宣"。绝对不会有人来用手敲一敲这木头鱼肉的。这样一来，目的达到了，礼物却不霉坏，岂不是一举两得？在我们这喜欢把最不重要的事情复杂化了的礼仪之邦，我这发明一定有许多人欢迎，我预备立刻去注册专利。

1947 年 7 月

那提心吊胆的一年

这已经是过去的事情了。现在旧事重提，好像是捡起一面古镜。用这一面古镜照一照今天，才更能显出今天的光彩焕发。

二十多年以前，我在大学里学习了四年西方语言文学以后，带着满脑袋的荷马、但丁、莎士比亚和歌德，回到故乡母校高级中学去当国文教员。

当我走进学校大门的时候，我的心情是复杂的。可以说是一则以喜，一则以惧。喜的是我终于抓到了一个饭碗，这简直是绝处逢生；惧的是我比较熟悉的那一套东西现在用不上了，现在要往脑袋里面装屈原、李白和杜甫。

从一开始接洽这个工作，我脑子里就有一个问号：在那找饭碗如登天的时代里，为什么竟有一个饭碗自动地送上门来？我预感到这里面隐藏着什么危险的东西。但是，没有饭碗，就吃不成饭。我抱着铤而走险的心情想试一试再说。到了学校，才逐渐从别人的谈话中了解到，原来是校长想把本校的毕业生组织起来，好在对敌斗争中为他助一臂之力。我是第一届甲班的毕业生，又捞到了一张一个著名的大学的毕业证书；因此就被他看中，邀我来教书。英文教员满了额，就只好让我教国文。

就教国文吧。我反正是瘸子掉在井里，捞起来也是坐。只要有人敢请我，我就敢教。

但是，问题却没有这样简单。我要教三个年级的三个班，备课要顾三头，而且都是古典文学作品。我小时候虽然念过一些《诗经》《楚辞》，但是时间隔了这样久，早已忘得差不多了。现在要教人，自己就要先弄懂。可是，真正弄懂又不是一件轻而易举的事情。现在教国文的同事都是我从前的教员。我本来应该而且可以向他们请教的。但是，根据我的观察，现在我们之间的关系变了：不再是师生，而是饭碗的争夺者。在他们眼中，我几乎是一个眼中钉。即使我问他们，他们也不会告诉我的。我只好一个人单干。我日夜抱着一部《辞源》，加紧备课。有的典故查不到，就成天半夜地绕室彷徨。窗外校园极美，正盛开着木槿花。在暗夜中，阵阵幽香破窗而入。整个宇宙都静了下来，只有我一人还不能宁静。我又仿佛为人所遗弃，很想到什么地方去哭上一场。

我的老师们也并不是全不关心他们的老学生。我第一次上课以前，他们告诉我，先要把学生的名字都看上一遍，学生名字里常常出现一些十分生僻的字，有的话就查一查《康熙字典》。如果第一堂就念不出学生的名字，在学生心目中这个教员就毫无威信，不容易当下去，影响到饭碗。如果临时发现了不认识的字，就不要点这个名。点完后只需问上一声："还有没点到的吗？"

那一个学生一定会举手站起来。然后再问一声："你叫什么名字呀？"他自己一报名，你也就认识了那一个字。如此等等，威信就可以保得十足。

这虽是小小的一招，我却是由衷感激。我教的三个班果然有几个学生的名字连《辞源》上都查不到。如果没有这一招，我的威信恐怕一开始就破了产，连一年教员也当不成了。

可是课堂上也并不总是平静无事。我的学生有的比我还大，从小就在家里念私塾，旧书念得很不少。有一个学生曾对我说："老师，我比你大五岁哩。"说罢嘿嘿一笑，我觉得里面有威胁，有嘲笑。比我大五岁，又有什么办法呢？我这老师反正还要当下去。

当时好像有一种风气：教员一定要无所不知。学生以此要求教员，教员也以此自居。在课堂上，教员绝不能承认自己讲错了，绝不能有什么问题答不出，否则就将为学生所讥笑。但是像我当时那样刚从外语系毕业的大娃娃教国文怎能完全讲对呢？怎能完全回答同学们提出来的问题呢？有时候，只好王顾左右而言他；被逼得紧了，就硬着头皮，乱说一通。学生究竟相信不相信，我不清楚。反正他们也不是傻子，老师究竟多轻多重，他们心中有数。我自己十分痛苦。下班回到寝室，思前想后，坐立不安。孤苦寂寥之感又突然袭来，我又仿佛为人们所遗弃，想到什么地方去哭上一场。

别的教员怎样呢？他们也许都有自己的烦恼，家家有一本难念的经。但是有几个人却是整天价满面春风，十分愉快。我有时候也从别人嘴里听到一些风言风语，说某某人陪校长太太打麻将了，某某人给校长送礼了，某某人请校长夫妇吃饭了。

我立刻想到自己的饭碗，也想学习他们一下。但是，却来了问题：买礼物，准备酒席，都不是极困难的事情。可是，怎样送给人家呢？怎样请人家呢？如果只说："这是礼物，我要送给你。"或者："我要请你吃饭。"虽然也难免心跳脸红，但我自问还干得了。可是，这显然是不行的，事情并没有这样简单，一定还要要一些花样。这就是我力所不能及的事情了。我在自己屋里再三考虑，甚至自我表演，暗诵台词。最后，我只有承认，我在这方面缺少天才，只好作罢。我仿佛看到自己手里的饭碗已经有点飘动。我真想到什么地方去哭上一场。

就这样，半年过去了。到了放寒假的时候，一位河南籍的物理教员，因为靠山教育厅的一位科长垮了台，就要被解聘。校长已经托人暗示给他，他虽然没有出路，也只有忍痛辞职。我们校长听了，故意装得大为震惊，三番两次到这位教员屋里去挽留，甚至声泪俱下，最后还表示还要与他共进退。我最初只是一位旁观者，站在旁边看校长的表演艺术，欣赏他的表演天才。但是，看来看去，我自己竟糊涂起来，我给校长的真挚态度所感动了。我也自动地变成演员，帮着校长挽留他。那位教员阅历究竟比我深，他不为所动，还是卷了铺盖。因为他知道，连他的继任人选都已经安排好了。

我又长了一番见识，暗暗地责备自己糊涂。同时，我也不寒而栗，将来会不会有一天校长也要同我"共进退"呢？

也就在这时候，校长大概逐渐发现，在我这个人身上，他失了眼力，看错了人。我到了学校以后，虽然也在别人的帮助（毋宁说是牵引）下，把高中毕业同学组织起来，并且被选为什么主席。但是，从那以后，就一点活动也没有。我确实不知道，应该活动一些什么。虽然我绞尽脑汁，办法就是想不出。这样当然就与校长原意相违了。他表面上待我还是客客气气。只是有一次在有意和无意之间他对我说道："你很安静。"什么叫作"安静"呢？别人恐怕很难体会这两个字的意思，我却是能体会的。我回到寝室，又绕室彷徨。"安静"两个字给我以大威胁。我的饭碗好像就与这两个字有关。我又仿佛为人所遗弃，想到什么地方去哭上一场。

春天早过，夏天又来，这正是中学教员最紧张的时候。在教员休息室里，经常听到一些窃窃私语："拿到了没有？"不用说拿到什么，大家都了解，这指的是下学期的聘书。有的神色自若，微笑不答。这都是有办法的人，与校长关系密切，或者属于校长的基本队伍。只要校长在，他们绝不会丢掉饭碗。有的就神色仓皇，举止失措。这样的人没有靠山，饭碗掌握在别人手里，命定是一年一度紧张。我把自己归入这一类。我的神色如何，自己看不见，但是心情自己是知道的。校长给我下的断语："安静。"我觉得，就已经决定了我的命运。但我还侥幸有万一的幻想，因此在仓皇中还有一点镇静。

但是，这镇静是不可靠的。我心里的滋味实际上同一年前大学将要毕业时差不多。我见了人，不禁也窃窃私语："拿到了没有？"我不喜欢那些神态自若的人。我只愿意接近那些神色仓皇的人。只有对这一些人我才有同病相怜之感。

这时候，校园更加美丽了。木槿花虽还开放，但已经长满了绿油油的大叶子。玫瑰花开得一丛一丛的，池塘里的水浮莲已经开出黄色的花朵。"小园香径独徘徊"，是颇有诗意的。可惜我什么诗意都没有。我耳边只有一个声音："拿到了没有？"我觉得，大地茫茫，就是没有我的容身之处。我又想到什么地方去哭上一场。

　　这事情已经过去了二十多年。但是，每一回忆起那提心吊胆的情况，就历历如在眼前，我真是永世难忘。现在把它写了出来，算是送给今年毕业同学的一件礼物，送给他们一面镜子。在这里面，可以照见过去与现在，可以照出自己应该走的道路。

1963 年 7 月 21 日

在德国

——自己的花是让别人看的

爱美大概也算是人的天性吧。宇宙间美的东西很多，花在其中占重要的地位。爱花的民族也很多，德国在其中占重要的地位。

四五十年以前我在德国留学的时候，我曾多次对德国人爱花之真切感到吃惊。家家户户都在养花。他们的花不像在中国那样，养在屋子里，他们是把花都栽种在临街窗户的外面。花朵都朝外开，在屋子里只能看到花的脊梁。我曾问过我的女房东："你这样养花是给别人看的吧！"她莞尔一笑说道："正是这样！"

正是这样，也确实不错。走过任何一条街，抬头向上看，家家的窗子前都是花团锦簇，姹紫嫣红。许多窗子连接在一起，汇成了一个花的海洋，让我们看的人如入山阴道上，应接不暇。每一家都是这样，在屋子里的时候，自己的花是让别人看的。走在街上的时候，自己又看别人的花。人人为我，我为人人。我觉得这一种境界是颇耐人寻味的。

今天我又到了德国，刚一下火车，迎接我们的主人问我：“你离开德国这样久，有什么变化没有？”我说：“变化是有的，但是美丽并没有改变。”我说“美丽”指的东西很多，其中也包含着美丽的花。我走在街上，抬头一看，又是家家户户的窗口上都堵满了鲜花。多么奇丽的景色！多么奇特的民族！我仿佛又回到四五十年前去，我做了一个花的梦，做了一个思乡的梦。

1985 年 8 月 27 日

关于中国弥勒信仰的几点感想

　　我正在为我译释的吐火罗文 A（焉耆文）《弥勒会见记剧本》写一篇相当长的导言。我考虑了一些有关弥勒信仰的问题，现在讲一点。

　　在中华民族中，汉族不能算是一个宗教性很强的民族。我们信的宗教最大最古的只有两个：一个是土生土长的道教，一个是从外面传进来的佛教。除了道士和和尚尼姑以外，老百姓信这两种宗教都信得马马虎虎。佛教庙里有时有道教的神，反之亦然。而且佛道两种庙里有时竟会出现一个孔子、一个关圣帝君文武二圣人。在过去，有钱的阔人家里办大出丧，既请和尚念经，也请道士，各唱各的调，各吹各的号，一团和气，处之泰然。整个中国历史上没有一次宗教战争。

　　然而在利用宗教达到政治目的或其他目的方面，汉族在几千年的历史上却表现出了非凡的本领，其他民族望尘莫及。专就弥勒而论，他本是佛教中的未来佛，在佛教教义中有突出的地位。

然而一到中国，人们把他塑在每一所佛教庙里。一进山门，首先看到的那一位肚皮肥大、胖胖的、面含微笑的佛爷就是弥勒佛。除了让人们觉得好玩以外，谁还会想到他是什么未来佛呢？其他佛爷像前香烟缭绕，热热闹闹；他的像前则往往是烟消火灭，冷冷清清。

可是，换一个场合，当皇亲国戚或达官贵人，甚至平民老百姓，想进行政治斗争的时候，却忽然想起了这一位佛爷，觉得他这个未来佛的头衔颇可以加以利用了。

我先举一个最著名的例子。中国历史上唯一的一位女皇帝唐代的武则天，以一妇女而贬子窃位，不得不想尽种种方法为自己洗刷，为自己涂脂抹粉。公元690年（载初元年，天授元年），沙门怀义与法朗等十人进《大云经》，陈符命，说武则天是弥勒下生，当代唐作阎浮提主。则天大喜，制颁天下，到处建立大云寺。武则天本人未必相信什么未来佛。有人说她是弥勒降生，从佛教教义上来看也是荒唐可笑的。然而对武则天来说，这却是天大的一根稻草，非牢牢抓住不可。到了695年（证圣元年，天册万岁元年），她又给自己加上了"慈氏越古金轮圣神皇帝"，"慈氏"就是弥勒的意译。可见她真正俨然以弥勒佛自居了。

弥勒，皇帝能利用，民间也能利用。这样的记载从很早的时候就有。《隋书》卷三《炀帝纪》上："（大业）六年（610）春正月癸亥朔旦，有盗数十人，皆素冠练衣，焚香持花，自称'弥勒佛'，入自建国门，监门者皆稽首。既而夺卫士仗，将为乱。齐王暕遇而斩之。于是都下大索，连坐者千余家。"同书载："（大业）九年（613）十二月丁亥，扶风人向海明举兵作乱，称皇帝，建元白乌。遣太仆卿杨义臣击破之。"这个向海明也自称是"弥勒出世"。仅在隋炀帝大业年间，这样自称弥勒佛作乱的事情就出现过两次。到了唐代，甚至唐代以后，这样的事情屡次发生。革命的农民也有假"弥勒降生"的名义聚众兴兵者。这里不再一一列举了。

中国人民利用宗教信仰达到政治目的，对象绝不止弥勒一个。利用佛教其他神灵者有之，利用道教者有之，利用摩尼教者有之。本文专谈弥勒，其他就不谈了。我认为，连太平天国也是利用耶稣教的，洪秀全并不是一个虔诚的耶稣教徒。

总之，汉人对宗教并不虔信，但是利用宗教却极广泛而精明。

这在汉族的民族性中是优是劣，由读者自己去评断吧。

1989 年 7 月 28 日

我的心是一面镜子

　　我生也晚，没有能看到 20 世纪的开始。但是，时至今日，再有七年，21 世纪就来临了。从我目前的身体和精神两个方面来看，我能看到两个世纪的交接，是丝毫也没有问题的。在这个意义上来说，我也可以说是与 20 世纪共始终了，因此我有资格写"我与中国 20 世纪"。

　　对时势的推移来说，每一个人的心都是一面镜子，我的心当然也不会例外。我自认为是一个颇为敏感的人，我这一面心镜，虽不敢说是纤毫必显，然确实并不迟钝。我相信，我的镜子照出了 20 世纪长达九十年的真实情况，是完全可以信赖的。

　　我生在 1911 年辛亥革命那一年。我下生两个月零四天以后，那一位"末代皇帝"，就从宝座上被请了下来。因此，我常常戏称自己是"满清遗少"。到了我能记事儿的时候，还有时候听乡民肃然起敬地谈到北京的"朝廷"（农民口中的皇帝），仿佛他们仍然高踞宝座之上。我不理解什么是"朝廷"，他似乎是人，又似乎是神，反正是极有权威、极有力量的一种动物。

这就是我的心镜中照出的清代残影。

我的家乡山东清平县（现归临清市）是山东有名的贫困地区。我们家是一个破落的农户。祖父母早亡，我从来没有见过他们。祖父之爱我是一点也没有尝到过的。他们留下了三个儿子，我父亲行大（在大排行中行七）。两个叔父，最小的一个无父无母，送了人，改姓刁。剩下的两个，上无怙恃，孤苦伶仃，寄人篱下，其困难情景是难以言说的。恐怕哪一天也没有吃饱过。饿得没有办法的时候，兄弟俩就到村南枣树林子里去，捡掉在地上的烂枣，聊以果腹。这一段历史我并不清楚，因为兄弟俩谁也没有对我讲过。大概是因为太可怕，太悲惨，他们不愿意再揭过去的伤疤，也不愿意让后一代留下让人惊心动魄的回忆。

但是，乡下无论如何是待不下去了，待下去只能成为饿殍。不知道怎么一来，兄弟俩商量好，到外面大城市里去闯荡一下，找一条活路。最近的大城市只有山东首府济南。兄弟俩到了那里，两个毛头小伙子，两个乡巴佬，到了人烟稠密的大城市里，举目无亲。他们碰到多少困难，遇到多少波折，这一段历史我也并不清楚。大概是出于同一个原因，他们谁也没有对我讲过。

后来，叔父在济南立定了脚跟，至多也只能像是石头缝里的一棵小草，艰难困苦地挣扎着。于是兄弟俩商量，弟弟留在济南挣钱，哥哥回家务农，希望有朝一日，混出点名堂来，即使不能衣锦还乡，也得让人另眼相看，为父母和自己争一口气。

但是，务农要有田地，这是一个最简单的常识。可我们家所缺的正是田地这玩意儿。大概我祖父留下了几亩地，父亲就靠这个来维持生活。至于他怎样侍弄这点儿地，又怎样成的家，这一段历史对我来说又是一个谜。

我就是在这时候来到人间的。

天无绝人之路。正在此时或稍微前一点，叔父在济南失了业，流落在关东。用身上仅存的一元钱买了湖北水灾奖券，结果中了头奖，据说得到了几千两银子。我们家一夜之间成了暴发户。父亲买了六十亩带水井的地。为了耀武扬威起见，要盖大房子。一时没有砖，他便昭告全村：谁愿意拆掉自己的房子，把砖卖给他，他肯出几十倍高的价钱。俗话说："重赏之下，必有勇夫。"别人的房子拆掉，我们的房子盖成。东、西、北房各五大间。大门朝南，极有气派。兄弟俩这一口气总算争到了。

然而好景不长，我父亲是乡村中朱家郭解一流的人物，仗"义"施财，忘乎所以。有时候到外村去赶集，他一时兴起，全席棚里喝酒吃饭的人，他都请了客。据说，没过多久，六十亩上好的良田被卖掉，新盖的房子也把东房和北房拆掉，卖了砖瓦。这些砖瓦买进时似黄金，卖出时似粪土。

一场春梦终成空。我们家又成了破落户。

在我能记事儿的时候，我们家已经穷到了相当可观的程度。一年大概只能吃一两次"白的"（指白面），吃得最多的是红高粱面饼子，棒子面饼子也成为珍品。我在春天和夏天，割了青草，或劈了高粱叶，背到二大爷家里，喂他的老黄牛。赖在那里不走，等着吃上一顿棒子面饼子，打一打牙祭。夏天和秋天，对门的宁大婶和宁大姑总带我到外村的田地里去拾麦子和豆子。把拾到的可怜兮兮的一把麦子或豆子交给母亲。不知道积攒多少次，才能勉强打出点麦粒，磨成面，吃上一顿"白的"。我当然觉得如吃龙肝凤髓。但是，我从来不记得母亲吃过一口。她只是坐在那里，瞅着我吃，眼里好像有点潮湿。我当时哪里能理解母亲的心情呀！但是，我也隐隐约约地立下一个决心：有朝一日，将来长大了，也让母亲吃点"白的"。可是，"树欲静而风不止，子欲养而亲不待"，还没有等到我有能力让母亲吃"白的"，母亲竟舍我而去，留下了我一个终生难补的心灵伤痕，抱恨终天！

我们家，我父亲一辈，大排行兄弟十一个。有六个因为家贫，下了关东，从此音讯杳然。留下的只有五个，一个送了人，我上面已经说过。这五个人中，只有大大爷有一个儿子，不幸早亡，我从来没有见过他。我生下以后，就成了唯一的一个男孩子。在封建社会里，这意味着什么，大家自然能理解。在济南的叔父只有一个女儿。于是兄弟俩一商量，要把我送到济南。当时母亲什么心情，我太年幼，完全不能理解。很多年以后，我才听人告诉我说，母亲曾说过："要知道一去不回头的话，我拼了命也不放那孩子走！"这一句不是我亲耳听到的话，却终生回荡在我耳边。"谁言寸草心，报得三春晖？"

我终于离开了家，当年我六岁。

一个人的一生难免稀奇古怪的。个人走的路有时候并不由自己来决定。假如我当年留在家里，走的路是一条贫农的路。生活可能很苦，但风险绝不会大。我今天的路怎样呢？我广开了眼界，认识了世界，认识了人生，获得了虚名。我曾走过阳关大道，也曾走过独木小桥；坎坎坷坷，又颇顺顺当当，一直走到了耄耋之年。如果当年让我自己选择道路的话，我究竟要选哪一条呢？概难言矣！

离开故乡时，我的心镜中留下的是一幅一个贫困至极的、一时走了运，立刻又垮下来的农村家庭的残影。

到了济南以后，我眼前换了一个世界。不用说别的，单说见到济南的山，就让我又惊又喜。我原来以为山只不过是一个个巨大无比的石头柱子。

叔父当然非常关心我的教育，我是季家唯一的传宗接代的人。我上过大概一年的私塾，就进了新式的小学校——济南一师附小。一切都比较顺利。五四运动波及了山东。一师校长是新派人物，首先采用了白话文教科书。国文教科书中有一篇寓言，名叫《阿拉伯的骆驼》，故事讲的是得寸进尺，是国际上流行的。无巧不成书，这一篇课文偏偏让叔父看到了，他勃然变色，大声喊道："骆驼怎么能说话呀！这简直是胡闹！赶快转学！"于是我就转到了新育小学。当时转学好像是非常容易，似乎没有走什么后门就转了过来。只举行一次口试，教员写了一个"骡"字，我认识，我的比我大一岁的亲戚不认识。我直接插入高一，而他则派进初三。一字之差，我硬是沾了一年的光。这就叫作人生！最初课本还是文言，后来则也随时代潮流改了白话，不仅骆驼能说话，连乌龟蛤蟆都说起话来。叔父却置之不管了。

叔父是一个非常有天才的人。他并没有受过什么正规教育，在颠沛流离中，完全靠自学，获得了知识和本领。他能作诗，能填词，能写字，能刻图章。中国古书也读了不少。按照他的出身，他无论如何也不应该对宋明理学发生兴趣；然而他竟然发生了兴趣，而且还极为浓烈，非同一般。这件事我至今大惑不解。我每看到他正襟危坐，威仪俨然，在读《皇清经解》一类十分枯燥的书时，我都觉得滑稽可笑。

这当然影响了对我的教育。我这一根季家的独苗他大概想要我诗书传家。《红楼梦》《三国演义》《水浒传》等等，他都认为是"闲书"，绝对禁止看。大概出于一种逆反心理，我爱看的偏是这些书。中国旧小说，包括《金瓶梅》《西厢记》等等几十种，我都偷着看了个遍。放学后不回家，躲在砖瓦堆里看，在被窝里用手电照着看。这样大概过了有几年的时间。

叔父的教育则是另外一回事。在正谊时，他出钱让我在下课后跟一个国文老师念古文，连《左传》等都念。回家后，吃过晚饭，立刻又到尚实英文学社去学英文，一直到深夜。这样天天连轴转，也有几年的时间。

叔父相信"中学为体"，这是可以肯定的。但是是否也相信"西学为用"呢？这一点我说不清楚。反正当时社会上都认为，学点洋玩意儿是能够升官发财的。这是一种实用主义的"崇洋"，"媚外"则不见得。叔父心目中"夷夏之辨"是很显然的。

大概是 1926 年，我在正谊中学毕了业，考入设在北园白鹤庄的山东大学附设高中文科去念书。这里的教员可谓极一时之选。国文教员王崑玉先生，英文教员尤桐先生、刘先生和杨先生，数学教员王先生，史地教员祁蕴璞先生，伦理学教员鞠思敏先生（正谊中学校长），伦理学教员完颜祥卿先生（一中校长），还有教经书的"大清国"先生（因为诨名太响亮，真名忘记了），另一位是前清翰林。两位先生教《书经》《易经》《诗经》，上课从不带课本，五经四书连注都能背诵如流。这些教员全是佼佼者。再加上学校环境有如仙境，荷塘四布，垂柳蔽天，是念书再好不过的地方。

我有意识地认真用功，是从这里开始的。我是一个很容易受环境支配的人。在小学和初中时，成绩不能算坏，总在班上前几名，但从来没有考过甲等第一。我毫不在意，照样钓鱼、摸虾。到了高中，国文作文无意中受到了王崐玉先生的表扬，英文是全班第一。其他课程考个高分并不难，只需稍稍一背，就能应付裕如。结果我生平第一次考了一个甲等第一，平均分数超过九十五分，是全校唯一的一个学生。当时山大校长兼山东教育厅长前清状元王寿彭，亲笔写了一副对联和一个扇面奖给我。这样被别人一指，我的虚荣心就被抬起来了，从此认真注意考试名次，再不掉以轻心。结果两年之内，四次期考，我考了四个甲等第一，威名大震。

在这一段时间内，外界并不安宁。军阀混乱，鸡犬不宁。直奉战争、直皖战争，时局瞬息万变，"你方唱罢我登场"。有一年山大祭孔，我们高中学生受命参加。我第一次见到当时的奉系山东土匪督军——不知道自己有多少兵、多少钱和多少姨太太的张宗昌，他穿着长袍马褂，匍匐在地，行叩头大礼。此情此景，至今犹在眼前。

到了1926年，蒋介石假"革命"之名，打着孙中山先生的招牌，算是一股新力量，从广东北伐，有共产党的协助，以雷霆万钧之力，一路扫荡，宛如劲风卷残云，大军于1928年5月1日占领了济南。此时，日本军国主义分子想趁火打劫，出兵济南，酿成了有名的五三惨案。高中关了门。

在这一段时间内，我的心镜中照出来的影子是封建又兼维新的教育再加上军阀混战。

日寇占领了济南，国民党军队撤走。学校都不能开学。我过了一年临时亡国奴生活。

此时日军当然就是全济南至高无上的唯一的统治者。同一切非正义的统治者一样，他们色厉内荏，十分害怕中国老百姓，简直害怕到风声鹤唳、草木皆兵的程度。天天如临大敌，常常搞一些突然袭击，到居民家里去搜查。我们一听到日军到附近某地来搜查了，家里就像开了锅。有人主张关上大门，有人坚决反对。前者说：不关门，日本兵会说："你怎么这样大胆呀！竟敢双门大开！"于是捅上一刀。后者则说：关门，日本兵会说："你们一定有见不得人的勾当；不然的话，皇军驾到，你们应该开门恭迎嘛！"于是捅上一刀。结果是，一会儿开门，一会儿又关上，如坐针毡，犹如热锅上的蚂蚁。此情此景，非亲身经历者，是绝不能理解的。

我还有一段个人经历。我无学可上，又深知日本人最恨中国学生，在山东焚烧日货的"罪魁祸首"就是学生。我于是剃光了脑袋，伪装是商店小徒弟。有一天，走在东门大街上，迎面来了一群日军，检查过往行人。我知道，此时万不能逃跑，一定要镇定，否则刀枪无情。我貌似坦然地走上前去。一个日兵搜我的全身，发现我腰里扎的是一条皮带。他如获至宝，发出狞笑，说道："你的，狡猾的大大地。你不是学徒，你是学生。学徒的，是不扎皮带的！"我当头挨了一棒，幸亏还没有昏过去，我向他解释：现在小徒弟们也发了财，有的能扎皮带了。他坚决不信。正在争论的时候，另外一个日军走了过来，大概是比那一个高一级的，听了那个日军的话，似乎有点不耐烦，一摆手："让他走吧！"我于是死里逃生，从阴阳界上又转了回来。我身上出了多少汗，只有我自己知道。

在这一年内，我心镜上照出的是临时或候补亡国奴的影像。

1929年，日军撤走，国民党重进。在我求学的道路上，从此开辟了一个新天地。

此时，北园高中关了门，新成立了一所山东省立济南高中，是全省唯一的一所高级中学。我没有考试，就入了学。

校内换了一批国民党的官员，"党"气颇浓，令人生厌。但是总的精神面貌却是焕然一新。最明显不过的是国文课。"大清国"没有了，经书不念了，文言作文改成了白话。国文教员大多是当时颇为著名的新文学家。我的第一个国文教员是胡也频烈士。他很少讲正课，每一堂都是宣传"现代文艺"，亦名"普罗文学"，也就是无产阶级文学。一些青年，其中也有我，大为兴奋。公然在宿舍门外摆上桌子，号召大家参加"现代文艺研究会"。还准备出刊物，我为此写了一篇文章，叫作《现代文艺的使命》，里面生吞活剥抄了一些从日文译过来的所谓马克思主义文艺理论的文句。译文像天书，估计我也看不懂，但是充满了革命义愤和口号的文章，却堂而皇之地写成了。文章还没有来得及刊出，国民党通缉胡先生，他慌忙逃往上海，一二年后就被国民党杀害。我的革命梦像肥皂泡似的破灭了，从此再也没有"革命"，一直到了解放。

接胡先生的是董秋芳（冬芬）先生。他算是鲁迅的小友，北京大学毕业，翻译了一本《争自由的波浪》，有鲁迅写的序。不知道怎样一来，我写的作文得到了他的垂青，他发现了我的写作"天才"，认为是全班、全校之冠。我有点飘飘然，是很自然的。到现在，在六十年漫长的过程中，不管我搞什么样的研究工作，写散文的笔从来没有放下过，写得好坏，姑且不论。对我自己来说，文章能抒发我的感情，表露我的喜悦，缓解我的愤怒，激励我的志向。这样的好处已经不算少了。我永远怀念我这位尊敬的老师！

在这一年里，我的心镜照出来的仿佛是我的新生。

1930年夏天，我们高中一级的学生毕了业。几十个举子联合"进京赶考"。当时北京（北平）的大学五花八门，国立、私立、教会立，纷然杂陈。水平极端参差不齐，吸引力也就大不相同。其中最受尊重的，同今天完全一样，是北大与清华，两个"国立"大学。因此，全国所有的赶考的举子没有不报考这两所大学的。这两所大学就仿佛变成了龙门，门槛高得可怕，往往几十人中录取一个。被录取的金榜题名，鲤鱼变成了龙。我来投考的那一年，有一个山东老乡，已经报考了五次，次次名落孙山。这一年又同我们报考，也就是第六次，结果仍然榜上无名。他神经失常，一个人恍恍惚惚在西山一带漫游了七天，才清醒过来。他从此断了大学梦，回到了山东老家，后不知所终。

我当然也报了北大与清华。同别的高中同学不同的是，我只报这两个学校，仿佛极有信心——其实我当时并没有考虑这样多，几乎是本能地这样干了——别的同学则报很多大学，二流的、三流的、不入流的，有的人竟报到七八所之多。我一辈子考试的次数成百成千，从小学一直考到获得最高学位；但我考试的运气好，从来没有失败过。这一次又撞上了喜神，北大和清华我都被录取，一时成了人们羡慕的对象。

但是，北大与清华，对我来说，却成了鱼与熊掌。何去何从？一时成了挠头的问题。我左考虑，右考虑，总难以下这一步棋。当时"留学热"不亚于今天，我未能免俗。如果从留学这个角度来考虑，清华似乎有一日之长。至少当时人们都是这样看的。"吾从众"，终于决定了清华，入的是西洋文学系（后改名外国语文系）。

在旧中国，清华西洋文学系名震神州。主要原因是教授几乎全是外国人，讲课当然用外国话，中国教授也多用外语（实际上就是英语）授课。这一点就具有极大的吸引力。夷考其实，外国教授几乎全部不学无术，在他们本国恐怕连中学都教不上。因此，在本系所有的必修课中，没有哪一门课我感到满意。反而是我旁听和选修的两门课，令我终生难忘，终生受益。旁听的是陈寅恪先生的"佛经翻译文学"，选修的是朱光潜先生的"文艺心理学"，就是美学。在本系中国教授中，叶公超先生教我们大一英文。他英文大概是好的，但有时故意不修边幅，好像要学习竹林七贤，给我没有留下好印象。吴宓先生的两门课"中西诗之比较"和"英国浪漫诗人"，给我留下了深刻的印象。

此外，我还旁听了或偷听了很多外系的课，比如朱自清、俞平伯、谢婉莹（冰心）、郑振铎等先生的课，我都听过，时间长短不等。在这种旁听活动中，我有成功，也有失败。最失败的一次，是同许多男同学，被冰心先生婉言赶出了课堂。最成功的是旁听郑西谛先生的课。西谛先生豁达大度，待人以诚，没有教授架子，没有行帮意识。我们几个年轻大学生——吴组缃、林庚、李长之，还有我自己——由听课而同他有了个人来往。他同巴金、靳以主编大型的《文学季刊》是当时轰动文坛的大事。他也竟让我们名不见经传的无名小卒，充当《季刊》的编委或特约撰稿人，名字赫然印在杂志的封面上，对我们来说这实在是无上的光荣。结果我们同西谛先生成了忘年交，终生维持着友谊，一直到1958年他在飞机失事中遇难。到了今天，我们一想到郑先生还不禁悲从中来。

此时政局是非常紧张的。蒋介石在拼命"安内"，日军已薄古北口，在东北兴风作浪，更不在话下。"九一八"后，我也曾参加清华学生卧轨绝食，到南京去请愿，要求蒋介石出兵抗日。我们满腔热血，结果被满口谎言的蒋介石捉弄，铩羽而归。

美丽安静的清华园也并不安静。国共两方的学生斗争激烈。此时，胡乔木（原名胡鼎新）同志正在历史系学习，与我同级。他在进行革命活动，其实也并不怎么隐蔽。每天早晨，我们洗脸盆里塞上的传单，就出自他之手。这是一个公开的秘密，尽人皆知。他曾有一次在深夜坐在我的床上，劝说我参加他们的组织。我胆小怕事，没敢答应。只答应到他主办的工人子弟夜校去上课，算是聊助一臂之力，稍报知遇之恩。

学生中国共两派的斗争是激烈的，详情我不得而知。我算是中间偏左的逍遥派，不介入，也没有兴趣介入这种斗争。不过据我的观察，两派学生也有联合行动，比如到沙河、清河一带农村中去向农民宣传抗日。我参加过几次，记忆中好像也有倾向国民党的学生参加。原因大概是，尽管蒋介石不抗日，青年学生还是爱国的多。在中国知识分子中，爱国主义的传统是源远流长的，根深蒂固的。

这几年，我们家庭的经济情况颇为不妙。每年寒暑假回家，返校时筹集学费和膳费，就煞费苦心。清华是国立大学，花费不多。每学期收学费四十元；但这只是一种形式，毕业时学校把收的学费如数还给学生，供毕业旅行之用。不收宿费，膳费每月六块大洋，顿顿有肉。即使是这样，我也开支不起。我的家乡清平县，国立大学生恐怕只有我一个，视若"县宝"，每年津贴我五十元。另外，我还能写点文章，得点稿费，家里的负担就能够大大地减轻。我就这样在颇为拮据的情况中度过了四年，毕了业，戴上租来的学士帽照过一张相，结束了我的大学生活。

当时流行着一个词儿，叫"饭碗问题"，还流行着一句话，是"毕业即失业"。除了极少数高官显宦、富商大贾的子女以外，谁都会碰到这个性命交关的问题。我从三年级开始就为此伤脑筋。我面临着承担家庭主要经济负担的重任。但是，我吹拍乏术，奔走无门。夜深人静之时，自己脑袋里好像是开了锅，然而结果却是一筹莫展。

眼看快要到1934年的夏天，我就要离开学校了。真好像是大旱之年遇到甘霖，我的母校济南省立高中校长宋还吾先生，托人邀我到母校去担任国文教员。月薪大洋一百六十元，是大学助教的一倍。大概因为我发表过一些文章，我就被认为是文学家，而文学家都一定能教国文，这就是当时的逻辑。这一举真让我受宠若惊，但是我心里却打开了鼓：我是学西洋文学的，高中国文教员我当得了吗？何况我的前任是被学生"架"（当时学生术语，意思是"赶"）走的，足见学生不易对付。我去无疑是自找麻烦，自讨苦吃，无异于跳火坑。我左考虑，右考虑，终于举棋不定，不敢答复。然而，时间是不饶人的。暑假就在眼前，离校已成定局，最后我咬了咬牙，横下了一条心："你有勇气请我，我就有勇气承担！"

于是在1934年秋天，我就成了高中的国文教员。校长待我是好的，同学生的关系也颇融洽，但是同行的国文教员对我却有挤对之意。全校三个年级，十二个班，四个国文教员，每人教三个班。这就来了问题：其他三位教员都比我年纪大得多，其中一个还是我的老师一辈，都是科班出身，教国文成了老油子，根本用不着备课。他们却每人教一个年级的三个班，备课只有一个头。我教三个年级剩下的那个班，备课有三个头，其困难与心里的别扭是显而易见的。所以在这一年里，收入虽然很好（一百六十元的购买力约与今天的三千二百元相当），心情却是郁闷。眼前的留学杳无踪影，手中的饭碗飘忽欲飞。此种心情，实不足为外人道也。

但是，幸运之神（如果有的话）对我是垂青的。正在走投无路之际，母校清华大学同德国学术交换处签订了互派留学生的合同，我喜极欲狂，立即写信报了名，结果被录取。这比考上大学金榜题名的心情，又自不同，别是一般滋味在心头。积年愁云，一扫而空，一生幸福，一锤定音。仿佛金饭碗已经捏在手中，自己身上一镀金，则左右逢源，所向无前。我现在看一切东西，都发出玫瑰色的光泽了。

然而，人是不能脱离现实的。我当时的现实是：亲老，家贫，子幼。我又走到了我一生最大的一个岔路口上。何去何从？难以决定。这个岔路口，对我来说，意义真正是无比地大。不向前走，则命定一辈子当中学教员，饭碗还不一定经常能拿在手中，向前走，则会是另一番境界。"马前桃花马后雪，教人怎敢再回头？"

　　经过了痛苦的思想矛盾，经过了细致的家庭协商，决定了向前迈步。好在原定期限只有两年，咬一咬牙就过来了。

　　我于是在1935年夏天离家，到北平和天津办理好出国手续，乘西伯利亚火车，经苏联，到了柏林。我自己的心情是：万里投荒第二人。

　　在这一段从大学到教书一直到出国的时期中，我的心镜中照见的是：蒋介石猖狂反共，日本军野蛮入侵，时局动荡不安，学生两极分化，这样一幅十分复杂矛盾的图像。

　　马前的桃花，远看异常鲜艳，近看则不见得。

　　我在柏林待了几个月，中国留学生人数颇多，认真读书者当然有之，终日鬼混者也不乏人。国民党的大官，自蒋介石起，很多都有子女在德国"流学"。这些高级"衙内"看不起我，我更藐视这一群行尸走肉的家伙，羞与他们为伍。"此地信美非吾土"，到了深秋，我就离开柏林，到了小城又是科学名城的哥廷根。从此以后，在这里一住就是七年，没有离开过。

　　德国给我一月一百二十马克，房租占百分之四十多，吃饭也差不多，手中几乎没有余钱。同官费学生一月八百马克相比，真如小巫见大巫。我在德国住了那么久的时间，从来没有寒暑假休息，从来没有旅游，一则因为"阮囊羞涩"，二则珍惜寸阴，想多念一点书。

我不远万里而来，是想学习的。但是，学习什么呢？最初并没有一个十分清楚的打算。第一学期，我选了希腊文，样子是想念欧洲古典语言文学。但是，在这方面，我无法同德国学生竞争，他们在中学里已经学了八年拉丁文，六年希腊文。我心里彷徨起来。

到了1936年春季始业的那一学期，我往课程表上看到了瓦尔德施米特开的梵文初学课，我狂喜不止。在清华时，受了陈寅恪先生讲课的影响，就有志于梵学。但在当时，中国没有人开梵文课，现在竟于无意中得之，焉能不狂喜呢？于是我立即选了梵文课。在德国，要想考取哲学博士学位，必须修三个系，一主二副。我的主系是梵文、巴利文，两个副系是英国语言学和斯拉夫语言学。我从此走上了正规学习的道路。

1937年，我的奖学金期满。正在此时，日军发动了卢沟桥事件，虎视眈眈，意在吞并全中国和亚洲。我是望乡兴叹，有家难归。但是天无绝人之路，汉文系主任夏伦邀我担任汉语讲师，我实在像久旱逢甘霖，当然立即同意，走马上任。这个讲师工作不多，我照样当我的学生，我的读书基地仍然在梵文研究所，偶尔到汉学研究所来一下。这情况一直继续到1945年秋天我离开德国。

1939年，第二次世界大战正式开幕。我原以为像这样杀人盈野、积血成河的人类极端残酷的大搏斗，理应震撼三界，摇动五洲，使禽兽颤抖，使人类失色。然而，我有幸身临其境，只不过听到几次法西斯头子狂号——这在当时的德国是司空见惯的事——好像是春梦初觉，无声无息地就走进了战争。战争初期阶段，德军的胜利使德国人如疯如狂，对我则是一个打击。他们每胜利一次，我就在夜里服安眠药一次。积之既久，失眠成病，成了折磨我几十年的终生痼疾。

最初生活并没有怎样受到影响，慢慢地肉和黄油限量供应了，慢慢地面包限量供应了，慢慢地其他生活用品也限量供应了。在不知不觉中，生活的螺丝越拧越紧。等到人们明确地感觉到时，这螺丝已经拧得很紧很紧了，但是除了极个别的反法西斯的人以外，我没有听到老百姓说过一句怨言。德国法西斯头子统治有术，而德国人民也是一个十分奇特的民族，对我来说，简直像个谜。

后来战火蔓延，德国四面被封锁，供应日趋紧张。我天天挨饿，夜夜做梦，梦到中国的花生米。我幼无大志，连吃东西也不例外。有雄心壮志的人，梦到的一定是燕窝、鱼翅，哪能像我这样没出息的人只梦到花生米呢？饿得厉害的时候，我简直觉得自己是处在饿鬼地狱中，恨不能把地球都整个吞下去。

我仍然继续念书和教书。除了挨饿外，天上的轰炸最初还非常稀少。我终于写完了博士论文。此时瓦尔德施米特教授被征从军，他的前任已退休的老教授 Prof. E. Sieg（西克）替他上课。他用了几十年的时间读通了吐火罗文，名扬全球。按岁数来讲，他等于我的祖父。他对我也完全是一个祖父的感情。他一定要把自己全部拿手的好戏都传给我：印度古代语法，吠陀，而且不容我提不同意见，一定要教我吐火罗文。我乘瓦尔德施米特教授休假之机，通过了口试，布朗恩口试俄文和斯拉夫文，罗德尔口试英文。考试及格后，仍在西克教授指导下学习。我们天天见面，冬天黄昏，在积雪的长街上，我搀扶着年逾八旬的异国的老师，送他回家。我忘记了战火，忘记了饥饿，我心中只有身边这个老人。

我当然怀念我的祖国，怀念我的家庭。此时邮政早已断绝。杜甫诗："烽火连三月，家书抵万金。"我却是"烽火连三年，家书抵亿金"。事实上根本收不到任何信。这大大地增强了我的失眠症，晚上吞服的药量，与日俱增，能安慰我的只有我的研究工作。此时英美的轰炸已成家常便饭，我就是在饥饿与轰炸中写成了几篇论文。大学成了女生的天下，男生都被抓去当了兵。过了没有多久，男生有的回来了，但不是缺一只手，就是缺一条腿。双拐击地的声音在教室大楼中往复回荡，形成了独特的合奏。

到了此时，前线屡战屡败，法西斯头子的牛皮虽然照样厚颜无耻地吹，然而已经空洞无力，有时候牛头不对马嘴。从我们外国人眼里来看，败局已定，任何人也回天无力了。

德国人民怎么样呢？经过我十年的观察与感受，我觉得，德国人不愧是世界上最优秀的人民之一。文化昌明，科学技术处于世界前列，大文学家、大哲学家、大音乐家、大科学家，近代哪一个民族也比不上。而且为人正直、淳朴，个个都是老实巴交的样子。在政治上，他们却是比较单纯的。真心拥护希特勒者占绝大多数。令我大惑不解的是，希特勒极端诬蔑中国人，视为文明的破坏者。按理说，我在德国应当遇到很多麻烦。然而，实际上，我却一点麻烦也没有遇到。听说，在美国，中国人很难打入美国人社会。可我在德国，自始至终就在德国人社会之中，我就住在德国人家中，我的德国老师，我的德国同学，我的德国同事，我的德国朋友，从来待我如自己人，没有丝毫歧视。这一点让我终生难忘。

这样一个民族现在怎样看待垂败的战局呢？他们很少跟我谈论战争问题，对生活的极端艰苦，轰炸的极端野蛮，他们好像都无动于衷，他们有点茫然、漠然。一直到1945年春，美国军队攻入哥廷根，法西斯彻底完蛋了，德国人仍然无动于衷，大有逆来顺受的意味，又仿佛当头挨了一棒，在茫然、漠然之外，又有点昏昏然、懵懵然。

惊心动魄的世界大战，持续了六年，现在终于闭幕了。我在惊魂甫定之余，顿时想到了祖国，想到了家庭，我离开祖国已经十年了，我在内心深处感到了祖国对我这个海外游子的召唤。几经交涉，美国占领军当局答应用吉普车送我们到瑞士去。我辞别德国师友时，心里十分痛苦，特别是西克教授，我看到这位耄耋老人面色凄楚，双手发颤，我们都知道，这是最后一面了。我连头也不敢回，眼里流满了热泪。我的女房东对我放声大哭，她儿子在外地，丈夫已死，我这一走，房子里空空洞洞，只剩下她一个人。几年来她实际上是同我相依为命，而今以后，日子可怎样过呀！离开她时，我也是头也没有敢回，含泪登上美国吉普。我在心里套一首旧诗想成了一首诗：

> 留学德国已十霜，
>
> 归心日夜忆旧邦。
>
> 无端越境入瑞士，
>
> 客树回望成故乡。

这十年在我的心镜上照出的是法西斯统治，极端残酷的世界大战，游子怀乡的残影。

1945 年 10 月，我们到了瑞士，在这里待了几个月。1946 年春天，离开瑞士，经法国马赛，乘为法国运兵的英国巨轮，到了越南西贡。在这里待到夏天，又乘船经香港回到上海，别离祖国将近十一年，现在终于回来了。

此时，我已经通过陈寅恪先生的介绍，经胡适之先生、傅斯年先生和汤用彤先生的同意，到北大来工作。我写信给在英国剑桥大学任教的哥廷根旧友夏伦教授，谢绝了剑桥之聘，决定不再回欧洲。同家里也取得了联系，寄了一些钱回家。我感激叔父和婶母，以及我的妻子彭德华，他们经过千辛万苦，努力苦撑了十一年，我们这个家才得以完整安康地留了下来。

当时正值第二次革命战争激烈进行，交通中断，我无法立即回济南老家探亲。我在上海和南京住了一个夏天。在南京曾叩见过陈寅恪先生，到中央研究院拜见过傅斯年先生。1946 年深秋，从上海乘船到秦皇岛，转乘火车，来到了暌别十一年的北京。深秋寂冷，落叶满街，我心潮起伏，酸甜苦辣，说不出是什么滋味。阴法鲁先生到车站去接我们，把我暂时安置在北大红楼。第二天，会见了文学院长汤用彤先生。汤先生告诉我，按北大以及其他大学规定，得学位回国的学人，最高只能给予副教授职称，在南京时傅斯年先生也告诉过我同样的话。能到北大来，我已经心满意足，焉敢妄求？但是过了没有多久，大概只有个把礼拜，汤先生告诉我，我已被定为正教授兼东方语言文学系主任，时年三十五岁。当副教授时间之短，我恐怕是创了新纪录。这完全超出了我的想望。我暗下决心：努力工作，积极述作，庶不负我的老师和师辈培养我的苦心！

此时的时局却是异常恶劣的。以蒋介石为首的国民党，剥掉自己的一切画皮，贪污成性，贿赂公行，大搞"五子登科"，接收大员满天飞，"法币"天天贬值，搞了一套银元券、金元券之类的花样，毫无用处。人民生活在水深火热之中，大学教授也不例外。手中领到的工资，一个小时以后，就能贬值。大家纷纷换银元，换美元，用时再换成法币。每当手中攥上几个大头时，心里便暖乎乎的，仿佛得到了安全感。

在学生中，新旧势力的斗争异常激烈。国民党垂死挣扎，进步学生猛烈进攻。当时流传着一个说法：在北平有两个解放区，一个是北大的民主广场，一个是清华园。我住在红楼，有几次也受到了国民党北平市党部纠集的天桥流氓等闯进来捣乱的威胁。我们在夜里用桌椅封锁了楼口，严阵以待，闹得人心惶惶，我们觉得又可恨，又可笑。

但是，腐败的东西终究会灭亡的，这是一条人类和大自然中进化的规律。1949 年春，北京终于解放了。

在这三年中，我的心镜中照出的是黎明前的一段黑暗。

如果把我的一生分成两截的话，我习惯的说法是，前一截是旧社会，共三十八年。后一截是新社会，年数现在还没法确定，我一时还不想上八宝山，我无法给我的一生画上句号。

为什么要分为两截呢？一定是认为两个社会差别极大，非在中间划上鸿沟不行。实际上，我同当时留下没有出国或到台湾去的中老年知识分子一样，对共产党并不了解；对共产主义也不见得那么向往；但是对国民党我们是了解的。因此，解放军进城我们是欢迎的，我们内心是兴奋的，希望而且也觉得从此换了人间。解放初期，政治清明，一团朝气，许多措施深得人心。旧社会留下的许多污泥浊水，荡涤一清。我们都觉得从此河清有日，幸福来到了人间。

但是，我们也有一个适应过程。别的比我年老的知识分子的真实心情，我不了解。至于我自己，我当时才四十岁，算是刚刚进入中年，但是我心中需要克服的障碍就不老少。参加大会，喊"万岁"之类的口号，最初我张不开嘴，连脱掉大褂换上中山装这样的小事，都觉得异常别扭，其他可知矣。

对我来说，这个适应过程并不长，也没有感到什么特殊的困难，我一下子像是变了一个人，觉得一切的一切都是美好的，都是善良的。我觉得天特别蓝，草特别绿，花特别红，山特别青。全中国仿佛开遍了美丽的玫瑰花，中华民族前途光芒万丈，我自己仿佛又年轻了十岁，简直变成了一个大孩子。开会时，游行时，喊口号，呼"万岁"，我的声音不低于任何人，我的激情不下于任何人。现在回想起来，那是我一生最愉快的时期。

但是，反观自己，觉得百无是处。我从内心深处认为自己是一个地地道道的"摘桃派"。中国人民站起来了，自己也跟着挺直了腰板。任何类似贾桂的思想，都一扫而空。我享受着"解放"的幸福，然而我干了什么事呢？我做出了什么贡献呢？我确实没有当汉奸，也没有加入国民党，没有屈服于德国法西斯。但是，当中华民族的优秀儿女把脑袋挂在裤腰带上，浴血奋战，壮烈牺牲的时候，我却躲在万里之外的异邦，在追求自己的名山事业。天下可耻事宁有过于此者乎？我觉得无比的羞耻。连我那一点所谓学问——如果真正有的话——也是极端可耻的。

我左思右想，沉痛内疚，觉得自己有罪，觉得知识分子真是不干净。我仿佛变成了一个基督教徒，深信"原罪"的说法。在好多好多年，这种"原罪"感深深地印在我的灵魂中。

我当时时发奇想，我希望时间之轮倒拨回去，拨回到战争年代，给我一个机会，让我立功赎罪。我一定会不惜牺牲自己的性命，为了革命，为了民族。我甚至有近乎疯狂的幻想：如果我们的领袖遇到生死危机，我一定会挺身而出，用自己的鲜血与性命来保卫领袖。

我处处自惭形秽。我当时最羡慕、最崇拜的是三种人：老干部、解放军和工人阶级。对我来说，他们的形象至高无上，神圣不可侵犯。在我眼中，他们都是"最可爱的人"，是我终生学习也无法赶上的人。

就这样，我背着沉重的"原罪"的十字架，随时准备深挖自己思想，改造自己的资产阶级思想，真正树立无产阶级思想——除了"毫不利己，专门利人"之外，我到今天也说不出什么是无产阶级思想——脱胎换骨，重新做人。风风雨雨，坎坎坷坷，一会儿山重水复，一会儿柳暗花明，走过了漫长的三十年。

解放初期第一场大型的政治运动，是"三反""五反"、思想改造运动。我认真严肃地怀着满腔的虔诚参加了进去。我一辈子不贪污公家一分钱，"三反""五反"与我无缘。但是思想改造，我却认为，我的任务是艰巨的，是迫切的。笼统说来，是资产阶级思想；具体说来，则可以分为几项。首先，在解放前，我从对国民党的观察中，得出了一条结论：政治这玩意儿是肮脏的，是污浊的，最好躲得远一点。其次，我认为，外蒙古是被苏联抢走的；中共是受苏联左右的。思想改造，我首先检查、批判这两个思想。当时，当众检查自己的思想叫作"洗澡"，"洗澡"有小、中、大三盆。我是系主任，必须洗中盆，也就是在全系师生大会上公开检查。因为我没有什么民愤，没有升入"大盆"，也就是没有在全校师生大会上检查。

在中盆里，水也是够热的。大家发言异常激烈，有的出于真心实意，有的也不见得。我生平破天荒第一次经过这个阵势。句句话都像利箭一样，射向我的灵魂。但是，因为我仿佛变成一个基督教徒，怀着满腔虔诚的"原罪"感，好像话越是激烈，我越感到舒服，我舒服得浑身流汗，仿佛洗的是土耳其蒸汽浴。大会最后让我通过以后，我感动得真流下了眼泪，感到身轻体健，资产阶级思想仿佛真被廓清。

像我这样虔诚的信徒，还有不少，但是也有想蒙混过关的。有一位洗大盆的教授，小盆、中盆，不知洗过多少遍了，群众就是不让通过，终于升至大盆。他破釜沉舟，想一举过关。检讨得痛快淋漓，把自己骂得狗血喷头，连同自己的资产阶级父母，都被波及，他说了父母不少十分难听的话。群众大受感动。然而无巧不成书，主席瞥见他的检讨稿上用红笔写上了几个大字"哭"。每到这地方，他就号啕大哭。主席一宣布，群众大哗。结果如何，就不用说了。

跟着来的是批判电影《武训传》，批判《早春二月》，批判资产阶级学术思想，胡适、俞平伯都榜上有名。后面是揭露和批判胡风"反革命集团"，这是属于敌我矛盾的事件。胡风本人以外，被牵涉到的人数不少，艺术界和学术界都有。附带进行了一次清查历史反革命的运动，自杀的人时有所闻。北大一位汽车司机告诉我，到了这样的时候，晚上开车，要十分警惕，怕冷不防有人从黑暗中一下子跳出来，甘愿做轮下之鬼。

到 1957 年，政治运动达到了第一次高潮。从规模上来看，从声势上来看，从涉及面之广来看，从持续时间之长来看，都无愧是空前的。

最初只说是党内整风，号召大家提意见，"知无不言，言无不尽"。当时党的威信至高无上。许多爱护党而头脑简单的人，就真提开了意见，有的话说得并不好听，但是绝大部分人是出于一片赤诚之心，结果被揪住了辫子，划为右派。根据"上头"的意见，右派是敌我矛盾作为人民内部矛盾来处理，而且信誓旦旦说：右派永远不许翻案。

有些被抓住辫子的人恍然大悟：原来不是说不抓辫子，不打棍子，不戴帽子吗？这是不是一场阴谋？答曰：否，这不是阴谋，而是阳谋。到了此时，悔之晚矣。戴上右派帽子的人，虽说是人民内部，但是游离于敌我之间，徙倚于人鬼之隙，滋味是够受的。有的人到了二十年之后才被摘掉帽子，然而老夫耄矣。无论如何，这证明了，共产党有改正错误的勇气，是有力量有信心的表现。

当时究竟划了多少右派，确数我不知道。听说右派是有指标的，这指标下达到每一个基层单位，如果没有完成，必须补划。

传说出了不少笑话。这都先不去管它。有一件事情，我脑筋里开了点窍：这一场运动，同以前的运动一样，是针对知识分子的。我怀着根深蒂固的"原罪"感，衷心拥护这一场运动。

到1958年，轰轰烈烈的反击右派运动逐渐接近了尾声。但是，车不能停驶，马不能停蹄，立即展开了新的运动，而且这一次运动在很多方面都超越了以前的运动。这一次是精神和物质一齐抓，既要解放生产力，又要肃清资产阶级思想。后者主要是针对学校里的教授，美其名曰"拔白旗"。"白"就代表落后，代表倒退，代表资产阶级思想，是与代表前进，代表革命，代表无产阶级思想的"红"相对立的。大学里和中国科学院里一些"资产阶级教授"，狠狠地被拔了一下白旗。

前者则表现在大炼钢铁上。至于人民公社，则好像是兼而有之。"共产主义是天堂，人民公社是桥梁"，是当时最响亮的口号。大炼钢铁实际上是一场巨大的灾难。全国人民响应号召，到处搜捡废铁，加以冶炼，这件事本来未可厚非。但是，废铁捡完了，为了完成指标，就把完整的铁器，包括煮饭的锅在内，砸成"废铁"，回炉冶炼。全国各地，炼钢的小炉，灿若群星，日夜不熄，蔚为宇宙伟观，然而炼出来的却是一炉炉的废渣。

人人都想早上天堂，于是人民公社，一夜之间，遍布全国。适逢粮食丰收，大家敞开肚皮吃饭，个人的灶都撤掉了，都集中在公共食堂中吃饭。有的粮食烂在地里，无人收割。把群众运动的威力夸大到无边无际，把人定胜天的威力也夸大到无边无际。麻雀被定为"四害"之一，全国人民起来打之。把粮食的亩产量也无限夸大，从几百斤、几千斤到几万斤。各地竞相弄虚作假，大放"卫星"。有人说，如果亩产几万斤，则一亩地里光麦粒或谷粒就得铺得老厚，那是完全不可信的。

那时我已经有四十七八岁，不是小孩子了；我是受过高等教育、留过洋的大学教授，然而我对这一切都深信不疑。"人有多大胆，地有多大产"，我是坚信的。我在心中还暗暗地嘲笑那一些"思想没有解放"的"胆小鬼"，觉得唯我独"马"，唯我独"革"。

跟着来的是三年灾害。真是"自然灾害"吗？今天看来，未必是的。反正是大家都挨了饿。我在德国挨过五年饿，"曾经沧海难为水"，我现在一点没有感到难受，半句怪话也没有说过。

从全国形势来看，当时的政策已经"左"到不能再"左"的程度，当务之急当然是反"左"。据说中央也是这样打算的。但是，在庐山会议上，忽然杀出来了一个彭德怀。他上了"万言书"，说了几句真话，这就惹了大祸。于是一场反"左"变为反右。一直到今天，开国元勋中，我最崇拜最尊敬的莫过于彭大将军。他是一个难得的硬汉子，豁出命去，也不阿谀奉承，代表了中华民族的浩然正气。

上面既然号召反右，那么就反吧。知识分子们，经过十几年连续不断的运动，都已锻炼成了"运动健将"，都已成了"运动"的内行里手。这一次我整你，下一次你整我，大家都已习惯这一套了。于是乱乱哄哄，时松时紧，时强时弱，一直反到社教运动。

据我看，社教运动实际上是"无产阶级文化大革命"的前奏曲。我现在就把这两场运动摆在一起来讲。

社会主义教育运动，北大是试点，先走了一步，运动开始后不久学校里就泾渭分明地分了派：被整的与整人的。我也懵懵懂懂地参加了整人的行列。可是有一件事情我不明白，也想不通，解放后第一次萌动了一点"反动思想"：学校的领导都是上面派来的老党员、老干部，我们资产阶级知识分子并起不了多大作用，为什么上头的意思说我们"统治"了学校呢？我百思不得其解。

后来北京市委进行了干预，召开了国际饭店会议，为被批的校领导平反，这里就伏下了"文化大革命"的起因。

1965年秋天，我参加完了国际饭店会议，被派到京郊南口村去搞农村社教运动。在这里我们真成了领导人，党政财文大权统统掌握在我们手里。但是要求也是非常严格的：不许自己开火做饭，在全村轮流吃派饭，鱼肉蛋不许吃。自己的身份和工资不许暴露，当时农民每日工分不过三四角钱，我的工资是四五百，这样放了出去，怕农民吃惊。时隔三十年，到了今天，再到农村去，我们工资的数目还是不肯说，怕说出去让农民笑话。抚今追昔，真不禁感慨系之矣！

这一年的冬天，姚文痞的文章《评新编历史剧〈海瑞罢官〉》发表，敲响了"文化大革命"的钟声。所谓"三家村"的三位主人，我全认识，我在南口村无意中说了出来。这立即被我的一位"高足"牢记在心。后来在"文革"中，这位高足原形毕露。为了出人头地，颇多惊人之举，比如说贴口号式的大字报，也要署上自己的名字，引起了轰动。他对我也落井下石，把我"打"成了"三家村"的小伙计。

我于1966年6月4日奉召回校，参加"文化大革命"。最初的一个阶段，是批所谓的"资产阶级学术权威"。这次运动又是针对知识分子的，是再明显不过的了，我自然在被批之列。我虽不敢以"学术权威"自命,但是,说自己是资产阶级,我则心悦诚服,毫无怨言。尽管运动来势迅猛,我没有费多大力量就通过了。

后来,北大成立了"革命委员会",头子就是那位所谓写第一张"马列主义大字报"的"老佛爷"。此人是有后台的,广通声气,据说还能通天,与江青关系密切。她不学无术,每次讲话,必出错误;但是却骄横跋扈,炙手可热。此时她成了全国名人,每天到北大来"取经"朝拜的上万人,上十万人,弄得好端端一个燕园乱七八糟,乌烟瘴气。

随着运动的发展,北大逐渐分了派。"老佛爷"这一派叫"新北大公社",是抓掌大权的"当权派"。它的对立面叫"井冈山",是被压迫的。两派在行动上很难说有多少区别,都搞打、砸、抢,都不懂什么叫法律。上面号召:"革命无罪,造反有理。"这就是至高无上的法律。

我越过第一阵强烈的风暴,问题算是定了。我逍遥了一阵子,日子过得满惬意。如果我这样逍遥下去的话,太大的风险不会再有了。我现在无异是过了昭关的伍子胥。我是一个胆小怕事的人,这是常态;但是有时候我胆子又特别大。在我一生中,这样的情况也出现过几次,这是变态。及今思之,我这个人如果有什么价值的话,价值就表现在变态上。

这种变态在"文化大革命"又出现过一次。

在"老佛爷"仗着后台硬为所欲为无法无天的时候,校园里残暴野蛮的事情越来越多。抄家、批斗、打人、骂人,脖子上挂大木牌子,头上戴高帽子,任意污辱人,放胆造谣言,以至发展到用长矛杀人，不用说人性，连兽性都没有了。我认为这不符合群众路线，不符合什么人的"革命路线"。放着安稳的日子不过，我又发了牛脾气，自己跳了出来，其中危险我是知道的。我在日记里写过："为了保卫什么人的革命路线，虽粉身碎骨，在所不辞。"这完全是真诚的，半点虚伪也没有。

同时，我还有点自信：我头上没有辫子，屁股上没有尾巴。我没有参加过国民党或任何反动组织，没有干反人民的事情。我怀着冒险、侥幸，又还有点自信的心情，挺身出来反对那一位"老佛爷"。我完完全全是"自己跳出来"的。

没想到，也可以说是已经想到，这一跳就跳进了"牛棚"。我在群众中有一定的影响，我起来在太岁头上动土，"老佛爷"恨我入骨，必欲置之死地而后快。我被抄家，被批斗，被打得头破血流，鼻青脸肿。我并不是那种豁达大度什么都不在乎的人。我一时被斗得晕头转向，下定决心，自己结束自己的性命。决心既下，我心情反而显得异常平静，简直平静得有点可怕。我把历年积攒的安眠药片和药水都装到口袋里，最后看了与我共患难的婶母和老伴一眼，刚准备出门跳墙逃走，大门上响起了雷鸣般的撞门声："新北大公社"的红卫兵来押解我到大饭厅去批斗了。这真正是千钧一发呀！这一场批斗进行得十分激烈，十分野蛮，我被打得躺在地上站不起来。然而我一下得到了"顿悟"：一个人忍受挨打折磨的能力，是没有极限的。我能够忍受下去的！我不死了！我要活下去！

我的确活下来了。然而，在刚离开"牛棚"的时候，我已经虽生犹死，我成了一个半白痴，到商店去买东西，不知道怎样说话。让我抬起头来走路，我觉得不习惯。耳边不再响起"妈的！""混蛋！""王八蛋！"一类的词儿，我觉得奇怪。见了人，我是口欲张而嗫嚅，足欲行而趑趄。我几乎成了一具行尸走肉，早已经"异化"为"非人"。

我的确活下来了，然而一个念头老在咬我的心。我一向信奉的"士可杀，不可辱"的教条，怎么到了现在竟被我完全地抛到脑后了呢？我有勇气仗义执言，打抱不平，为什么竟没有勇气用自己的性命来抗议这种暴行呢？我有时甚至觉得，隐忍苟活是可耻的。然而，怪还不怪在我的后悔，而在于我在很长的时间内并没有把这件事同整个的"文化大革命"联系在一起。一直到1976年"四人帮"被打倒，我一直拥护七八年一次、一次七八年的"革命"。可见我的政治嗅觉是多么迟钝。

我做了四十多年的梦，我怀拥"原罪感"四十多年。上面提到的我那三个崇拜对象，我一直崇拜了四十多年。所有这一些对我来说是十分神圣的东西，都被"文革"打得粉碎，而今安在哉！我不否认，我这几个崇拜对象大部分还是好的，我不应从一个极端走向另一个极端。至于我衷心拥护了十年的"文化大革命"，则另是一码事。这是中国历史上空前的最野蛮、最残暴、最愚昧、最荒谬的一场悲剧，它给伟大的中华民族脸上抹了黑。我们永远不应忘记！

"四人帮"垮台，"无产阶级文化大革命"结束以后，中央拨乱反正，实行了改革开放的政策，受到了全国人民的拥护。时间并不太长，取得的成绩有目共睹。在全国人民眼前，在全国知识分子眼前，天日重明，又有了希望。

我在上面讲述了解放后四十多年来的遭遇和感受。在这一段时间内，我的心镜里照出来的是运动，运动，运动；照出来的是我个人和众多知识分子的遭遇；照出来的是我个人由懵懂到清醒的过程；照出来的是全国人民从政治和经济危机的深渊岸边回头走向富庶的转机。

　　我在20世纪生活了八十多年了。再过七年，这一世纪，这一千纪就要结束了。这是一个非常复杂、变化多端的世纪。我心里这一面镜子照见的东西当然也是富于变化的，五花八门的，但又多姿多彩的。它既照见了阳关大道，也照见了独木小桥；它既照见了山重水复，也照见了柳暗花明。我不敢保证我这一面心镜绝对通明锃亮，但是我却相信，它是可靠的，其中反映的倒影是符合实际的。

　　我揣着这一面镜子，一揣揣了八十多年。我现在怎样来评价镜子里照出来的20世纪呢？我现在怎样来评价镜子里照出来的我的一生呢？呜呼，慨难言矣！慨难言矣！"却道天凉好个秋"。我效法这一句词，说上一句：天凉好个冬！

　　只有一点我是有信心的：21世纪将是中国文化（东方文化的核心）复兴的世纪。现在世界上出现了许多影响人类生存前途的弊端，比如人口爆炸，大自然被污染，生态平衡被破坏，臭氧层被破坏，粮食生产有限，淡水资源匮乏，等等，这只有中国文化能克服，这就是我的最后信念。

1993年2月17日

尊师重道

《礼记·学记》说："凡学之道，严师为难。师严，然后道尊；道尊，然后民知敬学。"郑玄注："严，尊敬也。尊师重道焉。"从那以后，"尊师重道"这句话，就广泛流行于神州大地。这也确实反映了中华民族优秀文化的一个方面，不只是停留在字面上。

先师陈寅恪先生在《王观堂先生挽词·序》中说："吾中国文化之定义，具于《白虎通》三纲、六纪之说，其意义为抽象理想最高之境，犹希腊柏拉图所谓 idea 者。""六纪"中之一"纪"即为师长，可见尊师也属于抽象理想最高之境，是中华民族优秀文化传统的一个组成部分，绝不可等闲视之。

我并不是说，西方国家不尊重师长。然而同中国比较起来，犹如小巫见大巫，迥手不侔矣。因此，谁要是想找一个尊师重道的大国，他必须到中国来。

尊师重道的传统，在中国流传了几千年的。到了十年空前"浩劫"期间，遭到毁灭性的破坏。拨乱反正以后，虽有所恢复，然而已非昔比了。好学深思之士，关心我国文化教育发展的前途，怒然忧之。

现在，童宗盛先生编选了这一部《最可敬的人——中国大学校长忆恩师》。这虽然只能说是尊师重道的一个方面，然而其意义是绝不能低估的。如果我说，童宗盛先生是颇有一点"挽狂澜于既倒"的劲头的，这恐怕绝非过誉吧。我相信，全国有识之士，承认尊师重道的必要性的人，关心中华文化教育发展的人，志在弘扬中华优秀文化的人，会欢迎这一部书的。因此，我怀着愉快而又渴望的心情，写了这一篇短序。

1993 年 6 月 20 日

漫谈撒谎

一

世界上所有的堂堂正正的宗教，以及古往今来的贤人哲士，无不教导人们：要说实话，不要撒谎。笼统来说，这是无可非议的。

最近读日本稻盛和夫、梅原猛著，卞立强译的《回归哲学》，第四章有梅原和稻盛二人关于不撒谎的议论。梅原说："不撒谎是最起码的道德。自己说过的事要实行，如果错了就说错了——我希望现在的领导人能做到这样最普通的事。苏格拉底可以说是最早的哲学家。在苏格拉底之前有些人自称是诡辩家、智者。所谓诡辩家，就是能把白的说成黑的，站在 A 方或反 A 方同样都可以辩论。这样的诡辩家教授辩论术，曾经博得人们欢迎，原因是政治需要颠倒黑白的辩论术。"

在这里，我想先对梅原的话加上一点注解。他所说的"现在领导人"，指的是像日本这样国家的政客。他所说的"政治需要颠倒黑白的辩论术"，指的是古代希腊的政治。

梅原在下面又说："苏格拉底通过对话揭露了掌握这种辩论术的诡辩家的无智。因而他宣称自己不是诡辩家，不是智者，而是'爱智者'。这是最初的哲学。我认为哲学家应当回归其原点，恢复语言的权威。也就是说，道德的原点是'不撒谎'……不撒谎是道德的基本和核心。"

梅原把"不撒谎"提高到"道德原点"的高度，可见他对这个问题是多么重视，我们且看一看他的对话者稻盛是怎样对待这个问题的。稻盛首先表示同意梅原的意见。可是，随后他就撒谎问题作了一些具体的分析。他讲到自己的经历。他说，有一个他景仰的颇有点浪漫气息的人对他说："稻盛，不能说假话，但也不必说真话。"他听了这话，简直高兴得要跳起来。接着他就写了下面一段话："我从小父母也是严格教导我不准撒谎。我当上了经营的负责人之后，心里还是这么想：说谎可不行啊！可是，在经营上有关企业的机密和人事等问题，有时会出现很难说真话的情况。我想我大概是为这些难题苦恼时而跟他商量的。他的这种回答在最低限度上贯彻了'不撒谎'的态度，但又不把真实情况和盘托出。这样就可以求得局面的打开。"

上面我引用了两位日本朋友的话，一位是著名的文学家，一位是著名的企业家，他们俩都在各自的行当内经过了多年的考验磨炼，都富于人生经验。他们的话对我们会有启发的。我个人觉得，稻盛引用的他那位朋友的话："不能说假话，但也不必说真话。"最值得我们深思。我的意思就是，对撒谎这类社会现象，我们要进行细致的分析。

二

　　我们中国的父母，同日本稻盛的父母一样，也总是教导子女：不要撒谎。可怜天下父母心，总希望自己的子女能做一个堂堂正正的人，一个诚实可靠的人。如果子女撒谎成性，就觉得自己脸面无光。

　　不但父母这样教导，我们从小受教育也接受这样要诚实、不撒谎的教育。我记得小学教科书上讲了一个故事，内容是：一个牧童在村外牧羊。有一天忽然想出了一个坏点子，大声狂呼："狼来了！"村里的人听到呼声，都争先恐后地拿上棍棒，带上斧刀，跑往村外。到了牧童所在的地方，那牧童却哈哈大笑，看到别人慌里慌张，觉得很开心，又很得意。谁料过了不久，果真有狼来了。牧童再狂呼时，村里的人都毫无动静，他们上当受骗一次，不想再蹈覆辙。牧童的结果怎样，就用不着再说了。

　　所有这一些教导都是好的，但是也有一个共同的缺点，就是缺乏分析。

　　上面我说到，稻盛对撒谎问题是进行过一些分析的。同样，几百年前的法国大散文家蒙田（1533—1592），对撒谎问题也是作过分析的。在《蒙田随笔》上卷，第九章"论撒谎者"，蒙田写道："有人说，感到自己记性不好的人，休想成为撒谎者，这样说不无道理。我知道，语法学家对说假话和撒谎是做区别的。他们说，说假话是指说不真实的，但却信以为真的事，而'撒谎'一词源于拉丁语（我们的法语就源于拉丁语），这个词的定义包含违背良知的意思，因此只涉及那些言与心违的人。"

大家一琢磨就能够发现，同样是分析，但日本朋友和蒙田的着眼点和出发点，都是不同的。其间区别是相当明显，用不着再来啰唆。

记得鲁迅先生有一篇文章，讲的是一个阔人生子庆祝，宾客盈门，竞相谄媚。有人说：此子将来必大富大贵。主人喜上眉梢。又有人说：此子将来必长命百岁。主人乐在心头。忽然有一个人说：此子将来必死。主人怒不可遏。但是，究竟谁说的是实话呢？

写到这里，我自己想对撒谎问题来进行点分析。我觉得，德国人很聪明，他们有一个词儿 notluege，意思是"出于礼貌而不得不撒的谎"。一般说来，不撒谎应该算是一种美德，我们应该提倡。但是不能顽固不化。假如你被敌人抓了去，完全说实话是不道德的，而撒谎则是道德的。打仗也一样。我们古人说"兵不厌诈"，你能说这是不道德吗？我想，举了这两个小例子，大家就可以举一反三了。

1996 年 12 月 7 日

容忍

人处在家庭和社会中，有时候恐怕需要讲点容忍的。

唐朝有一个姓张的大官，家庭和睦，美名远扬，一直传到了皇帝的耳中。皇帝赞美他治家有道，问他道在何处，他一气写了一百个"忍"字。这说得非常清楚：家庭中要互相容忍，才能和睦。这个故事非常有名。在旧社会，新年贴春联，只要门楣上写着"百忍家声"就知道这一家一定姓张。中国姓张的全以祖先的容忍为荣了。

但是容忍也并不容易。1935 年，我乘西伯利亚铁路的车经苏联赴德国，车过中苏边界上的满洲里，停车四小时，有苏联海关检查行李。这是无可厚非的，入国必须检查，这是世界公例。但是，当时的苏联大概认为，我们这一帮人，从一个资本主义国家到另一个资本主义国家，恐怕没有好人，必须严查，以防万一。检查其他行李，我绝无意见。但是，在哈尔滨买的一把最粗糙的铁皮壶，却成了被检查的首要对象。这里敲敲，那里敲敲，薄薄的一层铁皮绝藏不下一颗炸弹的，然而他却敲打不止。我真有点无法容忍，想要发火。我身旁有一位年老的老外，是与我们同车的，看到我的神态，在我耳旁悄悄地说了句：Patience is the great virtue（容忍是很大的美德）。我对他微笑，表示致谢。我立即心平气和，天下太平。

看来容忍确是一件好事，甚至是一种美德。但是，我认为，也必须有一个界限。我们到了德国以后，就碰到这个问题。旧时欧洲流行决斗之风，谁污辱了谁，特别是谁的女情人，被侮辱者一定要提出决斗。或用手枪，或用剑。普希金就是在决斗中被枪打死的。我们到了的时候，此风已息，但仍发生。我们几个中国留学生相约：如果外国人污辱了我们自身，我们要揣度形势，主要要容忍，以东方的恕道克制自己。但是，如果他们侮辱我们的国家，则无论如何也要同他们玩儿命，绝不容忍。这就是我们容忍的界限。幸亏这样的事情没有发生，否则我就活不到今天在这里舞笔弄墨了。

现在我们中国人的容忍水平，看了真让人气短。在公共汽车上，挤挤碰碰是常见的现象。如果碰了或者踩了别人，连忙说一声："对不起！"就能够化干戈为玉帛，然而有不少人连"对不起"都不会说了。于是就相吵相骂，甚至于扭打，甚至打得头破血流。我们这个伟大的民族怎么竟变成了这个样子！我在自己心中暗暗祝愿：容忍兮，归来！

1996 年 12 月 17 日

132

三思而行

"三思而行"，是我们现在常说的一句话。主要劝人做事不要鲁莽，要仔细考虑，然后行动，则成功的可能性会大一些，碰壁的可能性会小一些。

要数典而不忘祖，也并不难。这个典故就出在《论语·公冶长第五》："季文子三思而后行。子闻之曰：'再，斯可矣。'"这说明，孔老夫子是持反对意见的。吾家老祖宗文子（季孙行父）的三思而后行的举动，二千六七百年以来，历代都得到了几乎全天下人的赞扬，包括许多大学者在内。查一查《十三经注疏》，就能一目了然。《论语正义》说："三思者，言思之多，能审慎也。"许多书上还表扬了季文子，说他是"忠而有贤行者"。甚至有人认为三思还不够。《三国志·吴志·诸葛恪传注》中说：有人劝恪"每事必十思"。可是我们的孔圣人却冒天下之大不韪，批评了季文子三思过多，只思二次（再）就够了。

这怎么解释呢？究竟谁是谁非呢？

我们必须先弄明白，什么叫"三思"。总起来说，对此有两个解释。一个是"言思之多"，这在上面已经引过。一个是"君子之谋也，始衷（中）终皆举之，而后入焉"。这话虽为文子自己所说，然而孔子以及上万上亿的众人却不这样理解。他们理解，一直到今天，仍然是"多思"。

多思有什么坏处呢？又有什么好处呢？根据我个人几十年来的体会，除了下围棋、象棋等等以外，多思有时候能使人昏昏，容易误事。平常骂人说是"不肖子孙"，意思是与先人的行动不一样的人。我是季文子的最"肖"子孙。我平常做事不但三思，而且超过三思，是否达到了人们要求诸葛恪做的"十思"，没做统计，不敢乱说。反正是思过来，思过去，越思越糊涂，终而至头昏昏然，而仍不见行动，不敢行动。我这样一个过于细心的人，有时会误大事的。我觉得，碰到一件事，绝不能不思而行，鲁莽行动。记得当年在德国时，法西斯统治正如火如荼，一些盲目崇拜希特勒的人，常常使用一个词儿 darauf-galngertum，意思是"说干就干，不必思考"。这是法西斯的做法，我们必须坚决扬弃。遇事必须深思熟虑。先考虑可行性，考虑的方面越广越好。然后再考虑不可行性，也是考虑的方面越广越好。正反两面仔细考虑完以后，就必须加以比较，做出决定，立即行动。如果你考虑正面，又考虑反面之后，再回头来考虑正面，又再考虑反面，那么，如此循环往复，终无宁日，最终成为考虑的巨人、行动的侏儒。

所以，我赞成孔子的"再，斯可矣"。

1997 年 5 月 11 日

毁誉

好誉而恶毁，人之常情，无可非议。

古代豁达之人倡导把毁誉置之度外。我则另持异说，我主张把毁誉置之度内。置之度外，可能表示一个人心胸开阔，但是，我有点担心，这有可能表示一个人的糊涂或颟顸。

我主张对毁誉要加以细致的分析。首先要分清：谁毁你？谁誉你？在什么时候？在什么地方？由于什么原因？这些情况弄不清楚，只谈毁誉，至少是有点模糊。

我记得在什么笔记上读到过一个故事。一个人最心爱的人，只有一只眼。于是他就觉得天下人（一只眼者除外）都多长了一只眼。这样的毁誉能靠得住吗？

还有我们常常讲什么"党同伐异"，又讲什么"臭味相投"，等等。这样的毁誉能相信吗？

孔门贤人子路"闻过则喜"，古今传为美谈。我根本做不到，而且也不想做到，因为我要分析：是谁说的？在什么时候，在什么地点，因为什么而说的？分析完了以后，再定"则喜"，或是"则怒"。喜，我不会过头。怒，我也不会火冒十丈，怒发冲冠。孔子说："野哉，由也！"大概子路是一个粗线条的人物，心里没有像我上面说的那些弯弯绕。

我自己有一个颇为不寻常的经验。我根本不知道世界上有某一位学者，过去对于他的存在，我一点都不知道，然而，他却同我结了怨。因为，我现在所占有的位置，他认为本来是应该属于他的，是我这个"鸠"把他这个"鹊"的"巢"给占据了。因此，勃然对我心怀不满。我被蒙在鼓里，很久很久，最后才有人透了点风给我。我不知道，天下竟有这种事，只能一笑置之。不这样又能怎样呢？我想向他道歉，挖空心思，也找不出丝毫理由。

大千世界，芸芸众生，由于各人禀赋不同，遗传基因不同，生活环境不同，所以各人的人生观、世界观、价值观、好恶观等等，都不会一样，都会有点差别。比如吃饭，有人爱吃辣，有人爱吃咸，有人爱吃酸，如此等等。又比如穿衣，有人爱红，有人爱绿，有人爱黑，如此等等。在这种情况下，最好是各人自是其是，而不必非人之非。俗语说："各人自扫门前雪，不管他人瓦上霜。"这话本来有点贬义，我们可以正用。每个人都会有友，也会有"非友"，我不用"敌"这个词儿，避免误会。友，难免有誉；非友，难免有毁。碰到这种情况，最好抱上面所说的分析的态度，切不要笼而统之，一锅糊涂粥。

好多年来，我曾有过一个"良好"的愿望：我对每个人都好，也希望每个人对我都好。只望有誉，不能有毁。最近我恍然大悟，那是根本不可能的。如果真有一个人，人人都说他好，这个人很可能是一个极端圆滑的人，圆滑到琉璃球又能长只脚的程度。

1997 年 6 月 23 日

论包装

我先提一个问题：人类是变得越来越精呢？还是越来越蠢？

答案好像是明摆着的：越来越精。

在几千年有文化的历史上，人类对宇宙，对人世，对生命，对社会，总之对人世间所有的一切，越来越了解得透彻、细致，如犀烛隐，无所不明。例子伸手可得。当年中国人对月亮觉得可爱而又神秘，于是就说有一个美女嫦娥奔入月宫。连苏东坡这个宋朝伟大的诗人，也不禁要问出："明月几时有？把酒问青天。不知天上宫阙，今夕是何年。"可是到了今天，人类已经登上了月球，连月球上的土块也被带到了地上来。哪里有什么嫦娥？有什么广寒宫？

人类倘不越变越精，能做到这一步吗？

可是我又提出了问题，说明适得其反。例子也是伸手即得，我先举一个包装。

人类活动在社会上，有时候是需要包装的，特别是女士们。

在家中穿得朴朴素素；但是一出门，特别是参加什么"派对"（party，借用香港话），则必须打扮得珠光宝气、花枝招展，浑身洒上法国香水，走在大街上，高跟鞋跟敲地作金石声，香气直射十步之外，路人为之"侧目"。这就是包装，而这种包装，我认为是必要的。

可是还有另外一种包装，就是商品的包装。这种包装有时也是必要的，不能一概而论。我从前到香港，买国产的商品，比内地要便宜得多。一问才知道，原因是中国商品有的质量并不次于洋货，只是由于包装不讲究，因而价钱卖不上去。我当时就满怀疑惑：究竟是使用商品呢，还是使用包装？

我因而想到一件事，我们楼上一位老太太到菜市场上去买鸡，说是一定要黄毛的。卖鸡的小贩问老太太："你是吃鸡？还是吃鸡毛？"

到了今天，有一些商品的包装更达到了匪夷所思的地步。外面盒子，或木，或纸，或金属，往往极大。装扮得五彩缤纷，璀璨耀目。摆在货架上时，是庞然大物；提在手中或放在车中，更是运转不灵，左提，右提，横摆，竖摆，都煞费周折。及至拿到或运到家中，打开时也是煞费周折。在庞然大物中，左找，右找，找不到商品究在何处。很希望发现一张纸条上面写着：此处距商品尚有十公里！庶不致使我失去寻找的信心。据我粗略的统计，有的商品在大包装中仅占空间十分之一，二十分之一，甚至五十分之一。我想到那个鸡和鸡毛的故事，我不禁要问：我们使用的是商品，还是包装？而负担那些庞大的包装费用的，羊毛出在羊身上，还是我们这些顾客，而华美绝伦的包装，商品取出

139

后，不过是一堆垃圾。

如果我回答我在开头时提出的问题：人类越变越蠢。你怎样反驳？！

1997 年 8 月 18 日

论广告

论了包装，又论广告，二者实有联系。

在当今社会上，每个人都是消费者，都需要商品。衣、食、住、行、吃、喝、玩、乐，都与商品有联系。而商品又变化极大，日新月异。因此，出了一种新商品，为了让消费者都能及时了解商品的性能，无论采取什么形式，利用报纸杂志以及电视台，等等，实事求是地介绍一下新（甚至旧）产品的情况，是必要的，是无可厚非的。但我们消费者千万不要忘记，不管这样的广告是生产者来做，还是流通者来做，广告费用不管大小都会划入商品的价格中，羊毛出在羊身上，最终都落到消费者身上。

可是，根据我个人的感觉，近几年来，广告中出现了一些令人担忧的现象。广告次数越来越多，规模越来越大，手段越来越花样翻新，构思越来越独出心裁。打开电视，广告之多令人目不暇接。甚至在所谓"黄金时刻"，也往往是广告独占鳌头。知情人说，此时的广告收费特别多。至于内容，则往往并不实事求是，老王卖瓜者实不在少数。设计五彩缤纷，令观者眼花缭乱。间有请出著名的艺术家，特别是一些美若西施的美人，出现在荧屏上，着三不着两地扯上几句淡。于是，商品的知名度就会猛增。据说报酬极为"不菲"，为我辈教授们所不敢望其项背。

效果怎样呢？据说极为显著。一登龙门，身价百倍。名人和美人一沾边，不少消费者就心甘情愿地掏自己的腰包。俗话说："周瑜打黄盖，一个愿意打，一个愿意挨。"这是个人的自由，为法律所保护者，谁也无权干涉。

听说某省一个著名的酒厂，所生产的酒销售量在全国名列前茅。有人说，这个厂每天开进广告宣传部门一辆桑塔纳，而开出来一辆奥迪。意思是比较明白的，就是付出的广告费虽极大，但收到的经济效益却更大。我对于汽车完全是外行，只知道桑塔纳车虽然销售价格也不算低，但是奥迪的售价更高。这当然只是一个形象的比喻，那一个酒厂并不会真把汽车开进广告部门，也绝不会从里面开出什么汽车来。

现在一打开报纸，包括某一些杂志，连篇累牍的大小广告，赫然在目。有的生产者或流通者不惜使用大报纸的整张的篇幅，来宣传一种产品。有的设计图案石破天惊，看了令人瞠目结舌，借此来触动消费者的神经——我想问一个怪问题：是否有专管花钱的神经？——让他们像着了魔似的完全主动地把手伸向自己的腰包，把钱掏出来。

我在上面已经说到，广告费用绝不会是生产者或流通者慷慨捐献，它都化入商品的价格中，承担者仍然是消费者。商品的情况很不相同。我不知道，我们日常消费的商品价格中广告费占多大的百分比。不管占多大百分比，对我们消费者来说都是毫无意义的牺牲。

我仍然像在《论包装》中那样问一句：人类是越变越精呢，还是越变越蠢？

1997 年 8 月 28 日

漫谈消费

　　蒙组稿者垂青，要我来谈一谈个人消费。这实在不是最佳选择，因为我的个人消费绝无任何典型意义。如果每个人都像我这样，商店几乎都要关门大吉。商店越是高级，我越敬而远之。店里那一大堆五光十色、争妍斗奇的商品，有的人见了简直会垂涎三尺，我却是看到就头痛。而且窃作腹诽：在这些无限华丽的包装内包的究竟是什么货色，只有天晓得。我觉得人们似乎越来越蠢，我们所能享受的东西，不过只占广告费和包装费的一丁点儿，我们是让广告和包装牵着鼻子走的，愧为"万物之灵"。

　　谈到消费，必须先谈收入。组稿者让我讲个人的情况，而且越具体越好。我就先讲我个人的具体收入情况。我在五十年代被评为一级教授，到现在已经四十多年了，尚留在世间者已为数不多，可以被视为珍稀动物，通称为"老一级"。在北京工资区——大概是六区——每月三百四十五元，再加上中国科学院哲学社会科学部委员，每月津贴一百元，这个数目今天看起来实为微不足道，然而在当时却是一个颇大的数目，十分"不菲"。我举两个具体的例子：吃一次"老莫"（莫斯科餐厅），一元五到两元，汤菜俱全，外加黄油面包，还有啤酒一杯；如果吃烤鸭，也不过六七块钱一只，其余依此类推。只需同现在的价格一比，其悬殊立即可见。从工资收入方面来看，这是我一生最辉煌的时期之一。这是以后才知道的，"当时只道是寻常"。到了今天，"老一级"的光荣桂冠仍然戴在头上，沉甸甸的，又轻飘飘的，心里说不出是什么滋味，实际情况却是"昔人已乘黄鹤去，此地空余老桂冠"。我很感谢，不知道是哪一位朋友发明了"工薪阶层"这一个词儿，这真不愧是天才的发明。幸乎不幸乎，我也归入了这一个"工薪阶层"的行列？听有人说，在某一个城市的某大公司里设有"工薪阶层"专柜，专门对付我们这一号人的。如果真正有的话，这也不愧是一个天才的发明。俗话说："识时务者为俊杰。"他们都是不折不扣的"俊杰"。

我这个"老一级"每月究竟能拿多少钱呢？要了解这一点，必须先讲一讲今天的分配制度。现在的分配制度，同五十年代相比，有了极大的不同，当年在大学里工作的人主要靠工资生活，不懂什么"第二职业"，也不允许有"第二职业"。谁要这样想，这样做，那就是典型的资产阶级思想，是同无产阶级思想对着干的，是最犯忌讳的。今天却大改其道。学校里颇有一些人有种种形式的"第二职业"，甚至"第三职业"。原因十分简单：如果只靠自己的工资，那就生活不下去。以我这个"老一级"为例，账面上的工资我是北大教员中最高的。我每月领到的工资，七扣八扣，拿到手的平均七百元至八百元。保姆占掉一半，天然气费、电话费等等，约占掉剩下的四分之一。我实际留在手的只有三百元左右，我要用这些钱来付全体在我家吃饭的四个人的饭钱，这些钱连供一个人吃饭都有点捉襟见肘，何况四个人！"老莫"、烤鸭之类，当然可望而不可即。

可是我的生活水平，如果不是提高的话，也绝没有降低。难道我点金有术吗？非也。我也有第×职业。这就是爬格子。格子我已经爬了六十多年，渐渐地爬出一些名堂来。时不时地就收到稿费，很多时候，我并不知道是哪一篇文章换来的。外文楼收发室的张师傅说："季羡林有'三多'，报纸杂志多，有十几种，都是赠送的；来信多，每天总有五六封，来信者男女老幼都有，大都是不认识的人；汇单多。"我绝非守财奴，但是一见汇款单，则心花怒放。爬格子的劲头更加昂扬起来。我没有做过统计，不知道每月究竟能收到多少钱。反正，对每月手中仅留三百元钱的我来说，从来没有感到拮据，反而能大把大把地送给别人或者家乡的学校。我个人的生活水平，确有提高。我对吃，从来没有什么要求。早晨一般是面包或者干馒头，一杯清茶，一碟炒花生米，从来不让人陪我凌晨四点起床，给我做早饭。午晚两餐，素菜为多。我对肉类没有好感。这并不是出于什么宗教信仰，我不是佛教徒，其他教徒也不是。我并不宣扬素食主义。我的舌头也没有生什么病，好吃的东西我是能品尝的。不过我认为，如果一个人成天想吃想喝，仿佛人生的意义与价值就在于"吃喝"二字。我真觉得无聊，"斯下矣"，食足以果腹，不就够了吗？因此，据小保姆告诉，我们四个人的伙食费不过五百多元而已。

至于衣着，更不在我考虑之列。在这方面，我是一个"利己主义者"。衣足以蔽体而已，何必追求豪华。一个人穿衣服，是给别人看的。如果一个人穿上十分豪华的衣服，打扮得珠光宝气，天天坐在穿衣镜前，自我欣赏，他（她）不是一个疯子，就是一个傻子。如果只是给别人去看，则观看者的审美能力和审美标准，千差万别，你满足了这一帮人，必然开罪于另一帮人，绝不能使人人都高兴，皆大欢喜。反不如我行我素，我就是这一身打扮，你爱看不看，反正我不能让你指挥我，我是个完全自由自主的人。

因此，我的衣服，多半是穿过十年八年或者更长时间的，多半属于博物馆中的货色。俗话说："人靠衣裳马靠鞍。"以衣取人，自古已然，于今犹然。我到大店里去买东西，难免遭受花枝招展的年轻女售货员的白眼。如果有保卫干部在场，他恐怕会对我多加小心，我会成为他的重点监视对象。好在我基本上不进豪华大商店，这种尴尬局面无从感受。

讲到穿衣服，听说要"赶潮"，就是要赶上时代潮流，每季每年都有流行款式，我对这些都是完全的外行。我有我的老主意：以不变应万变。一身蓝色的卡其布中山装，春、夏、秋、冬，永不变化。所以我的开支项下，根本没有衣服这一项。你别说，我们那一套"三十年河东，三十年河西"的"哲学"有时对衣着款式也起作用。我曾在解放前的1946年在上海买过一件雨衣，至今仍然穿。有的专家说："你这件雨衣的款式真时髦！"我听了以后，大惑不解。经专家指点，原来五十多年流行的款式经过了漫长的沧桑岁月，经过了不知道多少变化，现在又在螺旋式上升的规律的指导下，回到了五十年前的款式。我恭听之余，大为兴奋。我守株待兔，终于守到了。人类在衣着方面的一点小聪明，原来竟如此脆弱！

我在本文一开头就说，在消费方面我绝不是一个典型的代表。看了我自己的叙述，一定会同意我这个说法的。但是，人类社会极其复杂，芸芸众生，有一箪食一瓢饮者，也有食前方丈、一掷千金者。绫罗绸缎、皮尔·卡丹、燕窝鱼翅、生猛海鲜。这样的人当然也会有的。如果全社会都是我这一号的人，则所有的大百货公司都会关张的，那岂不太可怕了吗？所以，我并不提倡大家以我为师，我不敢这样狂妄。不过，话又说了回来，我仍然认为：吃饭穿衣是为了活着，但是活着绝不是为了吃饭穿衣。

1999 年

一个值得担忧的现象

——再论包装

我在这里写的"值得担忧",不限于中国,而是全世界。

我曾写过一篇《论包装》的文章,内容主要是谈外面包装极大而里面的商品极小的问题。现在这一篇《再论包装》,主要谈的是外面包装和里面商品的价值问题。重点有所不同,而令人担忧则一也。

我先举一个小例子。

最近有友人从山东归来,带给我了一些周村烧饼。这是山东周村生产的一种点心。作料异常简单,只不过一点面粉、一点芝麻,再加上一点糖或盐,用水和好,擀成薄皮,做成圆饼,放在炉中烤干,即为成品,香脆可口,远近闻名,大概已经有几百年的历史了。因为成本极低,所以价钱不高。过去只是十个或八九个一摞,用白纸一包,即可出售。烧饼吃完,把纸一揉,变成垃圾,占地也不多。

常言道："士别三日，当刮目相看。"岂知这一句话也能应用到周村烧饼身上。现在友人送给我的这些烧饼，完全换了新装，不是白纸，而是铁盒，彩绘烫金，光彩夺目。夥颐！我的老朋友阔起来了！我不禁大为惊诧。

在惊诧之余，我又不禁忧心忡忡起来。我不是经济学家，这里也用不着经济学。只草草地估算一下，那几个烧饼能值几个钱？这金碧辉煌的铁盒又能值多少钱？显然后者比前者要贵得多。可是哪一个有使用价值呢？又显然只是前者。烧饼吃下去，可以充饥，可以转变成营养成分，增强人的身体。铁盒，如果只有一两个的话，小孩子可以拿着玩一玩。如果是成千上万的话，却只能变成了垃圾，遭人遗弃。《论包装》中提到的那一些大而无当的包装，把其中小小的一点商品取出来后，也都成为垃圾。

这有点像中国古书上的一个典故："买椟还珠。"但是，这个典故不过是讥笑舍本逐末、取舍不当而已，那个椟还是有用的，绝不会变成垃圾。

古代人生活简朴，没有多少垃圾，也绝不会自己制造垃圾。到了今天，人类大大地进步了。然而却越来越蠢了，会自己制造垃圾，以致垃圾成为一个世界性问题。每一个国家的政府都为处理垃圾而大伤脑筋，至今也还没有能找到一个行之有效的办法。如此持续下去，将来的人类只能在垃圾堆里讨生活了。

但是，还有更严重的问题。人类衣、食、住、行的资料都取之于大自然。但是，小小的一个地球村里资源毕竟是有限的。当年苏东坡说："惟江上之清风，与山间之明月，耳得之而为声，目遇之而成色，取之无禁，用之不竭，是造物之无尽藏也。"东坡认为造物无尽藏，是不正确的。造物是有尽藏的，用之是有竭的。可惜到了今天，世人还多是浑浑噩噩，懵懵懂懂，毫无反思悔改之意。尤其是那一个以世界警察自居的大国，在使用大自然资源方面，肆无忌惮地浪费，真不禁令人发指。有识之士已经感觉到，人类已经是"盲人骑瞎马，夜半临深池"，但感觉到这种危险者不多。这是事实，并不是我一个人的杞忧。

　　我希望有聪明智慧的中国人，悬崖勒马，改弦更张，再也不制造那一种大而无当的商品包装和那种金碧辉煌的商品铁盒，给我们的子孙后代多留下一点大自然的资源。

2002 年 5 月 10 日

公德

（一）

什么叫"公德"？查一查字典，解释是"公共道德"。这等于没有解释。继而一想，也只能这样。字典毕竟不是哲学教科书，也不是法律大全。要求它做详尽的解释，是不切实际的。

先谈事实。

我住在燕园最北部，北墙外，只隔一条马路，就是圆明园。门前有清塘一片，面积仅次于未名湖。时值初夏，湖水潋滟，波平如镜。周围垂杨环绕。柳色已由鹅黄转为嫩绿，衬上后面杨树的浓绿，浓淡分明，景色十分宜人。北大人口中称之为"后湖"。因为僻远，学生来者不多，所以平时显得十分清静。为了有利于居住者纳凉，学校特安上了木制长椅十几个，环湖半周。现在每天清晨和黄昏，椅子上总是坐满了人。据知情人的情报，坐者多非北大人，多来自附近的学校，甚至是外地来的游人。

这样一个人间仙境，能吸引外边的人来，我们这里的居民，谁也不会反对，有时还会窃喜。我们家住垂杨深处，却如入芝兰之室，久而不闻其香。有外来人来共同分享，焉得而不知喜呢？

然而且慢。这里不都是芝兰，还有鲍鱼。每天十点，玉洁来我家上班时，我们有时候也到湖边木椅上小坐。几乎每次都看到椅前地上，铺满了瓜子皮、烟头，还有不同颜色的垃圾。有时候竟有饭盒的残骸，里面吐满了鸡骨头和鱼刺。还有各种的水果皮，狼藉满地，看了令人头痛生厌，屁股再也坐不下去。有一次我竟看到，附近外国专家招待所的一对外国夫妇，手持塑料袋和竹夹，在椅子前面，弯腰曲背，捡地上的垃圾。我们的脸腾地一下子红了起来。看了这种情况，一个稍有公德心的中国人，谁还能无动于衷呢？我于是同玉洁约好：明天我们也带塑料袋和竹夹子来捡垃圾，企图给中国人挽回一点面子。捡这些垃圾并不容易。大件的好办，连小件的烟头也并不困难。最难捡的是瓜子皮，体积小而薄，数量多而广，吐在地上，脚一踩，就与泥土合二而一，一个个地从泥土中抠出来，真是煞费苦心。捡不多久，就腰酸腿痛，气喘吁吁了。本来是想出来纳凉，却带一身臭汗回家。但我们心里却是高兴的，我们为我们国家做了一件小到不能再小的事情。此外，我们也有"同志"。一位邻居是新华社退休老干部。他同我们一样，对这种现象看不下去。有一次，我们看到他赤手空拳搜捡垃圾。吾道不孤，我们更高兴了。

中华民族是伟大的民族，这一点，全世界谁也不敢否认。可是，到了今天，由于种种原因，一部分人竟然沦落到不知什么是公德，实在是给我们脸上抹黑。现在许多有识之士高呼提高人民素质，其中当然也包括道德素质。这实在是当务之急。

（二）

标题似乎应作"风化"，但是，因为第一，它与《公德（一）》所谈到的湖边木椅有关；第二，在这里，"有伤风化"与"有损公德"实在难解难分，因此仍作《公德》，加上一个"（二）"字。

话题当然要从木椅谈起。木椅既是制造垃圾的场所，又是谈情说爱的胜地。是否是同一批人同时并举，没有证明，不敢乱说。

在光天化日之下，大庭广众之中，亲人们，特别是夫妇们由于某种原因接一个吻，在任何文明国家中都允许的，不以为怪的。在中国古代，是不行的，这大概属于"非礼"的范围。

可是，到了今天，中国"现代化"了。洋玩意儿不停地涌入，上述情况也流行起来。这我并不反对。不过，我们中国有一部分人，特别是青年人，一学习外国，就不但是"弟子不必不如师"，而且有出蓝之誉。要证明嘛，远在天边，近在眼前，就在燕园后湖边木椅子上。

经常能够看到，在大白天，一对或多对青年男女，坐在椅子上。最初还能规规矩矩，不久就动手动脚，互抱接吻，不是一个，而是一串。然后，一个人躺在另外一个的怀里，仍然是照吻不已。最后则干脆一个人压在另一个的身上，此时，路人侧目，行者咋舌，而当事人则天上天下，唯我独尊，岿然不动，旁若无人。招待所里住的外国专家们大概会从窗后外窥，自愧不如。

汉代张敞对宣帝说："闺房之内，夫妇之私，有过于画眉者。"但那是夫妇之间暗室里的事情。现在移于光天化日之下，岂能不令人吃惊！我不是说，在白天椅子上竟做起了闺房之内的事情来。但我们在捡垃圾时确实捡到过避孕套。那可能是夜间留下的，我现在不去考证了。

燕园后湖这一片地方，比较僻静。有小山蜿蜒数百米，前傍湖水，有茂林修竹，绿草如茵。有些地方，罕见人迹。真正是幽会的好地方。傍晚时见队队男女青年，携手搂腰，迤逦走过，倩影最终消失在绿树丛中。至于以后干些什么，那只能意会，而不必言传了。

一天晚上，一位原图书馆学系退休的老教授来看我，他住在西校门外。如果从我家走回家，应该出门向右转，走过我上面讲的那一条倚山傍湖的小径。但他却向左转，要经过未名湖，走出西门，这要多走好多路。我怪而问之。他说，之所以不走那一条小路，怕惊动了对对的野鸳鸯。对对者，不止一对也，我听了恍然大悟，立即想起了我们捡垃圾时捡到的避孕套。

故事讲完了，读者诸君以为这是"有伤风化"呢，还是"有损公德"？恐怕是二者都有吧。

（三）

已经写了两篇《公德》，但言犹未尽，再添上一篇。

改革开放以来，我国经济发展了，人民生活水平提高了，钱包鼓起来了。于是就要花钱。花钱花样繁多，旅游即其中之一。于是空前未有的旅游热兴起来了。国内的泰山、长城、黄山、张家界、九寨沟、桂林等逛厌了，于是出国，先是新、马、泰，后又扩大到欧美。大队人马出国旅游，浩浩荡荡，猗欤休哉！

我是赞成出国旅游的。这可以开阔人们的眼界，增长人们的见识，有百利而无一弊。而且，我多年来就有一个想法：西方人对中国很不了解。他们不懂"士别三日，当刮目相看"的道理，至今仍顽固抱住"欧洲中心主义"不放。这大大地不利于国际的相互了解，不利于人民之间友谊的增长。所以我就张皇"送去主义"，你不来拿，我就送去。然而送去也并不容易。现在中国人出国旅游，不正是送去的好机会吗？

然而，一部分中国游客送出去的不是中国文化，不是精华，而是糟粕。例子繁多，不胜枚举。我干脆做一次文抄公。从《参考消息》上转载的香港《亚洲周刊》上摘抄一点，以概其余。首先我必须声明一下，我不同意该刊"七宗罪"的提法。这只是不顾国格，不讲公德，还不能上纲到"罪"。这七宗是：

第一宗：脏。不讲公德，乱扔垃圾。拙文《公德（一）》讲的就是这个问题。

第二宗：吵。在飞机上，在火车上，在餐厅中，在饭店里，大声喧哗。

第三宗：抢。不守规则，不讲秩序，干什么都要抢先。

第四宗：粗。不懂起码的礼貌，不会说："谢谢！""对不起。"

第五宗：俗。在大饭店吃饭时，把鞋脱掉，赤脚坐在椅子上，或盘腿而坐。

第六宗：窘。穿戴不齐，令人尴尬。穿着睡衣，在大饭店里东奔西逛。

第七宗：泼。遇到不顺心的事，不但动口骂人，而且动手打人。

以上七宗，都是极其概括的。因为，细说要占极多的篇幅。不过，我仍然要突出一"宗"，这就是随地吐痰，我戏称之为"国吐"，与"国骂"成双成对。这是中国相当大一部分人的痼疾，屡罚不改。现在也被输出国外，为中国脸上抹黑。

处在这种情况下，我们应该怎么办呢？想改变以上几种弊端，是长期的工作，国内尚且如此，何况国外。我们绝不能因噎废食，停止出国旅游。出国旅游还是要继续的。能否采取一个应急的办法：在出国前，由旅游局或旅行社组织一次短期学习，把外国习惯讲清，把应注意的事项讲清。或许能起点作用。

（四）

已经写了三篇《公德》，但仍然觉得不够。现在再写上一篇，专门谈"国吐"。

随地吐痰这个痼疾，过去已经有很多人注意到了。记得鲁迅在一篇杂文中，谈到旧时代中国照相，常常是一对老年夫妇，分坐茶几左右，几前置一痰桶，说明这一对夫妇胸腔里痰多。据说，美国前总统访华时，特别买了一个痰桶，带回了美国。

中国官方也不是没有注意到这个现象。很多年以前，北京市公布了一项罚款的规定：凡在大街上随地吐痰者，处以五毛钱的罚款。有一次，一个人在大街上吐痰，被检查人员发现，立刻走过来，向吐痰人索要罚款。那个人处变不惊，立刻又吐一口在地上，嘴里说："五毛钱找钱麻烦，我索性再吐上一口，凑足一元钱，公私两利。"这个故事真实性如何，我不是亲身经历，不敢确说，但是流传得纷纷扬扬，我宁信其有，而不信其无。

也是在很多年以前，北大动员群众，反击随地吐痰的恶习。没有听说有什么罚款。仅在学校内几条大马路上，派人检查吐痰的痕迹，查出来后，用红粉笔圈一个圆圈，以痰迹为中心。这种检查简直易如反掌，隔不远，就能画一个大红圈。结果是满地斑斓，像是一幅未来派的图画。

结果怎样呢？在北京大街上照样能够看到和听到，左右不远，有人"吭、咔"一声，一团浓痰飞落在人行道上，熟练得有如大匠运斤成风，北大校园内也仍然是痰迹斑驳陆离。

我们中华民族是伟大的民族，是英勇善战的民族，我们能够以弱胜强，战胜了武装到牙齿的外敌和国内反动派，对像"国吐"这样的还达不到癣疥之疾的弊端竟至于束手无策吗？

更为严重的是，最近几年来，国际旅游之风兴。"国吐"也随之传入国外。据说，我们近邻的一个国家，为外国游人制定了注意事项，都用英文写成，独有一条是用汉文："请勿随地吐痰！"针对性极其鲜明。但却绝非诬蔑。我们这一张脸往哪里摆呀！

治这样的顽症有办法没有呢？我认为，有的。新加坡的办法就值得我们参考。他们用的是严惩重罚。你要是敢在大街上吐一口痰，甚至只是丢一点垃圾，罚款之重处理让你多年难忘。如果在北京有人在大街上吐痰，不是罚五毛，而是罚五百元，他就绝不敢再吐第二口了。但这要有两个先决条件：一是耐心的教育，不厌其烦地说明利害，苦口婆心。二是要有国家机关、法院和公安局等的有力支持，绝不允许任何人耍赖。实行这个办法，必须持之以恒，而且推向全国。用不了几年的时间，"国吐"这种恶习就可以根除。这是我的希望，也是我的信念。

2002 年 5 月 28 日—6 月 4 日

恐怖主义与野蛮

现在世界上反恐怖主义之声洋洋乎盈耳矣。我首先声明，我是坚决反对恐怖主义的，恐怖主义总是与野蛮相联系的。

但是，我总觉得，这里面似乎有点问题。反恐怖主义活动应该是一场严肃的政治斗争。事实上，它却变成了一场闹剧，或者一出滑稽剧。因为，什么叫"恐怖主义"？谁是恐怖主义分子？大家的理解并不一致，其中有不同的看法和不同的意见。有的人不肯说，有的人不敢说。我想，虽然世界上绝大多数政府都宣称反恐怖主义；但是，并不是没有潜台词的。

不这样也是不可能的。对于什么是恐怖主义，有一半是有一致的看法的。劫持飞机，用人体做肉弹轰炸别国的摩天大楼，死伤数千人，这是不折不扣的恐怖主义，对此恐怕是没有异议的。可是右手持大棒，左手托原子弹，驻军全球，随意指责别的国家为"邪恶轴心"，随意派遣军队侵入别的国家，杀人当然不在话下，而自己还义形于道，恬不知耻。难道这不也是恐怖主义，而且比恐怖主义更恐怖的超恐怖主义吗？是谁给你们的这种权力？难道就是你们的上帝吗？世界上的政府和人民，并不是每一个都失掉了理智，他们能够明辨是非。

我必须在这里浓笔重彩地补上几句。这个国家的人民，同世界上其他国家的一样，也是有理智的，也是希望自己能过好日子，也希望别人能过好日子的。

至于恐怖主义与野蛮的联系，那也是非常明显的，很容易理解的。拿活人当肉弹冲击别国的大厦，这不是野蛮又是什么呢？手托原子弹讹诈世界上其他国家的人，随意践踏别的国家，视人民如群蚁，我认为，这不但是野蛮，而且是比前一个野蛮更为野蛮的野蛮。

但是，我认为，野蛮是有区别的。我杜撰了两个词儿："正义的野蛮"与"非正义的野蛮"。仗义执言，反对强凌弱、众暴寡的"西霸天"一类的国家，不得已而采用野蛮的手段，虽为我们反对，但不能不以"正义"二字归之。至于手托原子弹吓唬世人的野蛮，我只能称之为"非正义"的野蛮了。

世界已经进入21世纪，人类已经有了长期的文明发展的历史。按理说，野蛮行为应该绝迹了，然而事实却不是这样。说句公道话，两个野蛮产生根源是不同的。正义的野蛮是被非正义的野蛮激发出来的。我虽然坚决反对，但却不能不认为情有可原。非正义的野蛮则一无是处。他们胡作非为，反而扬扬自得。中国古人说："多行不义必自毙。"这是根据无数历史事实归纳出来的真理，绝不会落空的。回头是岸，是我对那些非正义野蛮者一句最后的忠告。

2002 年 6 月 21 日

第三编　一个老知识分子的心声

救救小品文

　　自从鲁迅先生把小品文封为小摆设以后，一向沉寂的小品文蓦地热闹起来，但它却倒了霉。

　　中国是小品文的国家，这只要一想就会明了的。在外国，所谓"文学"者往往分为诗歌、小说、戏剧三大类。小品文只占很小的一部分。然而在中国呢，小说、戏剧是不被人认为是文学的，剩下的只有诗歌，来填这个空的是小品文，所谓"某某文集"都充满了各种各样的小品文，而这些文集的作者就正占据着文学史顶显赫的篇幅，例如唐宋八大家、桐城派等不都是每天挂在人们嘴上的吗？

　　然而在这样一个小品文的国家里，小品文却一向给人利用。

　　在极渺远的时代，我们就看到小品文的萌芽，似乎一下生就走着黑运，给大人先生们拿来做载道的工具，一直到魏晋六朝，我们才第一次看到人们用小品文来说自己的话，然而引起了哄笑和嘲讽，说自己话的小品文也就被埋在这哄笑和嘲讽里，度着自己的暗淡的命运。

于是到了明末，我们又看到人们用小品文说自己的话。然而又引起了哄笑和嘲讽，说自己话的小品文又被埋在这哄笑和嘲讽里，外面又贴上满洲皇帝禁书的封条，喘不上气来，一直到新文学的起来，小品文依然在寂寞暗淡里活下去。

最近又有人说新文学的成功就是小品文的成功了，他们提倡小品文，提倡明末人的小品文，这使我高兴。我自己想，不管怎样，居然有人在哄笑和嘲笑里注意到小品文终归是好的；然而不久我却发现他们作起斗方诗来，我才知道他们都是名士，只有名士才能把白话文里加上之乎者也，而美其名曰"语录体"。在名士们自己摇头摆尾之余，恐怕很有一些陶然的逸趣，但在我们俗人看来，却正像看一个猴子穿起人的衣裳来，忸怩作态，顶大的用处也不过催人呕吐。明末的小品文是好的，但我们却不愿意看见死鬼在活人身上复活！

然而我们终于有了小品文大师，小品文也终于倒了霉。

于是鲁迅先生看出小品文的危机来了，接着是一片闹嚷嚷哄声。鲁迅先生是说了自己的话，但在这哄声里我们却听不出什么东西，先是热烈地攻击小品文，仿佛"小品文"这三个字就反革命，无论是谁，只要作小品文就是封建余孽。因为英国小品文作家特别多，于是我们这些聪明而又勇敢的批评家（？）又把英人的意识鉴定了一下，结果判了英人是毫无希望的民族。一个响应着一个，这哄声延长下去，个人都把自己的嘴脸表演一番，但在这庞杂混乱里我却只见到愚妄与浅薄！

接着是一个转机。人们发现了，小品文是随便可以注入任何东西的，他们不再骂小品文，而只骂小摆设似的小品文。他们要求匕首，于是又一个接着一个，把自己的嘴脸表演一番，这哄声终于又延长下去。拿着纸剪的匕首，他们要的；坐在软椅里喊着拿匕首却动也不动的，他们要的；从没看到过匕首，只把自己梦里的影子画出来的，他们要的——他们要一切这样的匕首，但有谁有过真铁真钢的匕首吗？上帝知道。

小品文终于给他们利用着，终于倒着霉。

而且还要倒下去。在混乱庞杂里我们要救救小品文，我们要小摆设，只要它真的是从内心里流出来的，我们将不眩惑于纸糊的大摆设，我们也要匕首，只要它是真铁真钢的，我们将不眩惑于纸剪的玩意儿。我们绝不能忽视了文艺里的"真"。

1934 年 8 月 23 日

从历史上看中德文化关系

    中德文化交流已经有很长的历史了。从欧洲特别是德国文献来看，至迟到了 18 世纪，这种交流已经开始。在第一个阶段，中国文化影响德国文化比较多。德国对中国的兴趣从 18 世纪起至 19 世纪三十年代，是一个逐渐升起的高潮。1840 年鸦片战争以后，来了一个低潮。到了 20 世纪初叶，特别是在第一次世界大战以后，这种兴趣又逐渐升高。差不多与此同时，第二个阶段开始。德国文化，特别是文学创作对中国逐渐产生影响。二百多年来的中德文化交流史大体轮廓就是这样。

    18 世纪启蒙时期，孔子哲学在欧洲受到崇拜。德国大哲学家 Leibniz 非常钦佩孔子。他的门徒 A. H. Franke 和 Christian Wolff 完全同他抱一样的态度。1736 年，法国人 Du Halde 出版了一本书：*Description géographigue, chronique, politique et physique de l'empire de la Chine et de la Tartarie chinoise*，这本书产生了很大的影响。书中有四篇《今古奇观》中的短篇小说和一本元曲《赵氏孤儿》，

还有一些《诗经》中的诗。译文都不高明，影响却是极大。此外，在 1719 年，中国小说《好逑传》被介绍到欧洲，也意外地产生了极广泛的影响。影响范围包括德国在内。

从此以后，中国的文学作品逐渐通过各种渠道传入德国，有的通过拉丁文译本，有的通过法文译本，有的通过英文译本，有的直接译自中文。文体多种多样，小说、戏剧、抒情诗都有，还有一些哲学著作。

在小说方面，第一部传入德国的作品是上面讲的《好逑传》。Ch. C. von Murr 于 1766 年译为德文：*Haoh kjöh Tschwen, d. i. die angenehme Geschichte des Haoh kjöh*。在以后的二百年中陆续介绍到德国去的中国小说有：《三国志演义》《东周列国志演义》《水浒传》《二度梅》（*Erh-Tou-Mai on les Pruaiers Meneillex*）、《正德游江南全传》（*Streifereien des Kaisers Tscheng-Tih*）、《封神演义》（*Feng-Schen-Yën-I, die Metamorphosen der Götter*）、《西游记》（*Hsi-Yu-chi, A mission to Heaven*）、《聊斋志异》（*Seltsame Geschichten aus dem Liao zhai*）、《平鬼传》《金瓶梅》（*Kin Pin Meh*）、《红楼梦》（*Hung Lou Mong, der Traum der roten Kammer*），等等。在中国文学史上，这些小说的地位高低悬殊极大，它们传入德国不在一时一地，产生的影响也有所不同。

在戏剧方面，首先传入欧洲的是元曲《赵氏孤儿》，因为 Du Halde 的那一本书里有这个剧本。1749 年 Du Halde 那本书译成了德文，《赵氏孤儿》从此传入德国。以后陆续传入德国的中国剧本有《灰阑记》。此书在 1832 年由 S. Julien 译为法文：*Hoei-Lan-Ki on l'histoire du cercle*。1876 年，Wollheim de Fonseca 改译为德文：Der Kreidekreis。1926 年，A. Forke 又重译：*Hui-Lan-Ki*。其他传入德国的中国戏剧有：《西厢记》（*Das Westzimmer*）、《琵琶记》（*Die Laute*）、《牡丹亭》（*Mou-Dan-Ting*），等等。同小说一样，中国戏剧传入德国经历了相当长的时间。从 18 世纪起一直到 20 世纪，长达将近二百年。在这漫长的时间内，有的德国作家曾企图改编中国戏剧在德国舞台上演出，基本上都以失败告终。原因是，我们两个国家的戏剧毕竟太不相同了，无论是戏剧中的人生观，还是演出的技巧都有点风马牛不相及，想要调和二者，那是十分困难的。只有个别人的尝试获得某一些成功。

在抒情诗方面，中国古代的抒情诗同样传入了德国。最早对中国抒情诗感兴趣的是歌德。其次是杰出的诗人 Friedrich Rückert。在 1833 年，他把《诗经》改作出版，他根据的是拉丁文译本。以后陆续传入德国的有：《离骚》《九歌》、陶渊明、李白、杜甫等。1880 年 Viktor von Strauss 翻译的《诗经》：*Schi-King*，*Das kanonische Liederbuch der Chinesen*，Heidelberg，1880，产生了比较广泛的影响。大家都知道，抒情诗的翻译要比小说和戏剧困难得多，有人甚至主张，诗是无法翻译的。但是，二百年以来，德国始终有人尝试着把中国抒情诗移植到德国去。大家公认，抒情诗对德国文学的影响要比中国小说和戏剧大得多。

在哲学方面，上面已经谈到了孔子。由于孔子在中国历史上的地位，他在欧洲，其中当然包括德国，受到重视，是意料中事。代表孔子儒家思想的《四书》和《五经》几乎都有欧洲语言的译本，其中一部分有德文译本。孔子以外另一个在德国产生了影响的中国哲学家是老子。在德国，老子的译本数目最多。

我现在想集中谈一谈德国最伟大的诗人歌德，顺便谈一下大诗人席勒。在中德文化交流的第一个阶段中用力最勤、兴趣最广、贡献最大的是歌德。他可以说是德国第一个认识中国文学价值的人。他从什么时候起开始接触中国文化，现在还无法确定。Du Halde 的那一本书于 1749 年译为德文，歌德肯定是读过的。书中的《赵氏孤儿》这个剧本对歌德产生了影响。他创作 *Elpenor* 主要材料来源就是这个剧本；不知道是什么原因，他这个剧本没有写完。1766 年出版的《好逑传》译本，他是读过的。这一本书给他留下了非常深刻的印象。1781 年 1 月 10 日，歌德日记中有："啊，文王！"这样的字眼，这可能是 Du Halde 的书给他的启示。1796 年 1 月，歌德同席勒通信，讲到《好逑传》。1817 年 9 月 4 日，歌德读了英译本元曲《老生儿》（Sir J. F. Davis：*Laou-Seng-Urh or An heir in his old Age*）后，10 月 9 日曾写信给 Knebel，评论这个剧本，歌德集中研究中国文学或者说对中国文学发生兴趣是在 1827 年年初，他的日记里有这样的记述：

1 月 31 日　关于中国诗的性质

2 月 2 日　研究中国诗

2 月 3 日　《花笺记》

2 月 4 日晚上　《中国的诗》

2 月 5 日　《中国女诗人》

2 月 6 日　抄写《中国女诗人》

2 月 11 日晚上　对 Dr. Eckermann 读中国诗

《花笺记》，歌德读的是英文译本；此书于 1836 年由 H. Kurz 译为德文：*Das Blumen blatt*。1826 年，Rémusat 译《玉娇梨》为法文；1827 年出版德译本：*Ju Kiao Li oder Die beiden Vasen*，歌德也读过。1827 年，法国人 Davis 的 *Contes Chinois* 出版，歌德读过。特别值得注意的是 1827 年 1 月 31 日歌德对 Dr. Eckermann 的谈话。根据 Dr. Eckermann 的记录谈话内容如下：

> 歌德说：（中国传奇）并不像人们所猜想的那样奇怪。中国人在思想、行为和情感方面几乎和我们一样，使我们很快就感到他们是我们的同类人。只是在他们那里一切都比我们这里更明朗，更纯洁，也更合乎道德。在他们那里，一切都是可以理解的，平易近人的，没有强烈的情欲和飞腾动荡的诗兴，因此和我写的《赫尔曼与窦绿台》以及英国理查生写的小说有很多类似的地方。他们还有一个特点，人和大自然是生活在一起的。你经常听到金鱼在池子里跳跃，鸟儿在枝头歌唱不停，白天总是阳光灿烂，夜晚也总是月白风清……还有许多典故都涉及道德和礼仪。正是这种在一切方面保持严格的节制，使得中国维持到几千年之久，而且还会长存下去。

《好逑传》等等小说（传奇）在中国文学史上都没有什么地位。但是歌德对这些书的评论意见则不能不说是异常深刻的，非常令人惊异的。他一眼就看出了中国文学和德国文学的不同之处。一直到今天他的见解对研究比较文学和比较文化的人来说仍然有很大的启发。

现在再谈一谈席勒。他同歌德一样，对中国文学有极其浓厚的兴趣。1795 年，他谈到《好逑传》。1796 年，他同歌德通信，他谈到这部小说，表示不满意 Murr 的德译本，自己想改编它，只写了几页。1800 年和 1801 年，他对 Unger 称赞《好逑传》。1803年和 1806 年，他又把改编《好逑传》列入自己的工作计划内，终于只是起了一个头。在戏剧方面，1801 年，他改编 *Turandot*，他想点染上一点中国色彩。大家称之为"中国戏"，实则与中国戏几乎毫无共同之处。

为什么中国文化，特别是中国文学能在十八九世纪（前半期）在德国产生这样一些影响呢？为什么影响的过程又有曲折呢？想要了解这一点，必须对欧洲思想史有所了解。18 世纪欧洲启蒙运动发展到高峰。这个运动没有浪漫的幻想，一切都立足于现实，一切都是脚踏实地。这一些确与中国思想有暗合之处。德国学者，特别是歌德之所以喜欢孔子儒家思想，也与此有关。他们认为，孔子儒家思想主要是宣传一种道德标准，维持风化，劝善惩恶。而且他们还发现，中国人和德国人有共同的人性，而歌德等所追求的正是这种普遍的人性，其中没有国界，没有鸿沟。歌德是首先提出"世界文学"这个概念的人，其原因就在这里。狂飙运动浪漫主义兴起后，他们标榜的东西与歌德对 Dr. Eckermann讲到的中国精神很少有共同之处；再加在政治上中国受到欧洲殖民主义的打击，在欧洲人眼中威信扫地，因而过去的那一点"中国热"也就冷下来了。

上面讲的是中德文化的关系第一阶段，主要是中国文化影响德国。下面再谈第二阶段，主要是德国文化影响中国。在这一阶段，把中国文化和文学介绍到德国去的工作并没有停止，只是规模已经很小，势头比较微弱了。

大约从20世纪二十年代初开始，德国文学传入中国。文学研究会主办的《小说月报》介绍了 G. Hauptmann。创造社介绍了歌德、Storm 的《茵梦湖》（*Immensee*）和 H. Heine。郭沫若翻译了 *Faust*。从那以后，在长达六十年的漫长过程中，包括解放以后在内，大量的德国文学作品被译成了汉文。被介绍到中国来的有下列一些德国作家：Goethe，Schiller，T. Fontane，T. Storm，P. Heyse，H. Hesse，H. Sudermann，Grimm 兄弟，H. J. C. Grimmelshausen，H. Mann，Th. Mann，B. Kellermann，H. Heine，Lessing，Remarque，Anna Seghers，B. Brecht，S. Lenz，H. Böll，J. Puttkamer，I. Eichler，J. R. Becher，H. Marchwitza，C. Eich，M. von der Grün，等等。在文艺理论方面介绍了：Lessing，H. Heine，K. Zetkin，Luxemburg，G. Ried，H. Mever，等等。这些介绍对中国新文学的发展起了积极的作用，对中国人民了解德国人民提供了可靠的材料，大大地加强了两国人民的友谊和互相了解。除了翻译介绍以外，中国学者还撰写了大量论德国文化和文学的文章和德国文学史。他们组织了德国文学学会和德语教学研究会。许多中国大学里都有德国语言文学专业，有的成立了独立的德国语言文学系。

总之，在中德文化关系发展的第二个阶段中，中国对德国文化（其中包括科学技术，我在本文中没有涉及）的兴趣日益增强。除了我上面讲的这些情况以外，两国还有不少学生到对方国家去留学，这当然会加强两国已有的文化关系。我自己就是在第二次世界大战前夕直至大战结束长达十年的时期中在德国留学和工作的。德国人民的友谊我毕生难忘。我相信，我们两国人民的长达二百年的文化关系必将日益加强，我们的友谊也会不断发展。瞻望前途，我充满了信心。

1985 年 2 月 13 日

《中印文化关系史论文集》前言

　　1957年出版的《中印文化关系史论丛》早已经绝版。在这新长征开始，中印两国人民都怀着一个共同的愿望，愿意进一步互相了解的时候，有关方面的同志认为还有再版的必要。我经过考虑，同意了这个建议。但是时间究竟已经过了二十多年。在这期间，我又在广义的中印文化关系史的范围内，写了一些文章。同时，还有几篇在《中印文化关系史论丛》出版前写成的、本来应该编入而疏忽未编入的文章。这二者加起来，从量上来讲已经超过了原书。又因为在编定这些文章的时候，我把有关古代印度语言的几篇论文抽了出来，编入另一个专论古代印度语言的集子中。结果现在编成的这个集子从原来十篇扩大成现在的二十一篇，从原来的十几万字扩大到现在三十多万字。如果仍然沿用《中印文化关系史论丛》这个书名，就似乎不甚妥当了。于是我另外用了一个新名，名之为《中印文化关系史论文集》，送到读者面前。

　　是不是这些文章都有很高的水平和价值值得长久保存呢？

当然不是。但是，无论是从前还是现在，都有一些中国同志和印度朋友向我提出加强研究中印文化关系史的问题。他们的意见是十分正确的。在整个世界历史上，像中国同印度这样两个国家有着至少二千多年的文化交流友好往来的历史，是十分罕见的。这两个古老的国家又一直到今天还都在朝气蓬勃地大跨步走上前去，这更是绝无仅有的。因此，两国人民都珍视我们的友谊，愿意继续发扬我们的友谊，切望了解我们友好历史的具体内容，这是完全可以理解的。但是，一直到今天，不管是在中国，还是在印度，都还没有一本像样子的中印文化关系史。中国方面和印度方面都有人尝试着写过一些论述中印文化关系的书。比如印度的伟大诗人泰戈尔、前总统拉达克里希南、著名学者师觉月等等，都写过一些有关这方面的文章。一直到今天还有不少印度年轻一代的朋友同我通信联系，想在这方面写点什么，探讨点什么。中国方面，也有不少研究中印文化关系的文章和汇集历史资料的书籍。但是，总起来看，都是零零碎碎的，不成体系的。在这样的情况下，正如中国俗话所说的"山中无老虎，猴子称大王"，中国古诗所说的"慰情聊胜无"，我的这些本来只配覆瓿的所谓文章，就显得还有点用处，似乎还值得保留了。

我自己从大学念书起，就对中印文化关系的历史发生了兴趣。浏览所及，陆续搜集过一些资料，做过一些笔记。由于自己兴趣太广，所志不专，迄今未能写成一部完整的中印文化关系史。自己虽然写过一点《中印文化交流简史》，最近找到残稿也只有七八十页。后来涉猎印度典籍，发现其中也间有有用的材料。但是总起来看，这些材料是比较少的，时间有时也是难以确定的。印度人民是很有天才的人民，但对于历史似乎不那么感兴趣。因此在三四千年的文明史上，真正可以称为"历史"的书，简直少得可怜。中国人民也是很有天才的人民，在世界所有的民族中，对历史似乎特有偏爱，成就也就特别辉煌。十七史、二十四史或二十五史，固无论矣。其他散见于杂史、文集、笔记、游记、小说以及佛教高僧传中有关中印文化关系的材料真是车载斗量，与印度典籍形成了鲜明的对照。这一点印度朋友们也是承认的。最近我们接到印度一位著名历史学家的信，信上说："如果没有法显、玄奘和马欢的著作，重建印度历史是不可能的。"可见印度朋友意见之一斑。还有许多印度朋友曾多次向我提出，中印两国学者协作探讨中印文化关系的历史。在这种情况下，我们中国的学者来搞这方面的工作就成了不能推卸的、义不容辞的责任。我自己愿追随志同道合者之后，竭尽绵薄，期有所成。我写的这些东西就目前来看只能算是一滴水、一块砖、一片瓦。一滴水投入大海，即使是微末不足道的，但毕竟给大海增添了一滴水。一块砖盖在一座摩天大厦上，当然也是微末不足道的，但毕竟也给这大厦增添了一砖一瓦。中印两国两个伟大民族在过去两三千年的时间内，互相学习，互相了解，增强了两方面的感情，丰富了彼此的文化，这几乎形成了一个传统。这种传统源远流长，根深蒂固，看样子还必然要继续下去。中印文化交流的历史必然要搞起来的。为了激励自己，督促自己，于其中照见自己的不足，暂时保存这些文章，似乎也就不无意义了。

一讲到中印友好关系的历史，我就觉得有一些前提应该加以说明或澄清，特别是在我这样一部论文集的前面，更有必要。首先是怎样来理解中印友好往来的历史？过去有一些好心的印度朋友曾对我说："在中华人民共和国成立之前，是中国向印度学习。而在中华人民共和国成立之后，则是印度向中国学习。"这几句话，我在1978年春访问印度在德里大学向教师和学生做报告时，曾提到过。出我意料之外的是，竟然博得满堂的掌声。可见印度朋友一直到今天还是同意这个意见的。这些印度朋友的心情我是理解的，也是感激的。但这样说并不真正反映实际情况，我因而也不完全同意。也还有另一种类似的说法，说中印文化关系在历史上是"一边倒的买卖"（one-way traffic）。我也不能同意这种说法，因为它不符合实际情况。我认为，长达两三千年的中印友好关系有很多特点，其中最突出的就是互相学习、各有创新、交光互影、相互渗透。在任何一个历史时期，都是这样的，我相信，将来也还会是这样的。这是一个很可贵的特点。像中印这样两个伟大的民族，都有独自创造的光辉灿烂的文化，这些文化曾照亮了人类前进的道路。在相互接触和学习中，也必然会既保存发展了自己文化的特点，又吸取学习了对方的文化。在什么时候也不会是"一边倒的买卖"，不管是倒向中国，或是倒向印度，都与历史事实不符。

有没有具体的事例来说明这个问题呢？我在这里举一个简单的例子，来形象地说明我的看法。我想举制糖术这个例子。

中国古代就知道有甘蔗这种东西。比如《楚辞·招魂》中说："胹鳖炮羔，有柘浆些。""柘浆"就是后来的"蔗浆"。可见楚国已经知道甘蔗，而且能把甘蔗压成浆，用以祀神。但是再进一步把蔗浆制造成糖却似乎还不知道。在另一方面，中国古代史籍、游记和其他著作中常常提到一种叫"石蜜"的东西。顾名思义，可能就是一种坚硬如石头的糖块，类似现在的冰糖，但不是白色。有这种石蜜的国家都在当时的所谓"西域"，比如波斯、康国、天竺，等等。汉代张衡《七辩》说："沙饧石蜜，远国储珍。"晋代傅巽《七诲》也说："西极石蜜。"可见中国本土还没有这种东西。其后的一些书籍中又提到一种叫"砂糖"的东西。顾名思义，可能就是我们现在的"红糖"。张衡的"沙饧"也可能就是这东西。唐菩提流志译《不空羂索神变真言经》卷十二有"沙糖""石蜜""白蜜"这些词儿，把两者并提。李时珍《本草纲目》卷三三说："此紫砂糖也。法出西域。唐太宗始遣人传其法入中国。以蔗汁过樟木槽，取而煎成。清者为蔗糖，凝结有沙者为沙糖。漆瓮造成，如石、如霜、如冰者，为石蜜，为糖霜，为冰糖也。紫糖亦可煎化，印成鸟兽果物之状，以充席献。今之货者，又多杂以米饧诸物，不可不知。"李时珍对石蜜、沙糖、冰糖的特点和制造过程已经说得非常具体、非常明确，用不着再多加解释。关于唐太宗遣人赴印度学习制糖术的事情，中国史书上有一些记载。《新唐书》卷二二一上《西域列传》，摩揭它国说："太宗遣使取熬糖法，即诏扬州上诸蔗，拃沈如其剂，色味愈西域远甚。"这一段记载还见于许多笔记中。这可能就是李时珍之所本。唐代一些高僧的传记或著作里也提到石蜜，比如玄奘《大唐西域记》卷二《健驮罗国》说："多甘蔗，出石蜜。"有的也提到砂糖，比如义净《南海寄归内法传》说："方行饼果，后行乳酪，及以砂糖。"《续高僧传》卷四《玄奘传》说："并就菩提寺僧召石蜜匠。乃遣匠二人僧八人，俱到东夏，寻敕往越州，就甘蔗造之皆得成就。"这里讲的是不是同《新唐书》讲的是一回事？我不敢确说。从以上种种记载中，可以看出，在传到中国以前的"石蜜"和"砂糖"都是紫色的。把紫色的糖变成白色的，要进一步加工。这个加工过程可能是中国完成的。《新唐书》上所说的"色味愈西域远甚"，"色"指的是什么呢？难道不就是从紫红色变成白色吗？这里还要插叙一下埃及在这方面起的作用。根据《马可波罗游记》，元世祖时有埃及国开罗人到了中国福建，教授净糖术。这里指的可能也是把红糖净化为白糖。14世纪的伊本·白图泰的《游记》里说："你在中国找到很多的糖，同埃及的一样好，实际上是更好一些。"根据这些记载，我们是不是可以做如下的推测：中国唐代从印度学习了制糖术以后，加以提高，制成了白糖。同时埃及也在这一方面有所创新，有所前进，并且在元朝派人到中国来教授净糖的方法。实际上中国此时早已经熟悉了这种方法，熬出的白糖，按照白图泰的说法，甚至比埃及还要好。这件事从语言方面也可以得到证明。现代印地语中，白糖、白砂糖叫作 cīnī，cīnī 的基本含义是"中国的"。可见印度认为白糖是从中国来的。《印地语辞海》说，cīnī 现在在印度已经普遍流行了。但在开始时，人们称之为"洋货"，因为 cīnī 原来是从外国输入的。当时人们食用这种东西，认为是不合教规的。但是现在人们都毫不犹豫地食用这种糖了。印地语中还有一个字 misarī，指冰糖（sugarcandy）。misarī 的基本含义是"埃及的"。可见印度人心目中埃及来的糖是冰糖。但是阿拉伯语糖却叫作 sukr，显然是从英文 sugar 或法文 sucre 转借来的，而英文 sugar，法文 sucre，或德文 zucker，俄文 caxap，又都是从梵文 śarkarā 转借来的。

这里还牵扯上了波斯（现在的伊朗）。有的中国古书上说石蜜是从波斯传来的。有的书上说由波斯运到四川的糖极好。这些情况，我们也必须加以注意。

我们现在继续从语言方面来探索一下这个问题。梵藏汉和四译对校的《翻译名义大集》关于甘蔗和糖有下列几个字：

5695　ikṣuḥ　苣菜，甘蔗

5696　gu ḍa ḥ　黑糖〔和〕糖块

5721　śīdhu ḥ　甘蔗酒

5788　śarkarā　糖

5837　pha ṇitam　糖霜〔和〕粗糖

《梵语千字文》糖叫作 gu ḍa。《梵语杂名》标明"砂糖遇怒"，"遇怒"就是 gu ḍa 的音译。《枳橘易土集》引用了《梵语杂名》，但有错字。《唐梵两语双对集》"石蜜舍嘌迦罗 śarkarā"，"砂糖遇怒 gu ḍa"。《翻梵语》卷第十提到《善见律毗婆沙》卷第一七中的"乌婆陀颇尼"，注明："律曰：薄甘蔗糖。"《善见律毗婆沙》原文是："广州土境有黑石蜜者，是甘蔗糖，坚强如石，是名石蜜。伽尼者，此是蜜（madhu）也。乌婆陀颇尼，颇尼者，薄甘蔗糖。"这里的"颇尼"就是《翻译名义大集》中的 pha ṇitam。《翻译名义大集》中的 śarkarā 这个字从印度传出去，几乎传遍了世界。gu ḍa 这个字，是一个古字，大史诗《摩诃婆罗多》和《罗摩衍那》中已有。从以后的许多词典中，比如 Bhā vaprakāśa、Amarakośa 等中都有这个字。《五卷书》中也有，但是含义并不一致。有的说它是干的圆球状的糖，有的说它是煮熟了的甘蔗汁，有的又说它就是蜜。总之大概是一种还没有净化的粗糖。

把以上这些情况归纳起来，就约略可以想象出一条红糖、白糖和冰糖传布的道路。中国古代有甘蔗，也有蔗浆，把蔗浆熬成糖的方法是从印度传入的，时间在唐太宗时代。中国接过了这熬糖方法又加以提高，熬成了白糖，又传回到印度去。至于埃及什么时候开始熬糖，详细情况，我没有研究。反正埃及熬的糖也颇有点名声，也传到了印度和中国。你看，我们天天吃的糖是一件非常平常的东西，但其中竟有这样许多文章，它牵扯到中国、印度、埃及和伊朗四个国家的文化交流。这确实可以称为一个佳话。这充分说明，我们四个国家在过去文化交流之密切；也可以说明，中印文化交流的特点，确实是互相学习，各有创新，交光互影，互相渗透，而且到了难解难分的程度。明白了这些情况，还能说两国关系是"一边倒的买卖"吗？难道这不是不符合实际情况吗？

在这里我还想讲一个看来不大而实则很重要的问题。这就是怎样看待学习外国东西的问题。"四人帮"那一伙民族虚无主义者兼民族自大狂夜以继日地关起门来偷偷摸摸地欣赏外国的一些腐朽没落的东西，但公开却对于学习外国一概称之为"洋奴哲学"。这种说法影响了不少的人。在他们手中，"洋奴哲学"也成了一顶大帽子，动不动就给人扣在头上，以致有不少人望"洋"兴叹，谈外色变。学习外国也成了一个禁区。实际上，世界上所有的民族，不论大小，不论新形成的民族还是古老的民族，都各有优点与缺点，现在世界上也没有一个民族，不管多么闭塞，多么原始，完全不受外来的影响。我们承认学习了外国的好东西，并不是什么耻辱，我们承认曾学习了印度的许多好东西，这也并不会有损我们的民族尊严。当然我们也送给印度人民不少非常有价值的发明创造，比如罗盘、火药、蚕丝、造纸等许多重大发明就是显著的例子。印度人民也是承认的。这本是十分正常的现象。不但过去互相学习，而且现在也在互相学习，将来还要继续互相学习。一个完全闭关自守的民族是绝不能长期立于世界民族之林的。这样一个"禁区"，我们也必须解放思想，努力打破。让我们敢于向外国学习，善于向外国学习，以期达到借鉴的目的。

从我发愿搞中印文化关系史以来，到现在已将近四十年了。中间屡经沧桑，饱历风雨。因限于书籍和资料，自己的研究方向和范围多次调整。又牵于杂务，无从专心致志。但探讨中印文化关系之志，却始终不渝。平常在浏览之余，做了一些笔记，有的写在大本子上，有的就顺手写在一些小纸片上，一直没有系统加以整理。虽然也一度立志先把唐代中印文化关系史写出来，也只是写了几章，全书也迄未写成。可惜的是，在风雨交加之时，所做笔记，多所散失。到现在光阴流逝，岁月蹉跎，自己已垂垂老矣。几次拿起残存的旧稿，有的已经写成了一半，有的已有现成的材料；几次看到那成堆的大大小小的纸片，心里就激烈斗争。要想完全找到过去所做的笔记，已不可能。从头做起，又势有所不许。中国朋友和印度朋友对我殷切的希望又时时压上心头。使我欲罢不能，欲行又止。印度古代神话有一个特哩商拘的故事，他想上天，但被神仙推了下来，想回地上，又不可能，就悬在空中，上不着天，下不着地。我现在真成了中国的特哩商拘了。

我因此就时时想到《大慈恩寺三藏法师传》卷十的一段记载：

> 麟德元年春正月朔，一日，翻经大德及玉华寺众殷勤启请翻《大宝积经》。法师见众情专至，俯仰翻数行讫，便摄梵本停住，告众曰：此经部轴与《大般若》同，玄奘自量气力不复办此。死期已至，势非赊远。今欲往兰芝等谷礼拜，辞俱胝佛像。

我每读这一段，就不禁油然起共鸣之感。我还记起鲁迅先生晚年也谈到过剩下的时间不多了，总想多干一点事情。他在《且介亭杂文附集》《死》里说：

> 但要赶快做。这"要赶快做"的想头，是为先前所没有的，就因为在不知不觉中，记得了自己的年龄。

玄奘当时也不过六十来岁，鲁迅那时也不过五十多岁。今天我已经超过他们将近十岁了，才开始有赶快做的想法。绝不是我比鲁迅高明，只是因为现在已经换了人间，不但同唐代大不相同，有如天壤，同鲁迅时代也完全不同。生活的环境不同了，老的标准也不同了。仅以鲁迅而论，他所处的环境，是白色恐怖，阴森暗淡。我今天所处的环境是光天化日，朝气蓬勃，十亿人口的大军正向着四个现代化进行新的长征。豪气贯日月，春色满乾坤，可以惊天地，可以泣鬼神，可以摧枯拉朽，可以移山倒海，前程似锦，光辉灿烂。个人一点点小事又算得了什么呢？因此，即使我有时有这种赶快做的想法，这也是自然规律，没有什么可奇怪的。我从来既不伤感，也不悲观，既有老而不叹，亦无贫之可嗟。环视周围，我大学时代许多老师，年近八旬或年逾八旬，仍然精神矍铄，意气风发，在那里努力写作。这种感染力是无穷的。我同他们比起来，只能算是年轻人，到他们那样的年龄至少还有十多年二十年，我有什么理由，什么根据可以悲伤老大，无所事事呢？尽管还有许多别的工作，我还仍然有信心，能在中印文化关系史方面做出一些贡献。把写了一半的那些文章补起来，把能够找到的资料找出来，如果有可能的话还想尝试着写一部《中印文化关系史》或断代的《中印文化关系史》，来满足许多中国和印度朋友对我的期望。

1978 年 12 月

外语教学漫谈

我学了一辈子外语，也教了一辈子外语。但是如果让我总结什么外语教学的经验，这对我却实在是一个难题。是我没有经验或教训吗？当然不是。我的感觉是："提起此事，一言难尽。"

解放前后，我担任北京大学东语系的领导工作长达三十多年之久。在这一段很长的时间内，虽然我从来没有放弃自己的研究工作，每一次运动都要检查业务挂帅，智育第一，但是我用在行政方面的时间也确实不少。很大一部分时间都在开会。"春花秋月何时了？开会知多少？"（借用冯至同志的话）。我常常开玩笑说，现在这"学"，那"学"，多如过江之鲫。如果有人提倡创立一门"开会学"的话，我一定申请参加研究，如果让我写一本"开会学导论"之类的书，我一定会写得异常精彩，既有理论，又有实践，将大大地扩大我们的科学研究的范围，提高科学研究的水平，出版以后，一定会洛阳纸贵，给现在出版界缺纸的情况再增加一份压力。

我开会的内容是多种多样的。研究外语教学法是其中重要的内容之一。现在全国从事外语教学的同志们一定都能够回忆起过去几十年的情况。我们没日没夜地为了外语教学法伤过多少脑筋呀！什么速成法，什么拉赫曼诺夫，什么词汇分析，什么复用式和领会式，什么病历卡，什么直接教学，什么听说领先，等等，等等，几乎是隔几年就换一套新花样，而且是举国皆然。一听说什么地方出了"先进"经验，就不远万里，跋山涉水，亲临学习。取经者接踵于道路，传道者高踞于讲堂，大家都兴致勃勃，乐此不疲。

　　结果怎样呢？大家都可以回忆一下。要说是所有的教学法尝试都失败了，根本没有什么成绩可言，那不是事实。我们解放后的外语教学成绩远非解放前可比。这一点是无法否认的。要说是成绩非常大，它能同花费的时间和精力成正比，那恐怕也不是事实。一直到现在我们也还说不出，究竟哪一种教学方法最合理想，最有效益。

　　最近若干年以来，根据我自己的观察，几乎没有什么地方再谈什么外语教学法了，"文革"前那种钻研教学法的劲头再也见不到了。这是不是表示我们退步了呢？我说不出。这是不是表示我们现在的外语教学水平大大落后了呢？我看也不见得。我们现在的外语教学成绩不容抹煞。

　　写到这里，也许有人会说："你一不否定过去搞教学法成灾的做法，又不否定现在不太讲教学法的成绩，你这貌似辩证法，实际是在变戏法！"我先不回答这种质问，我先谈点别的事情。我记得鲁迅先生在一篇什么文章里讲了一个笑话。一个人在市场上叫卖治臭虫的用纸裹着的锦囊妙计，要的钱并不算少。有人买了一份，打开一看，里面还有一层纸，一直打开了六七层纸。最后发现了一张小纸条，上面写着两个字：勤捉。这是一个笑话，但是你能说它没有道理吗？

外语教学我看也有类似的情况。我绝不否定教学法的重要性。但是我们也绝不能让眼花缭乱、五花八门的教学法牵着鼻子走，而忘掉外语教学最根本的一条：真正调动学生的积极性和主动性，让他们尽可能早地接触外语的实际，让他们自己先努力寻找适合自己情况的学习方法，让他们去拼搏，让他们自己去吃点苦头。

我又想在这里谈一谈德国教外语的方法。我不谈理论，因为没有人教过我这方面的理论，我也不想去杜撰。我只谈实际情况。我在德国开始学俄语，每周只上课两次，每次二学时，共四个学时。第一次上课，教员领着学生念了念字母。我觉得速度不算快，还比较舒服。第二堂课以后，老师就让学生自己按照教科书的顺序，背生词，学语法，做练习，教员以后就不再讲解了。每次上课就做教科书上的练习，其中也有会话的练习，学生念俄文，学生翻成德文，错了老师纠正。大概过了两个礼拜，老师就让念果戈里的小说《鼻子》。这对我无异是当头一棒，丈二和尚，我简直摸不着头脑。我抱着一本字典，对着原文查下去。几乎每一个字都只能查到前一半，后一半是语尾变化，我根本不知道，只能乱翻语法，努力找出语尾变化。一个小时的课，我要五六倍七八倍的时间来准备。真是苦不堪言。结果在一个学期内，学完了一本教科书，念完了《鼻子》。我觉得这种教学法真能调动学生的积极性和主动性。我曾对许多人谈过我的这一番经历。在"文化大革命"中，我受到批判，说我是宣传法西斯教学法，我真是啼笑皆非。这种教学法好像在德国很流行，但绝非德国法西斯的发明创造。19世纪一个什么人就说过：要学游泳，老师把学生带到游泳池旁，一下子把他们推下水去。如果淹不死，他就学会了。我相信，这只是一个比方，没有人会真这样去干的。我们要体会其中蕴含着的意义，学外语也是如此。这是否有点野蛮呢？我看不能这样说。这办法确实有效，它确实能把学生的全部积极性和主动性毫无遗漏地调动起来。

学外语，同干任何事情一样，必须调动参加者的积极性，让他们尽快尽早地接触到工作的对象、工作的实际。我看这同捉臭虫要勤捉一样，既是老生常谈但又确有效用。过去几十年我们搞教学法，未可厚非，但对学生的积极性的调动则似乎重视不够。我也算是外语战线上的一个老兵。在折腾了几十年以后，到了垂暮之年，却只能拿出这样一点"经验"来，我自己也觉得脸红。我知道，即使这一点刍荛之言，别人也还不见得都赞同，我自己却深信不疑。质诸上海外语界的同行们，不知以为如何。

1986 年 6 月 27 日

《文化意识的觉醒》序

最近一两年以来，我们国内，在某种程度上可以说是已经涌起了一股"文化热"。讨论文化的文章频繁出现在许多刊物上，探讨文化发展的座谈会接二连三地在许多大城市召开，许多学术机构举办有关文化的学习班，比如中国文化书院就举行过比较文化的研讨班，全国有近千人参加学习。青年学生们对文化问题也表现出空前的热情，纷纷举办讲座、讨论会。我认为，这是完全合乎发展规律的。我国社会主义建设，在对内搞活对外开放的政策指导下，日益繁荣发展。文化建设问题已经迫切地提到了议事日程上来了。在思想领域内，真正贯彻了百家争鸣的方针，一扫过去那种万马齐喑的局面。老中青年学人的创造力和积极性，如万斛泉水，奔腾喷涌，遂形成了这样热气腾腾的局面。

我个人的看法，大家探讨最多的是中外文化的关系问题，也就是承认至少有两种文化。所谓"文化交流"，所谓"比较文化"，无不可以归入这一个范畴。如果只承认有一种文化（自己国家的或别的国家的），那就根本谈不到交流，也谈不到比较。我一向主张，从人类整个数千年的文化史来看，文化交流是促进文化发展不可或缺的因素。时至今日，在地球上恐怕还没有一种纯之又纯的、不同任何别的文化进行交流的文化。一谈到文化交流，就必然要讲内因与外因。只有内因，不成其为交流；只有外因，也不成其为交流。总是以内因为根据或基础，外因为条件来进行交流。换句话说，文化交流是内因与外因的结合，缺一不可。

写到这里，我想对一个老而又新的问题，发表一点意见。这就是所谓"全盘西化"的问题。且不说真正的"全盘西化"，必然导致资本主义在中国垄断，就是变社会主义为资本主义。从哲学上来讲，这是一种只要外因，不要内因的想法。在理论上是讲不通的，在事实上是办不到的。植物学上的嫁接，也说明了这个道理。在人类历史上，还没有一个全盘什么化的先例。日本在西化方面是卓有成效的，从一个封建王国变为一个世界经济大国，决定的因素就是西化。但是它"全盘"了没有呢？只要稍稍了解日本情况，或者到日本去看过的人，都只能承认，它并没有"全盘"。日本固有文化的痕迹到处可见，有的地方甚至起着决定性的作用。换句话说，日本在西化方面是内因与外因结合得比较成功的一个典型。有好多东西是值得我们借鉴的。

我还想谈另外一种"学说"，这就是完全、彻底否定中国的固有的传统文化。这同全盘西化论应该归入同一个范畴。张扬这种"学说"的学者的文章，我没有全看，因为我"修养"得还很不够。我没有那个耐性看下去。我只觉得作者既不懂中国文化，也不懂西方文化。登龙有心，哗众无术，鼓其如簧之舌，造作一大串奇怪的名词术语，发为惊世骇俗之论，其实是除了自我陶醉之外，什么问题也不能解决。如果也把这种"学说"作为百家之一家而与之争论，实际上是上了英雄欺人之当，未免太天真了。

在这个文化讨论的洪流中，我们北京大学怎样呢？

自从五四运动以来，北京大学在政治运动和思想运动方面是非常敏感的，往往起些带头作用。将近七十年的历史充分证实了这一点。到了今天，当全国热烈讨论文化问题的时候，北大的一些青年学生和教员，在一部分中老年教师的支持下，也参加到这个文化讨论的洪流中来，成立了文化学会，经常邀请校内外一些对文化问题有兴趣的人来讲演、座谈，这大大地提高了青年学生对文化的兴趣，也促进了许多中老年教师的深思。大家不约而同地对文化问题进行探讨，这一本论文集可以算是研究探讨的成果之一。

对于文化学，我没有做过什么系统的研究，所知不多。这并不是什么谦虚之词，而完全是事实。但是我对于文化学却有极大的兴趣，甚至有所偏爱，这也并非虚语，而完全是事实。

在学术研究方面，甚至在文学创作方面，我把自己划归"功利主义者"这一类人物范畴。我一贯认为，进行任何学术研究，必然有其用途。这个用途绝非狭隘的，也绝非只顾眼前的，而是从宏观着眼，从长远着眼，不管怎样，它绝非一个个人问题。如果学术研究和文学创作，只为了一个人的利益，只有作者一个人懂，别人懂不懂他根本不关心，还以此自傲，以为高出流俗，这样的什么者，即使不是有意骗人，我看也差不多，对于文化学我也这样要求。

文化学的用途在什么地方呢？探讨文化发展的规律和文化交流的规律，用以指导我们自己的精神文明和物质文明的建设，这是毫无问题的。对世界上任何国家都可以这样说。这是一个大问题，我在这里暂且不去细谈。

我想专门谈一个小问题或者比较小的问题。这个问题特别适合我们中国和一些同中国有同样情况的国家，这就是改造国民性的问题。我们中华民族是一个勤劳、智慧、勇敢的伟大民族，对人类文化做出了巨大的贡献。几千年的历史证明了这一点，谁也不能否认，也无法否认。谁忘记了这一点，他就不是一个唯物主义者。但这只是问题的一个方面。另一方面，由于长期封建主义的统治，在我们的国民性中积淀了不少不健康的东西。当年鲁迅先生曾含着眼泪，大声疾呼，批判揭露了这样一些消极的国民性格。到了今天，我认为鲁迅的批判还并没有完全失效。一个头脑清醒的人只要放眼一看，就能看到我们社会还存在着十分矛盾的现象。正确与错误，伟大与渺小，智慧与愚蠢，真诚与虚伪，率真与圆滑，勇敢与怯懦，勤奋与懒惰，大公与自私，杂然并陈。虽然前者总是为主，但后者也绝不能忽视。世界所有民族中都有类似的现象。别人的事，我们先不去管，我们先清理自己的"内务"。谁要是不承认这一点，他就不能算是一个唯物主义者。我们切不能躺在勤劳、勇敢、智慧和伟大的枕头上，怡然自得，陶然酣睡，这无助于我们社会主义建设。我们必须有勇气正视这些消极的东西，憬然憟然，认真分析自己性格中的这一些东西，不要怕痛，不要害羞，努力学习，认真思考，加以批判，加以改正，与此同时又要认真发扬优秀的一面。我们民族的优秀传统美德是不能否认的，也是否认不掉的。

我不知道，改造国民性，是否属于文化学研究的范围，这要请文化学的专家们来研究讨论。如果文化学专家都认为，这是他们研究的范围，当然很好。如果多数专家认为，这不是他们的职责，我就斗胆建议，在他们的研究项目中加上这样一项。这绝非无理要求，而且文化学既定的研究范围（如果有的话），也绝非一成不变，天经地义。随着需要适当调整，我想也是可以的。

"改造国民性，'改造'二字不妥"，我们似乎听到有人这样抗议了。我们可以换别的词儿，"补正""提高""纠正"等等许多词儿，都是可以的。意思无非是说，我们的国民性出了点毛病，应该加以改正，使它在保留原来优点的同时，洗刷不足之处，如此而已。

"国民性怎么能改造呢？"我又似乎听到有人这样惊呼了。改造的想法，实际上不是我的发明创造。当年鲁迅先生就曾主张过，而且毕生锲而不舍。这是人所共知的事实。解放以后，我们很多人都经常进行思想改造，我自己是从中尝到了甜头的，可惜前几年，对于思想改造，人们提得很少了，窃以为这不是好现象。一直到今天，我还坚决相信，我们的思想是必须改造的，世界上万事万物都在那里不停地改变，我们的思想能"以不变应万变"吗？既然思想都能够改造，一国的国民性为什么就不能改变呢？改造的明确目标，就是共产主义的远大理想，一切不符合这个远大理想的国民性都必须加以改造，有一些国民性看似细微，实则所关至大，切不可等闲视之。

我对国民性改造的看法，就是这个样子。我到文化学这里来寻求援助，是不是找错了门呢？但愿不是这样。

1987 年 3 月 5 日

《季羡林学术论著自选集》自序

我舞笔弄墨，五六十年于兹矣。我从来没有想到搞什么自选集，更谈不到什么"精华"。而今已近耄耋之年，垂垂老矣。北京师范学院出版社提出来，要我自选"精华"，编入丛书中。我最初觉得非常新鲜，但窃以为恐怕不会搞出什么名堂来，想加以拒绝，托词是，自己写的东西里面有不少的古怪文字，排印困难，想以此吓退出版社。我万没有想到，出版社的胡乃羽同志竟认真对待，说是回去研究一下。我想，这下子一定是"黄鹤一去不复返"了，颇以自己托词巧妙而沾沾自喜。

然而事实却出我意料。过了一些时候，胡乃羽同志打电话告诉我，出版社经过研究，仍然决定出。这无疑击了我一猛掌。出版社这样认真对待，而我自己则轻率托词，这形成了鲜明的对比，我必须端正态度，也认真对待了。

我于是根据令恪同志和李铮同志编纂的我的《著作系年》，认真考查了自己一生所写的东西。古人说："文章是自己的好。"

不能说，我认为自己写的东西全都是垃圾，有一些文章自己也是颇为满意的。但是，总起来看，自己写的东西中真正有很高水平的并不多。虽间有新的发现或见解，也并不见得都十分深刻。看了中外大师们写的文章，读到那些石破天惊的新见解，如饮醍醐，百读不厌，对这些大师们只有高山仰止了。谈到"精华"的问题，我曾对胡乃羽同志说过，自己挑选而称之为"精华"，不是有点狂妄了吗？她说，这也无大妨碍，你只把自己认为比较满意的文章挑选出来就行了。

我就遵照这个意见，考虑了一下：哪些文章自己比较满意。这并不困难。满意或者不满意，是一个简单的事实，决定起来，比较容易。我从过去几十年写成的将近二百万字的学术论文中，选出了若干篇，算是完成了任务。选的文章绝不是照原样重印一次，而是由于胡乃羽和李铮二位同志的努力，校出了一些错误或者不确切的地方，在新版中都一一加以改正。因此，收入本集的文章其可靠性增加了。这是一个很大的收获。

但是，选完了以后，再加以仔细思考，却发现了一些自己从没有意识到的现象。我挑选的时候，丝毫也没有先入之见，一定要选哪一类的文章。我只是根据自己喜爱近乎本能地挑选自己比较满意的文章，就说是"精华"吧。但是，挑选的结果，入选的全是属于考证一类的文章。这明确无误地告诉我，自己的兴趣或者自己的能力究竟在什么地方。

清代桐城派主将姚鼐《复秦小岘书》说："天下学问之事，有义理、文章、考证三者之分，异趋而同为不可废。"我觉得，这种三分法是符合实际情况的，它为后来的学者所接受，是十分自然的，它也为我所服膺。

在三者之中，我最不善义理，也最不喜欢义理。我总觉得，义理（理论）这玩意儿比较玄乎。公说公有理，婆说婆有理。一个唯心主义与唯物主义的矛盾，矛盾了几千年，到现在还没有哪一个理论家真正说透。以我的愚见，绝对纯之又纯的唯心主义和唯物主义，都是没有的。说一部哲学史就是唯心主义和唯物主义的斗争史，显然也与历史事实不完全符合。特别是最近几十年以来，有一些理论家，或者满篇教条，或者以行政命令代替说理，或者视理论如儿戏，今天这样说，明天那样说，最终让读者如对丈二和尚，摸不着头脑。反正社会科学的理论不像自然科学的实验那样，乱说不能立即受到惩罚。搞自然科学，你如果瞎鼓捣，眼前就会自食其果，受到惩罚。社会科学理论说错了，第二天一改，脸也用不着红一红。因此，我对于理论有点敬鬼神而远之。这类的文章，我写不出，别人写的我也不大敢看。我对理论的偏见越来越深。我安于自己于此道不擅长，也不求上进。

这并不等于说，我抹煞所有的理论。也有理论让我五体投地地佩服的，这就是马克思主义的根本理论。经过了几十年的学习与考验，我觉得，马克思主义的根本理论完全反映了客观现实，包括了历史、人类社会与自然界。即使马克思主义仍然要不断发展，但是迄今它发展达到的水平让我心服口服。

这种轻视理论的做法是不是一种根深蒂固的偏见呢？可能是的。一个人难免有这样或那样的偏见。即使是偏见吧，我目前还不打算去改变。我也绝不同别人辩论这个问题，因为一辩论，又是公说公有理，婆说婆有理，最终弄得大家一起坠入五里雾中。

我只希望理论家们再认真一点，再细致一点，再深入一点，再严密一点。等到你们的理论能达到或者接近马克思主义基本理论的水平时，无须辩论，无须说明，我自然会心悦诚服地拜倒在你们脚下。

谈到文章，我觉得，里面包含着两个问题：一个是专门搞文章之学的，一个是搞义理或考证之学而注意文章的。专门搞文章之学的是诗人、词人、散文家，等等。小说家过去不包括在里面。这些人的任务就是把文章写好，文章写不好，就不能成为诗人、词人、散文家、小说家。道理一清二楚，用不着多说。搞义理或考证之学的人，主要任务是探索真理，不管是大事情上的真理，还是小事情上的真理，都要探索。至于是否能把文章写好，不是主要问题。但是，古人说：言之无文，行之不远。孔子要求弟子们在讲话方面要有点文采，是很有道理的。过去的和现在的义理学或考证学的专家们，有的文章写得好，有的就写得不怎么好。写得好的，人家愿意看，你探索的真理容易为别人所接受。写得不好的，就会影响别人的接受，这个道理也是一清二楚的。所以，我认为，对不专门从事文章之学的学者来说，认真把文章写好也有很重要的意义。

谈到考证，亦称"考据"，如上文所述，是我最喜欢的东西，也是清代朴学大师所最擅长的东西，同时又是解放后受到一些人责难的东西。最近我写了一篇短文《为考据辩诬》，这里不再重复。我在这里只谈我的想法和做法。

首先，我觉得考证之学并没有什么神秘的地方，没有一些人加给它的那种作用，也没有令人惊奇的地方，不要夸大它的功绩，也不要随便加给它任何罪状，它只是做学问的必要的步骤，必由之路。特别是社会科学，你使用一种资料，一本书，你首先必须弄清楚，这种资料，这本书，是否可靠，这就用得着考证。你要利用一个字、几个字或一句话、几句话证明一件事情，你就要研究这一个字、几个字或一句话、几句话，研究它们原来是什么样子，后来又变成了什么样子，有没有后人窜入的或者更改的东西？如果这些情况都弄不清楚，而望文生义或数典忘祖，贸然引用，企图证明什么，不管你发了多么伟大的议论，引证多么详博，你的根据是建筑在沙漠上的，一吹就破。这里就用得着考证。必须通过细致的考证才能弄清楚的东西，你不能怕费工夫。现在间或有人攻击烦琐的考证，我颇有异议。如果非烦琐不行的话，为什么要怕烦琐？用不着的烦琐，为了卖弄而出现的烦琐，当然为我们所不取。

其次，在进行论证时，我服膺两句话：大胆的假设，小心的求证。这两句话已经被批了很长的时间了，也许有人认为，已经被批倒批臭，永世不得翻身了。现在人们都谈虎色变，不敢再提。可是我对此又有异议。过去批判这两句话，批判一些人，是在极"左"思想支配下——用形而上学的方法冒充辩证法，鱼目混珠，实际上是伪辩证法——来进行的。头脑一时发热，在所难免，我自己也并非例外。但是，清醒之后，还是以改一改为好。我现在就清醒地来重新评估这两句话。

我个人认为，古今中外，不管是自然科学家，还是社会科学家，哪一个人在进行工作时也离不开这两句话。不这样，才是天大的怪事。在开始进行一个课题的研究时，你对于这个课题总会有些想法吧，这些想法就是假设。哪里能一点想法都没有而进行一个课题的研究呢？为什么要"大胆"？意思就是说，不要受旧有的看法或者甚至结论的束缚，敢于突破，敢于标新立异，敢于发挥自己的幻想力或者甚至胡想力，提出以前从没有人提过或者敢于提出的假设。不然，如果一开始就谨小慎微，一大堆清规戒律，满脑袋紧箍，一点幻想力都没有，这绝对不会产生出什么好结果的。哥白尼经过细致观测，觉得有许多现象是太阳绕地球旋转说解释不了的，于是假设了"日中心说"。这真是石破天惊的假设，大胆的假设。没有这个胆量，太阳恐怕还要绕地球运转若干年。没有大胆的假设，世界学术史陈陈相因，能有什么进步呢？

那么，大胆的假设，其罪状究竟何在呢？

有了假设，不等于就有了结论。假设只能指导你去探讨，去钻研。所有的假设，提出来以后，都要根据资料提供的情况，根据科学实验提供的情况来加以检验。有的假设要逐步修正，使之更加完善。客观材料证实了多少，你就要在假设中肯定多少。哪些地方同客观材料相违，或者不太符合，你就要在假设中加以修正。这样可能反复多次，十次，百次，几百次；假设也要修正十次，百次，几百次，最后把假设变成结论。有的假设经不住客观材料的考验，甚至必须完全扬弃，重新再立假设，重新再受客观材料的考验。凡是搞点科学研究的人，都能了解其中的味道，或甘或苦，没有定准儿。这就叫作"小心的求证"。

那么，小心的求证，其罪状究竟何在呢？

也有人灵机一动，提出了一个假设，自己认为是神来之笔，是灵感的火花，极端欣赏，极端自我陶醉。但是后来，客观材料，包括实验结果证明这个假设不能成立。在这个关键时刻，真正有良心的科学工作者应该当机立断，毅然放弃自己的假设，另觅途径，另立新说。这是正途。可是也有个别的人，觉得自己的假设真是美妙绝伦，丢掉了万分可惜。于是不惜歪曲材料，顺我者昌，逆我者亡，只选取对自己的假设有利的材料，堆累在一起，形成了一个迁就自己的假设的结论。这是地道的学术骗子。这样的"学者"难道说是绝无仅有吗？

这就是我理解的"大胆的假设，小心的求证"。

这是丝毫也无可非议的。

但是确实有一些学者是先有了结论，然后再搜集材料，来证实结论。"以论带史"派的学者，我认为就有这种倾向。比如要研究中国历史上农民战争问题，他们从什么人的著作里找到了农民战争解放生产力的结论。在搜集材料时，凡有利于这个结论的，则统统收进来；凡与这个结论相违反的，则统统视而不见。有时甚至不惜加以歪曲，爬罗剔抉，刮垢磨光，最后磨出一个农民战争解放生产力的结论，而让步政策则是"修正主义"。研究清官与赃官问题时，竟然会说赃官要比清官好得多，因为清官能维护封建统治，而赃官则能促成革命，从而缩短封建统治的寿命。如此等等，不一而足。这样的研究方法根本用不着假设，不大胆的假设也用不着。至于小心的求证，则是戴着有色眼镜去衡量一切，谈不到小心不小心。

对这样的科学工作者来说，大胆的假设，小心的求证是必须彻底批判的。

对这样的科学工作者来说，他们的结论是先验的真理，不许怀疑，只准阐释。他们是代圣人立言，为经典做注。

用这样的方法，抱这样的态度，来研究学问，学问会堕落到什么程度，不是一清二楚了吗？

我服膺被批判了多年的大胆的假设，小心的求证，理由就是这一些。另外可能还有别的解释，则非愚钝如不佞者所能知矣。

统观自己选出来的这一些文章，不管它们是多么肤浅，我总想在里面提出哪怕是小小的一点新看法。要提出新看法，就必须先有新假设。假设一提出，还不就是结论。不管假设多么新，在证实之前，都不能算数。我经常被迫修改自己的假设，个别时候甚至被迫完全放弃。有的假设，自己最初认为是神来之笔，美妙绝伦；一旦证实它站不住脚，必须丢弃。这时往往引起内心的激烈波动，最终也只能忍痛丢弃。我的做法大体上就是如此。鹦鹉学舌，非我所能；陈陈相因，非我所愿。我也绝不敢说，我的这些所谓"新看法"都是真理。一部人类的学术史证明了，学术一定要随时代的前进而前进；将来有新材料发现，或者找到了观察问题的新的角度，自己的看法或者结论也势必要加以修改，这是必然的。

现在归纳起来可以说，我过去五六十年的学术活动，走的基本上是一条考证的道路。可是原来自己并没有意识到。到了今天，通过这个自选活动，我才真正全面而明确地认识到这一点。考证要达到什么目的呢？无非是寻求真理而已。伟大科学家爱因斯坦说："凡在小事上对真理持轻率态度的人，在大事上也是不足信的。"这句话可以有多种解释。什么叫真理？大家的理解也未必一致。有的人心目中的真理有伦理意义。我不认为是这样。我觉得，事情是什么样子，你就说它是什么样子。这是唯物主义，同时也是真理。我体会爱因斯坦在这里所说的"真理"就是这样的真理。他这一句颇耐人寻味。同样是真理，事情却有大小。哥白尼倡"日心说"，这是大事情上的真理。语言文字学家、训诂学家，弄清楚一个字或一句话的古音古义，这是小事情上的真理。事情有大有小，而其为真理则一也。有人夸大考证的作用，说什么发现一个字的古音，等于发现了一颗新星。这有点过分夸张。这样的发现与哥白尼的"日心说"是不能比的。不管怎样，整个人类的历史，就是追求真理、探索真理的历史，这一点恐怕是无法否认的。从事各种工作的人，都在自己的领域内追求真理、探索真理。

我自己也在我所从事的领域内追求真理、探索真理，一直探索了五六十年。我经常说，我少无大志。不但在中小学里没有立志成为学者，就是到了大学以后，除了写点散文之外，真正的学术论文没有写几篇。写成了的那几篇水平都不高。我是阴差阳错才走上现在这样一条道路的。但是一旦走了上来，我却能坚持不放。过去在极"左"思想黑云压城的时期，一个人如果想写点什么，想努力钻研点什么，现成的帽子就悬在你的头上：名利思想，修正主义。我搞了几十年的行政工作，在过去四十年中，至少有四分之一的时间是泡在无穷无尽的会议中，消磨在花样繁多的社会活动中。但是，我仍然坚持看书写作不辍，我是利用时间的边角废料来从事这项工作的。就时间来说，我每天不比任何人多一分一秒，在时间面前，人人平等。我一向被认为是智育第一，业务至上的，连带我工作的北京大学东语系也成了业务挂帅的典型，我却乐此不疲，坚持不改。每一次政治运动，我首先检查业务至上的"修正主义"，大家都认为是抓到了点子上，顺利地过了关。但是，我是一个"死不改悔"的顽固派，检查完了，运动一过，我照样搞我的"修正主义"：智育第一，业务至上。我担心不担心下一次运动呢？担心的。但是，我对自己那一套检讨的本领很有信心，抓自己的问题，一抓就灵。因此也不过分担心。现在回想起来，我真有点后怕，有点不寒而栗。如果我不是一个顽固派，一度检查，真心悔改，同"修正主义"一刀两断，同智育第一，业务至上划清界限，今天我在科学研究方面还能留下什么东西，就很值得怀疑了。"死不改悔"的顽固派有时候也会有点好处的，这就是我的结论。

那么，我搞这一套东西是不是为名为利呢？说一点都没有，那不是事实。但是我再三检查自己的动机，觉得并不完全是那个样子。研究一个问题，提出一个假设，经过反复的验证，得到了自己认为满意的结论，虽然不过是小事情上的真理，自己却往往大喜过望，以为人生之乐无过于此矣。我之所以拼命钻研，老而不已，置危险于不顾，视饥饿如儿戏，不是为名为利，而是为了探索真理。我想，很多科学工作者恐怕也有同我一样的动力。

我还想讲另外一个情况。我在上面曾提到令恪同志和李铮同志编的我的《著作系年》。我除了根据这个《系年》来挑选文章以外，还粗粗地检查了我在过去几十年中写作的情况。从1932年我二十一岁时起，几乎每年都写点东西。从1937年到1942年，表面上没有写什么东西，实际上是我一生学习最努力的时期。从1967年至1977年，在长达十一年的时间内，竟然一篇东西都没有，不能不令人吃惊。这情况我过去朦朦胧胧地意识到过，但是很不具体。现在一看《系年》，赫然白纸黑字，我真是震惊不已。至于为什么成为这个样子，大家心里都明白，用不着多说。我一个人如此，全国又不知道有多少成千上万的人也是如此。想到这里，所谓"文化大革命"究竟产生了多么严重的后果，不是清清楚楚了吗？我又有点后怕，又有点不寒而栗。如果真正让"文化大革命"七八年搞一次，一次搞上七八年，搞的结果恐怕要把全国知识分子的知识都搞成光板。卫星上不了天，是可以肯定的；所谓"红旗落地"，是否还有红旗都是值得怀疑的，还谈得上什么落地不落地呢？

在人生的征途上，我已经走了七十多年。如果照古人的说法：行百里者半九十，那么我走了还不到一半。但这是比喻，不是事实。应该承认，自己前面的道路有限了。可我也并不想现在就给自己做结论，我认为还不到时候。我在这一生选择了这样一条道路，走起来并不容易。高山、大川、深涧、栈道、阳关大道、独木小桥，我都走过了，一直走到今天，仍然活着，并不容易。说不想休息，那是假话，但是自谓还不能休息。仿佛有一种力量，一种探索真理的力量，在身后鞭策我，宛如鲁迅散文诗《过客》中的那一位过客一样，非走上前去不行，想休息恐怕是不可能的了。如果有人问："倘若让你再活一生，你还选择这样一条并不轻松的路吗？"我用不着迟疑，立刻就回答：还要选这一条路的。我还想探索真理，这探索真理的任务是永远也完不了的。

1988 年 4 月 18 日

论书院

中国是世界上著名的文明古国。在全世界所有的国家中，中国是唯一的有长达几千年的延续不断的教育传统的国家。这个传统当然随着历史的发展而演变，到了 19 世纪末年，终于来了一个大转变：西方的资本主义教育制度传了进来，到现在也已有将近一百年的历史了。这个新教育制度，在中华人民共和国建立以后，虽经改造，基本上被保留下来。它起了很大的作用，但不能说完美无缺。为了适应社会主义建设的需要，重新对中国古今教育制度做一个全面的、实事求是的检查，显然是非常必要的。这个检查目前还只能非常简略。

一、中国历史上的教育制度

中国几千年的教育制度，从组织结构上来看，大体上可以分为两类：一官，一私。远古时期，渺茫难窥，这里不谈。公元前三千纪末到公元前二千纪中，夏代已有"庠""序""校"三种学校。到了公元前二千纪中叶至末叶的商代，又增加了"学"和"瞽宗"。"学"有大小之分。除了训练学生祭祀和打仗之外，还进行读、写、算的教学。西周集前代之大成，初步具有了学制系统。学制系统分国学与乡学两类。国学是中央官学，乡学是地方官学。国学分大学与小学两级。大学中有天子设立的五学和诸侯设立的泮宫。乡学中有塾、庠、序、校之分。这样一套制度对其后的中国教育有深远的影响。我国古代一直沿用此制，稍加变化，改换一些名称。西周国学的教育内容包括四个方面：三德、六行、六艺、六仪，其中六艺是最基本的。所谓"六艺"指：礼、乐、射、御、书、数。从字面上也可以看出来，这里面文武兼备，知识与技能并举。这种教育制是密切为当时的政治服务的。乡学以社会教化为务，内容有六艺、七教、八政以及乡三物等。总之，西周的教育已由殷商的宗教武士教育，转变为文武兼备的教育。

秦代实施以吏为师、以法为教的文教政策，是学校教育的一个倒退。

到了西汉，汉武帝正式制定了博士弟子员制度，兴办了太学。这在教育史上是一件大事。汉代官学分中央官学与地方官学两类，这里明显地受了西周的影响。

魏晋南北朝时期，封建官学时兴时废。

到了唐代，在初唐的一百多年内，生产发展，经济繁荣，成为世界上一个，也许是第一个强大的帝国。统治者对教育特别重视，官学达到了相当完善的地步，为以后的官学制度奠定了基础。这时的官学仍然分为两级：中央官学和地方官学。与前代不同之处在于组织更细致了，内容更丰富了。中央官学中的国子学、太学、四门学、广文馆都专修儒经。这可以说是唐代教育的主干。此外还有专修律学、算学、书学的学校，医学校，卜筮学校，天文、历算、漏刻学校，兽医学校，校书学校，等等。另外还有一些特殊学校。所有这些学校目的都是为当时的政治经济服务的。在教学行政方面，唐承隋制，设立国子监，管理六学，以祭酒为教育最高长官。国子监的职能一直保留到清代学部成立。不过明清两代，国子监常与国学、太学混称。

宋代的官学对学生入学资格逐渐放宽，教育对象不断扩大，学校类型增加了，教学内容扩大了，增设了武学和画学。

元代对我国古代地方官学有特殊贡献，创设了诸路阴阳学，发展了天文、历算等科技教育。又创设了社学，以满足农业的需要。此外还创设蒙古国子学与回回国子学。

明承元制，仍设社学，但以教化为主。国子学以学习儒家经典为主。地方官学，除治经外，礼、乐、射、御、书、数还设科分教。

清代教育制度多承前代旧制。国子监生的对象范围比以前更宽。地方官学比较普遍。教学内容仍以儒家经典为主。另设觉罗学、旗学、土苗学，等等。雍正、乾隆还设有俄罗斯学馆（堂），教汉满子弟习俄文。

我在上面简略地讲了我国古代的官学制，现在再讲一讲私学制。

古代私学包括家传与师授两种，起源极早。但是作为一种教育制度，则兴起于春秋战国之际。生产发展给私学奠定了经济基础。又由于复杂的政治斗争，需要兴私学，养士人。此外，文化下移也推动了私学的发展。在这样的情况下，私学在全国各地兴起，到了孔、墨两大显学崛起，私学发展如日中天。由此而形成的儒、墨两大学派互相攻伐，支配中国思想界达数百年之久。战国中起，百家争鸣，诸子私学蜂起。成为中国历史上最有活力的时代之一，影响深远。

到了汉代，经师讲学之风特盛。东汉私学学生人数超过太学。汉代官学和私学各有偏重，官学以今文经为主，而私学则以古文经为主，东汉末出现了综合今古的趋势，郑玄为代表。

在魏晋南北朝时期，私学稍衰，但仍盛于官学。

隋唐之际，官学繁荣，私学也极发达。隋王通私人讲学，唐代开国名臣中有一些人就出王通之门。唐代有的学者身在官学，却又私人授徒。

宋代私人讲学极为发达。南宋书院大兴。书院原为私学性质。但是，元明清书院渐有官学性质。到了后来，有的遭禁毁，有的沦为科举预备场所。

二、书院的滥觞与发展

书院是中国封建社会的一种教育组织形式，但并非中国所专有。我认为，古代希腊苏格拉底、柏拉图、亚里士多德等师徒授受的所在地叫 akademe，也是一种类似中国古代书院的组织，只是后来没有像中国这样发达而已。书院以私人创造为主，有时也有官方创办的。其特点是，在个别著名学者领导下，积聚大量图书，聚众授徒，教学与科研相结合。从唐五代末到清末有一千年的历史，对我国封建社会的教育，产生过重大的影响。要读中国教育史，要研究现在的教育制度，应着重研究书院制度。从这个研究中，我们可以学习到很多有用的东西。

"书院"这个名称，始见于唐代。当时就有私人与官方两类。在最初，书院还仅仅有官方藏书、校书的地方；有的只是私人读书治学的地方，还不是真正的教育机构。清代诗人袁子才在《随园随笔》中写道："书院之名起唐玄宗时，丽正书院、集贤书院皆建于朝省，为修书之地，非士子肄业之所也。"但是，唐代已有不少私人创建的书院，《全唐传》中提到的有十一所。这些也只是私人读书的地方。

真正具有聚徒讲学性质的书院，起源于庐山国学，又称"白鹿国庠"，地址在江西庐山，为著名的白鹿书院的前身。陆游的《南唐书》中有关于庐山国学的记载。总起来看，聚众讲学的书院形成于五代末期。有人主张，中国的书院源于东汉的"精舍"或者"精庐"，实则二者并不完全相同。

北宋初年，国家统一，但还没有充足的力量来兴办学校，于是私人书院应运而起。庐山国学或白鹿国庠，发展为白鹿洞书院。接着有很多书院相继创建，有"四大书院"或"六大书院"之称。除白鹿洞书院外，还有岳麓书院、应天府书院、嵩阳书院、石鼓书院和茅山书院。

到了南宋，书院更为发达。其数量之多，规模之大，组织之严密，制度之完善，都是空前的，几乎取代了官学，成为主要教育机构。南宋书院发达，始于朱熹修复白鹿洞书院。后来朱熹又修复和扩建了湖南岳麓书院。书院之所以发达，原因不外是理学发展而书院教学内容多为理学；官学衰落，科举腐败；许多著名学者由官学转向私人书院；印刷术的发展提供了出书快而多的条件，而书院又以藏书丰富为特点。有此数端，书院就大大地发展起来了。

元代也相当重视文化教育事业，奖励学校和书院的建设。不但文化兴盛的江南普遍创建或复兴了书院，连北方各地也相继设立了书院。但书院管理和讲学水平都很低。

到了明初，情况又有了改变。政府重点是办理官学，提倡科举，不重视书院，自洪武至成化一百多年的情况就是这样。成化（1465—1487）以后，书院才又得复兴。至嘉靖年间（1522—1566）达到极盛。明代书院由衰到兴，王守仁、湛若水等理学大师起了重要的作用。为了宣扬他们的理学，他们所到之处，创建书院。明代末年影响最大的是东林书院。在这个书院里，师生除教学活动外，还积极参与当时的政治活动。这当然受到统治者的迫害，天启五年（1625），太监魏忠贤下令拆毁天下书院，首及东林，兴起了中国历史上有名的迫害东林党人的大案。

到了清初，统治者采取了对书院抑制的政策。一直到雍正十一年（1733）才令各省会设书院，属官办性质。以后发展到了二千余所，数量大大超过前代；但多数由官方操纵，完全没有独立自主的权力，因而也就没有活力。也有少数带有私人性质的书院，晚清许多著名的学者在其中讲学。

统观中国一千多年的书院制，可以看到，书院始终是封建教育的一个重要组成部分，与统治者既有调和，又有斗争。书院这种形式还影响了日本、朝鲜和东南亚一些国家。

这样的书院制有些什么特点呢？毛礼锐主编的《中国教育史简编》对中国书院的特点做了很好的归纳。我现在简要地叙述一下。他认为特点共有五个：

1. 教学与科研相结合

书院最初只是学术研究机关，后来逐渐成为教学机构。教学内容多与每一个时代的学术发展密切联系。比如南宋理学流行，书院就多讲授理学。明代王守仁等讲一种新的理学"心学"，于是书院也讲心学。到了清代，汉学与宋学对立，书院就重经学，讲考证。

2. 盛行"讲会"制度，提倡百家争鸣

在南宋，朱熹和陆九渊代表两个不同的学派。淳熙二年（1175），两派在鹅湖寺进行公开辩论。淳熙八年（1181），朱熹邀请陆九渊到自己主持的白鹿洞书院去讲学，成为千古佳话。明代"讲会"之风更盛。王守仁和湛若水也代表两大学派，互相争辩。这种提倡自由争辩的讲会制度，一直延续到清代。

3. 在教学上实行门户开放

一个书院著名学者讲学，其他书院的师生均可自由来听，不受地域限制和其他任何限制。宋、明、清三代都是如此。

4. 学习以个人钻研为主

书院十分注重培养学生的自学能力，非常重视对学生的读书指导。宋、元、明、清一些大师提出了不少的读书原则。有的编制读书分年日程；有的把书院的课程分门别类，把每天的课程分成若干节。他们都注意学生的全面发展。导师绝不提倡学生死记硬背，而是强调学生读书要善于提出疑难，鼓励学生争辩，教学采用问难论辩式。朱熹特别强调："读书须有疑"，"疑者足以研其微"，"疑渐渐解，以至融会贯通，都无所疑，方始是学"。吕祖谦更提出求学贵创造，要自己独立钻研，各辟门径，不能落古人窠臼。总的精神是要学生不断有发明创造。

5. 师生关系融洽

中国教育素以尊师爱生为优良传统。这种精神在私人教学中表现得尤为突出。书院属于私人教学的范畴，所以尊师爱生的传统容易得到体现，在官办学校中则十分困难。朱熹曾批评太学师生关系："师生相见，漠然如行路之人。"他指出，其原因在于学校变成了"声利之场"，教学缺乏"德行道艺之实"。他自己身体力行，循循善诱，对学生有深厚感情。但是，他对学生要求极严，却不采取压制的办法。他说："尝谓学校之政，不患法制之不立，而患理义之不足以悦其心。夫理义不足以悦其心，而区区于法制之末以防之，其犹决湍之水注千仞之壑，而作礜萧苇以捍其冲流也，亦必不胜也。"（见《晦菴文集》，卷七四）这些话到了今天还很值得我们玩味。明代王守仁也注意培养师生感情。明末的东林书院，师生感情更是特别深厚。

上面我撮要叙述毛礼锐等的对书院特点的五点总结。在组织管理方面，书院也有特点，如管理机关比较精干，经费一般能独立自主等。

三、新教育制度的兴起

随着西方殖民主义者侵略的加强，随着清代封建统治的日益腐朽，自19世纪中叶起，中国有识之士就痛切感到，中国的政治经济等非改革不行，教育当然也在改革之列。魏源认为，理学"上不足致国用，外不足靖疆国，下不足苏民困"，简直是一点用处都没有。他主张向西方学习，改造中国的传统教育。魏源以后直至19世纪末叶，有不少人说八股文无用，主张翻译外国书籍，引进外国制度。洋务运动兴起以后，新教育也随之而兴，创建新型学校，设立同文馆，学习外国语文，开展工业技术教育，创办船政学堂、机器学堂、水师学堂、武备学堂、水陆师学堂、派遣留学生，等等。1898年百日维新以后，设立京师大学堂，为现在北京大学的前身。又逐渐废科举，废八股文。经过了许多波折，以西方资本主义教育为模式的中国新教育制度基本上建立起来，在中国教育史上开辟了新的一章。

四、书院在今天的意义

我在上面非常简略地叙述了中国几千年教育发展的历史，从奴隶社会，经过封建社会，一直讲到近代受西方资本主义教育影响的新教育制度。我着重讲了书院制度。到了今天，我们已经进入了社会主义初级阶段。我们的教育已经超越了封建教育和资本主义教育。中国历史上的书院在今天还有意义吗？为什么最近几年来又出现了"书院"这个名称和组织呢？这是一种倒退呢，还是一种进步？这一些都是我们非思考不行的问题。

为了说明问题，我先举一个眼前的例子。1984年，北京大学哲学系中国哲学史教研室一些教师创办了中国文化书院，没有接受政府一文资助，在不长的时期内就做出了巨大的成绩，取得了惊人的发展。书院团结了一些大学和社会科学院以及其他机构已退休或尚未退休的教授和研究员；同台湾学者加强了联系；同海外华裔和非华裔学者建立了经常的巩固的关系；开办了一系列的讲座；出版了一批学术著作；建立了口述历史和为老学者录音录像的机构，等等。建立一个藏书丰富的专业图书馆的工作也正在进行。全院的同仁们正在斗志昂扬地从事书院的建设和开拓。这样的成绩当然引起了社会上的注意。在不太长的时期内，以书院命名的机构接踵兴起，形成了一股"书院热"。这些书院的举起是否就是受了中国文化书院的影响，我不敢说；它们的详细情况，我也不清楚。我只想指出，有这样多的书院已经建立起来，这个现象值得我们思考而已。

为了回答我在上面提出的有关书院的问题，我现在想结合古代中国书院的那些特点和当前中国文化书院的经验，谈一谈书院在今天的意义。我想从六个方面来谈：

1. 书院可以成为当前教育制度的补充

我国今天的教育制度，从内容上来看，应该说是社会主义的。但是从组织上来看，基本上是西方那一套。我们同资本主义国家一样，需要大批的建设人才。封建主义那种小批量培养人才的方式，远远不能满足要求。我们只能采用西方资本主义国家的大批量的生产方式，这种方式须要有严格的教学计划、课程设置、学分计算、教学组织，一切都要标准化、计量化。资本主义国家大学里计算学分的办法，一方面能比较精确地确定学生的学习量，满了一定的学习量才能毕业；另一方面也用来确定教师的教学量，以便取得报酬。这一切都是资本主义的核心精神金钱问题所决定的。我们之所以采用这种制度，当然不是为金钱问题所左右，而是为了适应大批量培养人才的需要。

仅仅采用这样的制度够不够呢？我认为是不够的。在中国几千年的历史上，办教育一向是官、私两条路，这也可以说是一种两条腿走路吧，两者互相补充，历史证明是行之有效的。可是现在我们只剩下一条腿，只剩下官方一途，私人教育基本上不存在了。我个人认为，这无疑是一个损失。在过去执行这个政策，道理还能讲得通。今天在大家觉悟普遍提高的基础上，国家又正在进行改革，在教育方面是否也可改革一下呢？如果可以的话，提倡创办书院，鼓励私人办学，继承我国的优秀传统，实在是可以试一下的。

书院这种形式能适应今天的情况吗？我不妨先举一个例子。清华大学在建成大学以前是留美预备学校。到了二十年代初，又创办了一个研究国学的机构，聘请王国维、梁启超、陈寅恪、赵元任为导师。这也是一种双轨制：一条轨道是西方式的新制度，有严格的教学计划，开设课程，计算学分，规定毕业年限，决定招生办法，都按计划进行。另一条轨道是什么计划也没有，招生和毕业都比较灵活。在一所学校内实行两套办法。如果想做比较研究，这实在是最好的样板。比较的结果怎样呢？正规制大学大批量地培养了国家建设所需要的干部，也出了一些著名的学者、教授。那个不怎么正规的国学研究部门，培养出来的人数要少得多，但几乎个个都成了教授，还不是一般的教授。这个结果实在值得我们深思。

清华的国学研究部门无书院之名，而有书院之实。它不能算是私人创办的，其精神却与古代书院一脉相通。另外一个例子是章太炎在苏州创办的国学研究所，也培养了一些人才。我在这里举的例子都属于国学范畴，其他学科我认为也是可以尝试的。这说明，私人办的书院在今天仍有其意义。古代书院那一些优良传统，比如说讲会制度，提倡自由争辩，门户开放，注意培养学生独立钻研的能力，师生关系融洽，等等，我们在书院中都应该继承和发扬。只希望我们教育当局找出一种承认书院学生资格的办法，不用费很大的力量，培养人才的数量就可以增加，质量也可以提高。何乐而不为呢？

2. 书院可以协助解决老年教育问题

据说现在世界上有一个新名词，叫作"终身教育"。中国的成人教育有一部分同它类似，但似乎不包括老年教育，所以二者不完全相同。外国许多老人，在退休之后，到大学里报名入学，读硕士或博士学位。中国还没听说有这种情况。但是，今天中国人的平均寿命已经大大地提高，老人将会越来越多。有朝一日，老人教育也会成为问题的。我认为，书院可以帮助解决这个问题。

3. 书院可以发挥老专家的作用

中国人平均寿命越来越高，老教授、老专家退休后活的时间也会越来越长。这是件好事，但也带来了新问题。这些老教授、老专家退休后作用如何发挥呢？方法当然有多种多样，有的可以继续著书立说，有的可以当顾问，有的可以联合起来，搞一些社会福利事业。但是，没有适当的机构加以组织，他们的作用发挥有时会碰到困难，交流信息也会受到障碍。在今天社会上想单枪匹马搞出点名堂，几乎是不可能的。

我在这里想特别提一下博士生导师的问题。这些导师绝大部分都是有真才实学的，而且是经过了一定的选举和审批手续，才获得博士生导师的资格的。他们到了退休年龄以后，有的为本校或本研究院返聘，继续指导博士生。但是也有一些，由于种种原因，拒绝返聘，不接受指导博士生的任务。现在全国博士生导师为数不多。老的退休了，新的上不来。许多大学都面临着这种青黄不接的局面。中年博士生导师，有的也有相当高的水平；可是在某一些方面，一时还难以达到老专家的水平。在这样的情况下，如果再让一些有能力的老教授老专家投闲置散，对国家是一个损失。这样下去，对我国博士生的培养工作是非常不利的。倘若有一些书院一类的机构，退休老教授乐意在里面工作，乐意指导研究生，岂非两全其美？中国文化书院就有这样的导师，可惜恪于现行的制度，他们无法指导博士研究生。如果有关当局本着改革的精神，授权给某一些有条件的书院，让已经取得带博士生资格的老教授老专家在这里指导博士生，对我们国家的教育事业不是一个大贡献吗？我个人认为，将来培养博士或博士后的任务可以分一点给书院。国务院学位委员会和国家教委应该承认这样培养出来的博士的资格，并且一视同仁地发给证书。

这样一来，国家出不了多少钱，既调动了退休老教授老专家的积极性，又培养了高级人才，促进了学术的发展，岂非一举数得吗？

4. 书院可以团结海内外的学者

中国文化书院聘请了一些学有专长的导师，已经退休的和尚未退休的都有；海内外的学者都有，不限于华裔。同时也不时邀请海外学者来院做学术报告或参加座谈会。特别值得一提的是，这样的学者中也有台湾学者。这在当前是非常有意义的工作，不言而喻。这样的工作由政府机构出面来做，不如由民间机构。原因是，这样可以绕开台湾当局制造的一些困难。海峡两岸的学者都有一个共同的愿望：祖国统一。不管通过什么途径来大陆的台湾学者，同大陆的同行们，共同在学术上切磋琢磨，互相启发，不谈政治问题，而心心相印。

5. 书院可以宣扬中国文化于海外

中国有极其悠久、极其优秀的文化传统，对全世界文化的发展起过重大的作用。近代以来，我们开始向西方学习，这是完全必要的。到了今天，我们强调开放，其中包含着向外国学习，这也是完全必要的。但是，既然讲文化交流，就应该在"交"字上做文章。这并不等于要等价交换，出和入哪一方面多了一点或少了一点，这无关紧要。但是，如果入超或出超严重，就值得考虑。以我的看法，现在我们是入超严重，出几乎等于没有。难道我们都要变成民族虚无主义者吗？现在世界上许多文化先进国家对我国的文化，特别是近现代的文化了解得非常少，有时候简直等于零。这不利于国际大团结，也不利于我们向外国学习。可惜这种情况还没有引起应有的重视。中国文化书院任务之一，就是向外国介绍中国文化，已经做了大量的工作，今后还将坚持不懈地继续做下去。我们绝不搞那一套什么都是世界第一，那是自欺欺人之谈。但也绝不容许中外不管什么人士完全抹煞中国文化的精华，那也不是实事求是的态度。

6. 书院可以保存历史资料

从中国文化书院的经验来看，书院可以在保存历史资料方面做不少的工作。中国文化书院目前正在进行的有关这方面的工作有两项：一是记录口述历史；一是为老学者老专家录音录像。这都是有意义的工作，还带有点抢救的性质。这里的工作对象当然不是什么国家显要人物。但是难道只有国家显要才有被录音录像的资格吗？为这些人进行这样的工作，很有意义，我完全拥护。为并非显要而在某一方面有点贡献的人，进行这样的工作，也自有其意义，这也是了解我们民族的历史所不可缺少的。

我在上面从六个方面谈了书院在今天的意义。当然不会限于这几个方面，我不过目前只想到这些而已。归纳起来，我们这样说，在中国流行了一千年的书院这种古老形式，在今天还有其意义。我们完全可以取其精华，去其糟粕，利用这个形式，加入新的内容，使它为我们的社会主义建设服务。

1988 年 6 月 24 日

行将见春色满寰中

——《东方美术史》序

记得当年在德国读书时，有一件事留给我极其深刻的印象，这就是：几乎每一所德国大学都设有一个美术史系。德国，不像中国现在这样"教授满街走"，那里的教授是非常少的，一般的系只有一个教授，大系才有两个；而美术史系，不管这个系多么小，学生多么少，也总有一个正教授。对于德国这样做的意义，我当时大惑不解，一直到回国以后很久，我才逐渐理解。

后来，我到了苏联，又听说莫斯科大学的文科研究生，不管是否学习美术，必须要常到普希金画廊去参观，这也算是上课。俄国教育受德国影响颇深，在重视美术史方面是否也有一点渊源关系呢？

德国、苏联，还有欧美其他国家，为什么这样重视艺术教育呢？道理是很明显的：它有助于提高学生的修养，在潜移默化中培养优美情操。中国旧日许多著名演员都能欣赏书画，甚至自己染翰挥毫，写字作画。他们演出的戏雅而不俗，这是大家都承认的一个事实。还有许多名医都注意书法，据说这样开出的药方有助于安定病人的情绪。这些现象都说明文化修养的重要性，也说明美术在文化修养中的重要性，绝非信口雌黄。

在中国，过去也有人提倡过美术教育。蔡元培先生就曾主张"以美育代宗教"；鲁迅先生也主张在大学里开设美术课，他曾为北京的教育部起草过有关的文件。他晚年大力提倡木刻和版画，这都是大家熟知的事实。

可惜，蔡元培和鲁迅的合理主张没有能够得到贯彻。旧北大曾有过研究音乐的机构，后来没有继承下来。解放以后，教育虽屡经改革，但是主张大学增设美术课者，却不见一人，不能不令人浩叹。

教育部门如此，一般人更无论矣。今天，中国人民的一般文化修养，似乎很难说是很高的，中外有识之士颇有些忧心忡忡。中华文化之邦，不文明的现象几乎随处可见，岂不大可哀哉！世界上文明国家都有大量的美术馆和博物馆，我国又怎样呢？为今之计，如果真想建设两个文明，必须大力建立美术馆和博物馆，大力出版美术史一类的书。这样庶几有助于社会风气之改善，道德情操之培养。这是一件大事，绝不可等闲视之。

现在，范梦同志的《东方美术史》已经出版了。如果承认我上面说的那些话，就应该由衷地欢迎。这本书的重点是东方，这绝不意味着西方美术不重要。东西双方都是重要的，但是，既然中国是一个东方国家，东方美术，我们欣赏起来，理解起来，也许更容易些。如果将来再出版一些东方美术的图像册和东方绘画的画册，那将会相得益彰，更容易发挥美术的作用。范梦的这一本书希望能成为报春之鸟，行将见春色满寰中，美术之光普照大地，我也将为之手之舞之、足之蹈之了。是为序。

1988 年 7 月 31 日

《异文化的使者——外来词》序

我一向认为，文化交流是促进人类社会进步的主要动力之一。我们甚至可以说，没有文化交流，人类就没有进步，就没有今天世界上这样繁荣兴旺的社会。

环顾我们四周，我们今天的衣、食、住、行，哪一件没有文化交流的痕迹？如果没有几千年，特别是近几百年来的文化交流，我们今天的社会能有现在这个样子吗？

文化交流表现的形式很多。外来词在其中占一个很重要的地位。所谓"外来词"，无非是两大类：一类代表精神方面的，抽象的东西；一类代表物质方面的，具体的东西。佛、菩萨、耶稣教等等属于前者；沙发、咖啡、巧克力等等属于后者。无论是抽象的东西，还是具体的东西，这些词儿所代表的东西原来都是外国货，传入中国，必须有一个华名，于是千奇百怪的外来词就应运而生。有的最初是音译，后来中国人民觉得不习惯，于是改为意译，比如电话，最初叫"德律风"，等等。有的始终保持原来的音译，比如沙发、咖啡，等等。决定取舍的是广大人民群众。

有很多东西，我们早已忘记了它们是外来的了。比如葡萄、菠菜等。我们不是天天在吃吗？有谁还会想到：这些东西原来都是"舶来品"——可能是"骆驼来品"——呢？想不到它们是外来品，葡萄、菠菜等的美味绝不会受丝毫的影响，我们照样可以大快朵颐。但是，如果我们在津津有味地享用这些东西之余，能够知道一点它们的来源，不是会更增添一些美感，增加一些历史的美丽的回忆吗？我甚至相信，有了这一些美感，有了一点美丽的历史回忆，在潜移默化中，会加强我们的国际主义精神，意识到世界林林总总的人民总是互相帮助的，共同进入大同之域的理想也绝非一个乌托邦。

我在这里并不要求社会上每一个人都成为研究外来词的专家。他们在读书和生活中遇到一些外来词和用外来词所表示的生活用品，尽管他们不知道这是外来词或舶来品，只要能理解，能享用，这也就够了。但是，对一些从事文教工作的人，一些大、中、小知识分子，特别是从事历史研究、语言研究，或其他有关研究工作的人，似乎应该在这方面要求高一些，应该要求他们对外来词能有一定程度的了解，这绝非过高的要求。

可惜的是，我国对外来词的研究，一向受不到重视。世界上一些先进的文明国家，往往都有一批研究外来词的专家，有不少的外来语词典。一般老百姓，如果有兴趣的话，可以随时查阅，既能扩大知识面，又能提高文化修养。反观我国，不无遗憾。研究外来词的专家很少，编纂成的专著和词典更不多见，广大人民群众对这方面的知识，几乎等于零。这与我们改革开放的大气候显得异常不协调。

　　史有为同志是个有心人。他多年以来，勤勤恳恳，兢兢业业，不怕坐冷板凳，焚膏继晷，兀兀穷年，从事外来词的研究，现在终于写成了这一部《异文化的使者——外来词》专著，既能当学术著作来读，又能当外来词词典来查，深入浅出，雅俗共赏，为我国学术界弥补了一个缺憾。我相信，这样一部著作，一方面会受到专家学者的赞美，另一方面又会受到广大人民群众的欢迎。是为序。

1989 年 9 月 19 日

国学漫谈

　　《国学，在燕园又悄然兴起》一文（见《人民日报》1993年8月16日第三版），在国内外一部分人中引起了轰动。据我个人看到的国内一些报纸和香港的报纸，据我收到的一些读者来信看，读者们是热诚赞成文章的精神的。

　　想要具体的例证，那可以说是俯拾即是。前不久，我曾就东方文化和国学做过一次报告。一位青年同志写了一篇"侧记"，叙述这一次报告的情况（王之昉：《高屋建瓴启迪后人》，《人民日报》1993年12月1日第三版）。读者如有兴趣，可以参阅。我因为是当事人，有独特的感触，所以不避啰唆之嫌，在这里对那天的情况再讲上几句。

　　那是一个阴雨连绵的晚间，天气已颇有寒意。报告定在晚上七时。我毫无自信，事先劝同学们找一个不太大的教室，能容下一百人就行了。我是有私心的，害怕人少，讲者孑然坐在讲台上，面子不好看。然而他们坚持找电教大楼的报告大厅，能容下四百人。完全出乎我意料，不但座无虚席，而且还有不少人站在那里，或坐在台阶上，都在静静地谛听，整个大厅里鸦雀无声。我这个年届耄耋的世故老人，内心里十分激动，眼泪在眼睛里打转。据说，有人五点半就去占了座位。面对这样一群英姿勃发的青年，我心里一阵阵热浪翻滚，笔墨语言都是形容不出来的。

海外不是有一些人纷纷扬扬，说北大学生不念书，很难对付吗？上面这现象又怎样解释呢？

人世间有果必有因。上面说的这种情况也必有其原因。我经过思考，想用两句话来回答：顺乎人心，应乎潮流。

我们中华民族拥有五千年的光辉灿烂的文化，对人类做出了卓越的贡献。很难想象，世界上如果缺少了中华文化会是一个什么样子。前几年，弘扬中华优秀文化的号召一经提出，立即受到了国内外炎黄子孙的热烈拥护。原因何在呢？这个号召说到了人们的心坎上。弘扬什么呢？怎样来弘扬呢？这就需要认真地研究。我们的文化五色杂陈，头绪万端。我们要像韩愈说的那样："沉浸酨郁，含英咀华。"经过这样细细品味、认真分析的工作，把其中的精华寻找出来，然后结合具体情况，从而发扬光大之，期有利于中国人民和世界人民的前进与发展。"国学"就是专门做这件工作的一门学问。旧版《辞源》上说："国学，一国所固有之学术也。"话虽简短朴实，然而却说到了点子上。七八十年以来，这个名词已为大家所接受。除了"脑袋里有一只鸟"的人（借用德国现成的话），大概不会再就这个名词吹毛求疵。如果有人有兴趣有工夫去探讨这个词儿的来源，那是他自己的事，我无权反对。

国学绝不是"发思古之幽情"。表面上它是研究过去的文化的，因此过去有一些学者使用"国故"这样一个词儿。但是，实际上，它既与过去有密切联系，又与现在甚至将来有密切联系。现在我们不是都谈建设有中国特色的社会主义吗？什么叫"特色"？特色表现在什么地方？我曾反复思考过这个问题。我觉得，科技对我们国家建设来说，对发展生产力来说，是非常重要的，万万不能缺少的。但是，科技却很难表现出什么特色。你就是在原子能、电脑、宇宙飞船等等尖端科技方面，有突出的成就，超过了世界先进国家，同其他国家比较起来，也只能是程度的差别，是水平的差别，谈不到什么特色。我姑且称这些东西为"硬件"。硬件的本质都是一样的，没有什么特色可言。

　　特色最容易表现在精神文化方面，我姑且称之为"软件"，哲学、宗教、文学、艺术、伦理、道德、经营、管理等等都属于这个范畴。这些东西也是能够交流的，所谓"固有"并不排除交流，这个道理属于常识范围。以上这些学问基本上都保留在我们所说的"国学"中。其中有不少的东西可以说是中华文化、中华智慧的结晶，直至今日，不但对中国人发挥影响，它的光辉也照到了国外去。最近听一位国家教委的领导说，他在新德里时亲耳听到印度总统引用中国《管子》关于"十年树木，百年树人"的话。在巴基斯坦他也听到巴基斯坦总理引用中国古书中的话。足证中华智慧已深入世界人民之心。这是我们中国人应该感到骄傲的。所有这一些中国智慧都明白无误地表露了中国的特色。它产生于中国的过去，却影响了中国和世界的今天，连将来也会受到影响。事实已经证明，连外国人都会承认这一点的。

国学的作用还不就到此为止，它还能激发我们整个中华民族的爱国热情。"爱国主义"是一个好词儿，没有听到有人反对过。但是，我总觉得，爱国主义有真伪之分。在历史上，被压迫被侵略的民族，为了自己的生存与尊严，不惜洒热血、抛头颅，奋抗顽敌，伸张正义。这是真爱国主义。反之，压迫别人侵略别人的民族，有时候也高呼爱国主义，然而却不惜灭绝别的民族。这样的"爱国主义"是欺骗自己人民的口号，是蒙蔽别国人民的幌子。它实际上是极端民族沙文主义的遮羞布。例子不用举太远的，近代的德、意、日法西斯主义就是这一类货色。这是伪爱国主义。

中国的爱国主义怎样呢？它在主体上是属于真爱国主义范畴的。有历史为证，不管我们在漫长的封建时期内，"天朝大国"的口号喊得多么响，事实上我国始终有外来的侵略者，主要来自北方，先后有匈奴、突厥、辽、金、蒙、满，等等。今天，这些民族基本上都成了中华民族的组成部分；但在当时只能说是敌对者，我们不能否定历史的本来面目。在历史上，连一些雄才大略的开国君主也难以逃避耻辱。刘邦曾被困于平城，李渊曾称臣于突厥，这是最明显的例子。我们也不能说，中国过去没有主动地侵略别人过，这情况也是有过的，但不是主流，主流是中国始终受到外来的威胁。正是由于这个原因，我们中国人民敬仰、歌颂许多爱国者，岳飞、文天祥、史可法，等等都是。一直到今天，爱国主义，真正的爱国主义，始终左右我们民族的心灵。我常说，北京大学的优良传统之一，就是爱国主义，我这说法得到了许多人的赞同。探讨和分析中国爱国主义的来龙去脉，弘扬爱国主义思想，激发爱国主义热情，是我们今天"国学"的重要任务，国学的任务可能还可以举出一些来，以上三大项，我认为，已充分说明其重要性了。我上面说到"顺乎人心，应乎潮流"。我现在所谈的就是"人心"，就是"潮流"。我没有可能对所有的人都调查一番。我所说的"人心"，可能有点局限。但是，一滴水中可以见宇宙，从燕园来推测全国，不见得没有基础。我最近颇接触了一些青年学生。我发现，他们是很肯动脑筋的一代新人。有几个人告诉我，他们感到迷惘。这并不是坏事，这说明他们正在那里寻觅去除迷惘的东西，正在那里动脑筋。他们成立了许多社团，有的名称极怪，什么"吠陀"，什么"禅学"，这一类名词都用上了。也许正在燕园悄然兴起的"国学"，正投了他们之所好，顺了他们的心，否则怎样来解释我在本文开头时说的那种情况呢？中国古话说："得道多助，失道寡助。"顺应人心和潮流的就是"道"。

但是，正如对人世间的万事万物一样，对国学也有不同的看法。提倡国学要有点勇气，这话是我说出来的。在我心中主要指的是以"十年浩劫"为代表的那一股极"左"思潮。我可万万没有想到，今天半路上竟杀出来了一个程咬金，在小报上写文章嘲讽国学研究，大扣帽子。不知国学究竟于他何害，我百思不得其解。无独有偶，北师大古籍研究所编纂《全元文》，按说这工作有百利而无一弊，然而竟也有人想全面否定。我觉得，有这些不同意见也无妨。国学，弘扬中华优秀文化，既然是顺乎人心、应乎潮流的事业，必然会发展下去的。

1993 年 12 月 24 日

寻根漫谈

世间万事万物总都有个根。根者，产生之根源也。我国文化也必有其产生的根源，寻找这个根源，其意义无比重大。前几年提出的弘扬中华优秀文化的号召，目前流行于社会中的发扬爱国主义精神的倡议，实际上也都是寻根的举措。

《三国演义》一开头就说："天下大势分久必合，合久必分。"这两句话概括了一部中国史。然而，仔细计算起来，中国历代总是合多分少，至今我们仍是一个统一的国家，海峡两岸目前的情况只能是一个暂时的现象，统一迟早必定会实现的。

这种人类史上空前的现象，其根何在？

中华文化，历史悠久，彪炳寰宇，辉煌璀璨，众口交誉，其影响广被大千世界，历数千年而不衰。我们无法想象，如果地球上没有中华文化，人类今天的文化会是什么样子。

这种文化史上的稀有现象，其根安在？

中华文化，不但在大的方面辉煌灿烂，在小的方面也是如此。中华的饮食文化、茶文化、酒文化、医药文化、戏剧文化，等等，等等，更小而至于围棋、象棋、麻将等等，亦无不博大精深，连针灸、气功、按摩、推拿等等也都能造福人类。拿西方的扑克等等来与之相较，其深浅真难以道里计了。

这些人类史上的奇迹，其根何在？

现在已经到了20世纪的世纪末，一个新的世纪已经来到了门前，我国和全人类都处在一个转折关头。在这样的关键时刻，为了中华文化和世界文化的发展，为了中国的和平统一，为了世界的持久和平，为了中国和世界人民的根本福利，为了人类前途的发展，上面谈到的这一些根，都有必要来寻上一下。根就是本，循本才能求末，本末同求，斯是至善。

因此，我祝贺《寻根》的创刊。

我祝福《寻根》茁壮成长，寿登千岁。

1994 年 1 月 19 日

234

翻译的危机

这个题目看上去有点危言耸听，但是我自认是实事求是的，毫无哗众取宠之意。

中国是世界上第一翻译大国，历史长，数量大，无论哪一个国家都难望其项背。这是中外都熟悉的事实，用不着再论证，也用不着再重复。

从清末民初开始，中经五四，一直到解放后，一直到今天，中国的翻译工作者做了大量的工作，翻译了大量的书，文、理、法、农、工、医，各科都有。这些翻译对促进中国文化教育事业的发展，对启迪中国人民大众，起了无法估量的作用。我简直无法设想，如果没有这些翻译，中国今天的教育文化和国家建设事业会是什么样子。

关于翻译问题，我自己曾涉猎过一些书籍，古今中外都有。对于翻译理论，我也特有兴趣。中国古代的翻译理论，内容异常丰富，涉及的面也很广。到了近现代，西方的理论蜂拥而至，五花八门，争奇斗艳。有一些理论分析得非常细致，显得十分深奥；然而细究其实，却如绣花枕头，无补于实用。在这一方面，同在别的方面一样，我是一个保守主义者。我认为，为一些人所非议的严又陵的一句话，"译事三难，信、达、雅"，仍然是可以信守的。道理十分简洁明确，然而又切中肯綮，真可谓"要言不烦"了。这三个字，缺一不可；多一个也似乎没有必要。能做到这三个字，也可以说是尽翻译之能事了。

我个人觉得，三个字中，以第一个"信"字为基础，为根本。这个字做不到，就根本谈不到翻译。我探讨翻译问题，评论翻译作品，首先就是看它信不信，也就是，看它是否忠实于原文。如果这一点做不到，那就不叫翻译。什么"达"，什么"雅"，就如无根之木，无本之草，无所附丽。严复定下了这三条标准以后，自己是认真遵守的。翻译《天演论》时，因为是借题发挥，不是真正的翻译，所以他不叫"译"，而叫"达旨"。

我这篇短文的题目是《翻译的危机》，危机正出在不遵守"信"这个标准上。

我最近若干年来没有从事翻译工作。但是，由于主编一些刊物和丛书，有时候也难免接触一些译稿。去年，友人推荐了一部译稿，想收入我主编的一套丛书中。友人介绍说，译者英文水平是高的，曾多次担任口译工作，胜任愉快；在笔译方面，也已出过两部书。这样一个译者应该说是能信得过的，友人又是我的老朋友，一位在国内外声名远扬的学者，也应该说是能绝对信得过的。译稿就要寄出版社付排了。不知为什么，我一时心血来潮，非要看一看译稿不行。于是向译者要来了原文。我仔细对了几页，就发现了一些问题。我自己拿不准，又央求周一良教授把译文同原文对上几页。结果他的意见同我的完全一样：译文有问题，不能寄出版社。我仍然相信，这位青年译者的英文是有水平的，他胜任口译也是可信的。但是，口译与笔译不同，口译要求达到百分之百的准确，是很难做到的。一个译者能译百分之七八十，就很不错了。过去周恩来总理和郭沫若先生我都亲耳听他们说过这样的意见。但是，笔译由于有充分的思考的时间，必须要求极高，即使不能达到百分之百，也必须接近这个水平。我认为，我这个意见是通情达理的，必能得到大家的赞同。

上面说到的这位青年译者的已经出版的那两部书，情况怎样呢？我没有读原书，不敢瞎说。但是，根据合理的推测，它同我看的译稿差别不会太大。我们很难设想，送给我看的这一部译稿碰巧了水平特别低，而已经出版的则水平特别高，这是不大可能的。

我们的思想从这里生发开去，想得远一点，再远一点，想到了最近几十年来全国已经出版的若干千种万种的翻译，我就有点不寒而栗了。我们不能否认，这些翻译的著作中，有水平很高的，能达到信、达、雅三个标准的。但是，同样也不能否认，其中必有相当多的一批译本是有问题的。我没有法子去做细致的统计，我说不出这些坏译本究竟占多大的比例。我估计，坏译本的数量也许要超过好译本。

什么叫作"坏"译本，什么又叫作"好"译本呢？我觉得关键就在于"信"或不"信"。首先要"信"，要忠实于原文，然后才能谈"达"和"雅"。如果不"信","达""雅"都毫无意义。译本大体上可以分为三类：第一类，"信""达""雅"都合乎标准，这是上等。第二类，能"信"而"达""雅"不足，这是中等。第三类，不"信"，不"达"，不"雅"，这是下等。有的译文，"达""雅"够，而"信"不足。这勉强可以归入第二类。当前颇有一些非常流行的译本，译文极流利畅达，极"中国化"。但是"信"不"信"呢？我没有核对原文，不敢乱说。我是有怀疑的。如果我的怀疑是正确的话，我认为，这种译风无论如何是不应提倡的。

我现在要探讨一个问题：为什么译而不信呢？我觉得这里有两个基本条件：一是外语水平，一是工作态度。

先谈外语水平问题。学习外语，至少应该有两个认识：一不要认为外语很神秘，简直无法学好，因而望而却步。二不要认为学外语很容易，不费吹灰之力就能够掌握。我们必须认为外语能够学好，但又要付出艰苦的劳动。学外语同学习任何别的东西一样，必须有点天赋，又必须勤奋，二者缺一不可。学习任何外语，学一点皮毛，并不困难。但要基本上能够掌握，却又不那么简单。根据我自己的经验，学习外语，有如鲤鱼在黄河中逆水上溯。前一段也许并不太困难。但是，一旦到了龙门跟前，想要跳过龙门，却万分困难。有的人就是一辈子也跳不过这个龙门，只能糊里糊涂，终生是一条鲤鱼，变不成龙。拿学习外语来说，每一种外语都有一个龙门。这座龙门在什么地方呢？因人而异。天赋高而又勤奋者，龙门近一点；否则就远。只有能跳过外语这个龙门，你才勉强有一点语感。这一门外语就算是为你掌握了，被你征服了，它能为你所用了。这时你就变成了一条龙。这一突变是用艰苦的劳动换来的。

上面谈的是外语水平，现在来谈工作态度。工作态度，不是天赋问题，而是认识问题。有的人缺乏自知之明——顺便说一句，这种人是并不老少的——当自己还是一条鱼的时候，便傲然认为自己已经成了龙。本来查一查字典就可以解决的问题，他连字典也懒得查了。其结果并不美妙。当年赵景深教授把 milk way（天河，银河）译为"牛奶路"，受到了鲁迅先生的讥讽，成为译界的笑话。今天这样的例子真是比比皆是，数量和严重性都远远超过了"牛奶路"。有的人把 Man of the God（牧师）译为"上帝的人"。有的人把 so far the introduction（导论到此为止）译为"导论是这样远了"。类似这样的例子，我还能够举出很多很多来。举一反三，这两个也就够了。这是由于缺乏自知之明或者由于懒惰而造成的笑话。

还有比这更糟糕的，原文有的地方看不懂，他自己心里非常清楚，可是却一不请教人，二不查字典，胡译一通，企图蒙混过关；或者干脆删掉，反正没有人来核对原文，马脚不会露出来的。这简直应该归入假冒伪劣一类，为我们所应该反对的。

把上面所说的外语水平和工作态度两个标准综合起来评论，我觉得，翻译工作可以分为上、中、下三个等次。外语水平高工作态度好，这当然是上等。外语水平高工作态度差，或者外语水平差工作态度好，这属于中等。外语水平差工作态度又不好，这当然就是下等。我在这里所说的"翻译危机"，主要来自下等的翻译工作，中等也可能沾点边。在翻译工作中这三个等次所占的百分比，我说不上来。从我所接触过的现象来看，下等所占的百分比不会很低，这一点可以不必怀疑。

也许有人认为，翻译出点小错误，古今中外概所难免。在中国翻译佛经的历史上，就不知道出现了多少错误，有的错误简直离奇可笑；然而这并不碍于佛经的流通。这种意见不能说没有道理。但是，那是过去的事，在今天这样的新时代中，我们不能为这种意见张目。而且，今天的下等翻译似乎已经成为一种痼疾，成为一种风气。许多人习焉不察，当事者则沾沾自喜。这样的风气我们还能熟视无睹不起来反对吗？

反对之法其实也并不复杂，无非是加强翻译评论，加强监督而已。

这种办法我们曾经使用过。在五十年代，在当时出版的《翻译通报》上，时不时会出现几篇评论翻译书刊的文章。这种文章往往很长，因为一要引用原文和译文，二要提出自己的意见，对译文加以仔细的分析和评论。这都是踏踏实实的、动真格儿的工作，不能徒托空言，因此非长不可。据我自己的回忆，这种评论工作起过很好的作用，受到读者的欢迎。但是，不知道是为什么，后来没有继续下去。我真正感到惋惜。

时至今日，翻译书刊之多，远迈前古。今天我们建设我们的国家，不借鉴他国，完全是不能想象的，而借鉴就需要翻译。我在上面已经说过，好的译品是有的，但也未免鱼龙混杂，泥沙俱下。报章杂志上有时也会见到几篇评论翻译的文章，但是同已经出版的翻译书刊的数量比起来，却显得非常微弱无力。我们毫不夸大地说，今天的翻译已经失去了监督。有良心有本领的译者，也就是我在上面所说的"上等的翻译",是用不着监督的。但是中等翻译,特别是下等翻译,则是非监督不行。非监督不行却又缺少监督,于是就来了危机。

克服这个危机的出路何在呢?我原来想得非常单纯,非常天真:不过是加强监督而已。我曾同《中国翻译》杂志的一位负责人谈到这个问题,我劝他多刊登一些评论翻译的文章。我原以为,他会立即接受我的建议,并付诸实施。对他来说,这并不困难。然而,真是大出我意料,他竟似乎有难言之隐,对我诉了许多苦,其中最主要的是,许多被批评的译者喜欢纠缠。一旦受到批评,绝不反躬自省,而是胡搅蛮缠,颠倒黑白;明明是自己译错了,却愣不承认。写信、打电话、写文章,闹得乌烟瘴气。一旦碰到这样的主儿,编辑部就苦不堪言。

我恍然大悟,很同情这位负责人的意见。环顾我们今天的社会,在其他领域里也有类似的现象。个别的人不知道怎样使用自己的民主权利。不给民主,他们怨气冲天;给了民主,他们又忘乎所以。看来正确运用民主权利,也还需要有一定的水平。有些人认为民主就是打官司。最近看到报上刊登了一个消息:在某部电影中,有一个群众场面。当时拍摄时,拍上了一个他或她。现在电影一旦上演,他或她看到了自己的形象,于是拍案而起,告到法院,说是侵犯了他的肖像权,索要五位数字的赔偿费。我不懂法律,但总觉得这样做是"民主"过了头。回到我们翻译界,难道不会出现类似的事件吗?我有点担心。

我原以为克服翻译危机并不困难。现在看来,并非如此。我现在是正如俗话所说的:变戏法的跪下,没辙了。

可是，我并不气馁。我呼吁翻译界的同行们和广大的读者，大家起来，群策群力，共同想出克服翻译危机的办法。我相信，办法总会想出来的，正如路是人走出来的那样。

1994 年 1 月 9 日

一个老知识分子的心声

按我出生的环境，我本应该终身成为一个贫农。但是造化小儿却偏偏要播弄我，把我播弄成了一个知识分子。从小知识分子把我播弄成一个中年知识分子；又从中年知识分子把我播弄成一个老知识分子。现在我已经到了望九之年，耳虽不太聪，目虽不太明，但毕竟还是"难得糊涂"，仍然能写能读，焚膏继晷，兀兀穷年，仿佛有什么力量在背后鞭策着自己，欲罢不能。眼前有时闪出一个长队的影子，是北大教授按年龄顺序排成了的。我还没有站在最前面，前面还有将近二十来个人。这个长队缓慢地向前迈进，目的地是八宝山。时不时地有人"捷足先登"，登的不是泰山，而就是这八宝山。我暗暗下定决心：绝不抢先加塞，我要鱼贯而进。什么时候鱼贯到我面前，我就要含笑挥手，向人间说一声"拜拜"了。

干知识分子这个行当是并不轻松的，在过去七八十年中，我尝够了酸甜苦辣，经历够了喜怒哀乐。走过了阳关大道，也走过了独木小桥。有时候，光风霁月；有时候，阴霾蔽天；有时候，峰回路转；有时候，柳暗花明。金榜上也曾题过名，春风也曾得过意，说不高兴是假话。但是，一转瞬间，就交了华盖运，四处碰壁，五内如焚。原因何在呢？古人说"人生识字忧患始"，这实在是见道之言。"识字"，当然就是知识分子了。一戴上这顶帽子，"忧患"就开始向你奔来。是不是杜甫的诗："儒冠多误身"？

"儒"，当然就是知识分子，一戴上儒冠就倒霉。我只举这两个小例子，就可以知道，中国古代的知识分子们早就对自己这一行腻味了。"诗必穷而后工"，连作诗都必须先"穷"。"穷"并不一定指的是没有钱，主要指的也是倒霉。不到老就作不出好诗，没有切身经历和宏观观察，能说得出这样的话吗？司马迁《太史公自序》说："昔西伯拘羑里，演《周易》；孔子厄陈、蔡，作《春秋》；屈原放逐，著《离骚》；左丘失明，厥有《国语》；孙子膑脚，而论兵法；不韦迁蜀，世传《吕览》；韩非囚秦，《说难》《孤愤》；《诗》三百篇，大抵圣贤发愤之所为作也。"司马迁算了一笔清楚的账。

世界各国应该都有知识分子。但是，根据我七八十年的观察与思考，我觉得，既然同为知识分子，必有其共同之处，有知识，承担延续各自国家的文化的重任，至少这两点必然是共同的。但是不同之处却是多而突出。别的国家先不谈，我先谈一谈中国历代的知识分子，中国有五六千年或者更长的文化史，也就有五六千年的知识分子。我的总印象是：中国知识分子是一种很奇怪的群体，是造化小儿加心加意创造出来的一种"稀有动物"。虽然"十年浩劫"中，他们被批为"一心只读圣贤书"的"修正主义"分子。这实际上是冤枉的。这样的人不能说没有，但是，主流却正相反。几千年的历史可以证明，中国知识分子最关心时事，最关心政治，最爱国。这最后一点，是由中国历史环境所造成的。在中国历史上，没有哪一天没有虎视眈眈伺机入侵的外敌。历史上许多赫然有名的皇帝，都曾受到外敌的觊觎。老百姓更不必说了。存在决定意识，反映到知识分子头脑中，就形成了根深蒂固的爱国心。"天下兴亡，匹夫有责"，不管这句话的原形是什么样子，反正它痛快淋漓地表达了中国知识分子的心声。在别的国家是没有这种情况的。

　　然而，中国知识分子也是极难对付的家伙。他们的感情特别细腻、锐敏、脆弱、隐晦。他们学富五车，胸罗万象。有的或有时自高自大，自以为"老子天下第一"；有的或有时却又患了弗洛伊德讲的那一种"自卑情结"（inferiority complex）。他们一方面吹嘘想"究天人之际，通古今之变"，气魄贯长虹，浩气盈宇宙。有时却又为芝麻绿豆大的一点小事而长吁短叹，甚至轻生，"自绝于人民"。关键问题，依我看，就是中国特有的"国粹"——面子问题。"面子"这个词儿，外国文没法翻译，可见是中国独有的。俗话里许多话都与此有关，比如"丢脸""真不要脸""赏脸"，如此等等。"脸"者，面子也。中国知识分子是中国国粹"面子"的主要卫道士。

　　尽管极难对付，然而中国历代统治者哪一个也不得不来对付。古代一个皇帝说："马上得天下，不能马上治之！"真是一针见血。创业的皇帝绝不会是知识分子，只有像刘邦、朱元璋等这样一字不识的，不顾身家性命，"厚"而且"黑"的，胆子最大的地痞流氓才能成为开国的"英主"。否则，都是磕头的把兄弟，为什么单单推他当头儿？可是，一旦创业成功，坐上金銮宝殿，这时候就用得着知识分子来帮他们治理国家。不用说国家大事，连定朝仪这样的小事，刘邦还不得不求助于知识分子叔孙通。朝仪一定，朝廷井然有序，共同起义的那一群铁哥们儿，个个服服帖帖，跪拜如仪，让刘邦"龙心大悦"，真正尝到了当皇帝的滋味。

同面子表面上无关实则有关的另一个问题，是中国知识分子的处世问题，也就是隐居或出仕的问题。中国知识分子很多都标榜自己无意为官，而实则正相反。一个最有典型意义又众所周知的例子就是"大名垂宇宙"的诸葛亮。他高卧隆中，看来是在隐居，实则他最关心天下大事，他的"信息源"看来是非常多的。否则，在当时既无电话电报，甚至连写信都十分困难的情况下，他怎么能对天下大势了如指掌，因而写出了有名的《隆中对》呢？他经世之心昭然在人耳目，然而却偏偏让刘先主三顾茅庐然后才出山"鞠躬尽瘁"。这不是面子又是什么呢？

我还想进一步谈一谈中国知识分子的一个非常古怪、很难以理解又似乎很容易理解的特点。中国古代知识分子贫穷落魄的多。有诗为证："文章憎命达。"文章写得好，命运就不亨通；命运亨通的人，文章就写不好。那些靠文章中状元、当宰相的人，毕竟是极少数，而且中国文学史上根本就没有哪一个伟大文学家中过状元。《儒林外史》是专写知识分子的小说。吴敬梓真把穷苦潦倒的知识分子写活了。没有中举前的周进和范进等的形象，真是入木三分，至今还栩栩如生。中国历史上一批穷困的知识分子，贫无立锥之地，绝不会有面团团的富家翁相。中国诗文和老百姓嘴中有很多形容贫而瘦的穷人的话，什么"瘦骨嶙峋"，什么"骨瘦如柴"，又是什么"瘦得皮包骨头"，等等，都与骨头有关。这一批人一无所有，最值钱的仅存的"财产"就是他们这一身瘦骨头。这是他们人生中最后的一点"赌注"，轻易不能押上的，押上一输，他们也就"涅槃"了。然而他们却偏偏喜欢拼命，喜欢拼这一身瘦老骨头。他们称这个为"骨气"。同"面子"一样，"骨气"这个词儿也是无法译成外文的，是中国的国粹。要举实际例子的话，那就可以举出很多来。《三国演义》中的祢衡，就是这样一个人，结果被曹操假手黄祖给砍掉了脑袋瓜。近代有一个章太炎，胸佩大勋章，赤足站在新华门外大骂袁世凯，袁世凯不敢动他一根毫毛，只好钦赠美名"章疯子"，聊以挽回自己的一点面子。

中国这些知识分子，脾气往往极大。他们又仗着"骨气"这个法宝，敢于直言不讳。一见不顺眼的事，就发为文章，呼天叫地，痛哭流涕，大呼什么"人心不古，世道日非"，又是什么"黄钟毁弃，瓦釜雷鸣"。这种例子，俯拾即是。他们根本不给当政的最高统治者留一点面子，有时候甚至让他们下不了台。须知面子是古代最高统治者皇帝们的命根子，是他们的统治和尊严的最高保障。因此，我就产生了一个大胆的"理论"：一部中国古代政治史至少其中一部分就是最高统治者皇帝和大小知识分子互相利用又互相斗争，互相对付和应付，又有大棒，又有胡萝卜，间或甚至有剥皮凌迟的历史。

在外国知识分子中，只有印度的同中国的有可比性。印度共有四大种姓，为首的是婆罗门。在印度古代，文化知识就掌握在他们手里，这个最高种姓实际上也是他们自封的。他们是地地道道的知识分子，在社会上受到普遍的尊敬。然而却有一件天大的怪事，实在出人意料。在社会上，特别是在印度古典戏剧中，少数婆罗门却受到极端的嘲弄和污蔑，被安排成剧中的丑角。在印度古典剧中，语言是有阶级性的。梵文只允许国王、帝师（当然都是婆罗门）和其他高级男士们说，妇女等低级人物只能说俗语。可是，每个剧中都必不可缺少的丑角也竟是婆罗门，他们插科打诨，出尽洋相，他们只准说俗语，不许说梵文。在其他方面也有很多嘲笑婆罗门的地方。这有点像中国古代嘲笑"腐儒"的做法。《儒林外史》中就不缺少嘲笑"腐儒"——也就是落魄的知识分子——的地方。鲁迅笔下的孔乙己也是这种人物。为什么中印同出现这个现象呢？这实在是一个有趣的研究课题。

我在上面写了我对中国历史上知识分子的看法。本文的主要目的就是写历史，连鉴往知今一类的想法我都没有。倘若有人要问："现在怎样呢？"因为现在还没有变成历史，不在我写作范围之内，所以我不答复；如果有人研究去推论，那是他们的事，与我无干。

最后我还想再郑重强调一下：中国知识分子有源远流长的爱国主义传统，是世界上哪一个国家也不能望其项背的。尽管眼下似乎有一点背离这个传统的倾向，例证就是苦心孤诣千方百计地想出国，有的甚至归化为"老外"，永留不归。我自己对这个问题的看法是：这只能是暂时的现象，久则必变。就连留在外国的人，甚至归化了的人，他们依然是"身在曹营心在汉"，依然要寻根，依然爱自己的祖国。何况出去又回来的人渐渐多了起来呢？我们对这种人千万不要"另眼相看"，当然也大可不必"刮目相看"。只要我们国家的事情办好了，情况会大大地改变的。至于没有出国也不想出国的知识分子占绝对的多数。如果说他们对眼前的一切都很满意，那不是真话。但是爱国主义在他们心灵深处已经生了根，什么力量也拔不掉。甚至泰山崩于前，迅雷震于顶，他们会依然热爱我们这伟大的祖国。这一点我完全可以保证。只举一个众所周知的例子，就足够了。如果不爱自己的祖国，巴老为什么以老迈龙钟之身，呕心沥血来写《随想录》呢？对广大的中国老、中、青知识分子来说，我想借用一句曾一度流行的，我似非懂又似懂的话：爱国没商量。

我生平优点不多，但自谓爱国不敢后人，即使把我烧成了灰，第一粒灰也还是爱国的。可是我对于当知识分子这个行当却真有点谈虎色变。我从来不相信什么轮回转生。现在，如果让我信一回的话，我就恭肃虔诚祷祝造化小儿，下一辈子无论如何也别再播弄我，千万别再把我播弄成知识分子。

1995 年 7 月 18 日

我对未来教育的几点希望

　　教育为立国之本，这是中国两千多年来的历代王朝都执行的根本大法。在封建社会，帝王的所作所为，无一不是为了巩固统治，教育亦然。然而，动机与效果往往不能完全统一。不管他们的动机如何，效果却是为我们国家培养了一批批人才，使我国优秀文化传承几千年而未中断。

　　今天，时移世迁，已经换了人间。教育为立国之本的思想，深入人心。我们政府提出了科教兴国的方针，受到了全国人民的热烈拥护。把教育的重要性提高到兴国的高度，可以说前承千年传统，后开万世太平。特别是在今天知识经济正在勃然兴起的大时代中，教育更有其独特的意义。知识经济以智力开发、知识创新为第一要素，不大力振兴教育，焉能达到这个宏伟的目标？但是，我要讲一句实话，我们的振兴教育，谈论多于行动。别的例子先不举，只举一个教育经费在国民总收入中所占的百分比之低，就很清楚了。我们教育所占的百分比，不但低于发达国家，在发展中国家中也是比较低的。这让很多人难以理解。我们国家正在努力建设，用钱的地方很多，这一点谁都理解，没有人想苛求；但是，既然把教育的重要性提高到那样的高度，教育经费却又不提高，报纸上再三辩解，实难令人信服。现在，据我了解所及，全国各类学校经费来源十分庞杂，贫富不均的程度颇为严重。大学的党委书记和校长，主要任务是"找钱"。连系主任的主要任务也是"创收"。如果创收不力或不利，奖金发不出去，全系教员就很难团结好。学校的根本任务是教学和科研，是出人才，出成果。现在却舍本而逐末，这样办教育，欲求兴国，盖亦难矣。因此，我对未来教育的第一个希望就是切切实实地增加教育经费。

我的第二个希望是重视大、中、小学生的人文素质教育和伦理道德教育。现在我们中华民族的一般道德水平，实不能尽如人意。年轻的学生在这个大气候下，思想水平也不够高。他们对世界，对人生的看法，在像我这样的思想保守的老顽固眼中，有时实在难以理解。现在，全世界正处在一个巨大转变中，每个人都会受到影响的，特别是青年人，他们敏感易变，受的影响更大。日本据说有一个新名词"新人类"，可见青老代沟之深。中国也差不多。我在中外大学里待了一辈子；可是对眼前中国大学生的思想、情感，等等，却越来越感到陌生。他们的一些想法和做法，有时候让我目瞪口呆。在我眼中，有些青年人也仿佛成了"新人类"了。

救之之法，除了教育以外，实在也难想出别的花招。根据我的了解，现在大学里的思想教育课，很难说是成功的。一上政治课，师生两苦，教员讲起来乏味，学生听起来无味。长此以往，不知伊于胡底！

我个人认为，抓学生思想教育，应该从小学抓起。回想我当年上小学时，有两门课很感兴趣，一门叫作"公民"或者"修身"，一门叫作"乡土"。后一门专讲本地的山川、人物、风土、人情。近在眼前，学生听起来有趣又愿听。讲爱国从爱乡开始，是一个好办法。

至于公民这一门课，则讲的都是极简单的处世做人的道理，比如热爱祖国，孝顺父母，尊敬老师，和睦同学；讲真话，不说谎话；干好事，不做坏事；讲公德，不能自私；帮助别人，不坑害别人；要谦虚，不能骄傲，等等，等等，都是些平常的伦理规范。听说现在教小学生也先讲唯心与唯物，存在与意识，物质与精神，小学生莫名其妙，只能硬背。这能收到什么效果呢？显而易见，什么好效果也是收不到的。到了中学和大学，依然是这一套，结果就是我在上面说到的"师生两难"。现在全国都在谈要重视学生的素质教育，足见这个问题已经引起了广泛的注意。这无疑是一个好现象。但是，我总觉得，空谈无补于实际，当务之急是采取适当的行动，才能走出目前的困境。

我对未来教育的希望，当然不止这两点。但限于目前的时间，我只能先提出这两点来，供有关人士，特别是政府主管教育的部门参考，一得之愚，也许还有可取之处吧。

1999 年 2 月 21 日

从哲学的高度来看中餐与西餐

中餐与西餐是世界两大菜系。从表面上来看，完全不同。实际上，前者之所以异于后者几希。前者是把肉、鱼、鸡、鸭等与蔬菜合烹，而后者则泾渭分明地分开而已。大多数西方人都认为中国菜好吃，那么你为什么就不能把肉菜合烹呢？这连一举手一投足之劳都用不着。可他们就是不这样干。文化交流，盖亦难矣。

然而，这中间还有更深一层的理由。

到了今天，烹制西餐，在西方已经机械化、数学化。连煮一个鸡蛋，都要手握钟表，计算几分几秒。做菜，则必须按照食谱，用水若干，盐几克，油几克，其他作料几克，仍然是按钟点计算，一丝不苟。这同西方的基本的思维模式，分析的思维模式是紧密相连的。我所说的"哲学的高度"，指的就是这种现象。

而在中国，情况则完全不同。中国菜系繁多，据说有八大菜系或者更多的菜系。每个系的基本规律完全相同，这就是我在上面所说的：蔬菜与肉、鱼、鸡、鸭等等合烹，但是烹出来的结果则不尽相同。鲁菜以咸胜，川菜以辣胜，粤菜以生猛胜，苏沪菜以甜淡胜，如此等等，不一而足。我于此道并非内行里手，说不出多少名堂。至于烹调方式，则更是名目繁多，什么炒、煎、炸、蒸、煮、汆、烩，等等，还有更细微幽深的，可惜我的知识和智慧有限，就只能说这样多了。我从来没见哪一个掌勺儿的大师傅手持钟表，眼观食谱，按照多少克添油加醋。他面前只摆着一些油、盐、酱、醋、味精等作料。只见他这个碗里舀一点，那个碟里舀一点，然后用铲子在锅里翻炒，运斤成风，迅速熟练，最后在一团瞬间的火焰中，一盘佳肴就完成了。据说多炒一铲则太老，少炒一铲则太嫩，运用之妙，存乎一心，谁也说不出一个道道来。老外观之，目瞪口呆，莫名其妙。其中也有哲学。这是东方基本思维模式，综合的思维模式在起作用。有"科学"头脑的人，也许认为这有点模糊。然而，妙就妙在模糊，最新的科学告诉我们，模糊无所不在。

听说，若干年前，一位著名的美籍华人学者的夫人，把《随园食谱》译成了英文，也按照西方办法，把《食谱》机械化、数字化了，也加上了几克，等等。有好事者遵照食谱，烹制佳肴。然而结果呢？炒出来的菜实在难以下咽，谁都不想吃。追究原因，有可能是袁子才英雄欺人，在《食谱》中故弄玄虚；我认为，最大的可能是，这位夫人去国日久，忘记了中国哲学的精粹，上了西方思维模式的当，上了西方哲学的当。

1999 年

谈孝

孝，这个概念和行为，在世界上许多国家中都是有的，而在中国独为突出。中国社会，几千年以来就是一个宗法伦理色彩非常浓的社会，为世界上任何国家所不及。

中国人民一向视孝为最高美德。嘴里常说的、书上常讲的"三纲五常"，又是什么"三纲六纪"，哪里也不缺少"父子"这一纲。具体地应该说"父慈子孝"是一个对等的关系。后来不知道是怎么一来，只强调"子孝"，而淡化了"父慈"，甚至变成了"天下无不是的父母"。古书上说："身体发肤，受之父母。"一个人的身体是父母给的，父母如果愿意收回去，也是可以允许的了。

历代有不少皇帝昭告人民："以孝治天下"，自己还装模作样，尽量露出一副孝子的形象。尽管中国历史上也并不缺少为了争夺王位导致儿子弑父的记载。野史中这类记载就更多。但那是天子的事，老百姓则是绝对不能允许的。如果发生儿女杀父母的事，皇帝必赫然震怒，处儿女以极刑中的极刑：万剐凌迟。在中国流传时间极长而又极广的所谓"教孝"中，就有一些提倡愚孝的故事，比如王祥卧冰、割股疗疾等等都是迷信色彩极浓的故事，产生了不良的影响。

但是中华民族毕竟是一个极富于理性的民族。就在已经被视为经典的《孝经·谏净章》中，我们可以读到下列的话：

> 昔者天子有诤臣七人，虽无道，不失其天下；诸侯有诤臣五人，虽无道，不失其国；大夫有诤臣三人，虽无道，不失其家；士有诤友，则身不离于令名；父有诤子，则身不陷于不义。故当不义，则子不可以不诤于父，臣不可以不诤于君；故当不义，则诤之，从父之令，又焉得为孝乎？

这话说得多么好呀，多么合情合理呀！这与"天下无不是的父母"这一句话形成了鲜明的对立。后者只能归入愚孝一类，是不足取的。

到了今天，我们应该怎样对待孝呢？我们还要不要提倡孝道呢？据我个人的观察，在时代变革的大潮中，孝的概念确实已经淡化了。不赡养老父老母，甚至虐待他们的事情，时有所闻。我认为，这是不应该的，是影响社会安定团结的消极因素。我们当然不能再提倡愚孝；但是，小时候父母抚养子女，没有这种抚养，儿女是活不下来的；父母年老了，子女来赡养，就不说是报恩吧，也是合乎人情的。如果多数子女不这样做，我们的国家和社会能负担起这个任务来吗？这对我们迫切要求的安定团结是极为不利的。这一点简单的道理，希望当今为子女者三思。

1999 年 5 月 14 日

希望 21 世纪家庭更美好

家庭是组成社会的细胞，集无数细胞而成社会。家庭安则社会安；家庭不安，则社会必然动荡。这个道理明白易懂。

人类不是一开始就有家庭的，人类社会进步到某一个阶段而家庭出现。在中国几千年的历史上，崇尚大家庭成风。四世同堂为一般人所艳羡。这通常指的是直系亲属。不是直系亲属而属于同一曾祖，或甚至祖父的叔伯兄弟，也往往集聚一个大家庭中。读一读《红楼梦》，这情况立即具体生动地展现在眼前。宁荣二府，以贾母为首的正头主子不过几十人，然而却楼台殿阁，千门万户，男仆如云，使女如雨，天天过着花天酒地的日子，享尽了人间荣华富贵。表面上看起来，繁荣兴盛，轰轰烈烈。然而，在内部却是钩心斗角，笑里藏刀，互相蒙骗，互相倾轧，除了宝玉一人外，大概没有人过得真正称心如意的。

《红楼梦》时代渺矣，遥矣。就在解放前，我还在济南见到一些聚族而居的大家庭。规模虽然不能像贾府那样大，但是，几个院子，几十口人，几十间房子总是有的。聚居的人，不是大爷，就是二婶，然而境遇却绝对不同。有的摆小摊，有的当县长，有的无所事事，天天鬼混。他们之间，恩恩怨怨，搅成一团。所谓"清官难断家务事"者，即此是也。

新中国成立以来，由于社会的变化，这样的大家庭几乎全已失踪。家庭越变越小。儿女结婚后与父母同住者，也已少见。最典型的家庭是一夫一妻，再加上一个小孩。由于双职工多，生了小孩，没人照管，于是就请来男的母亲或女的母亲，住在一起，照管小孩，这样就产生了一个新名词儿："社会主义老太太"。

依我的推断，到了 21 世纪，这样的家庭还会继续下去。我不希望看到目前间或有的不办结婚登记手续而任意同居的家庭，这样的家庭是由"露水夫妻"组合成的，说聚就聚，说散就散，这不利于社会的安定团结。像美国那样的同性恋的"家庭"，中国目前似乎还没有，我在将来也不希望看到。这样的超时髦的玩意儿，还是没有的好。

一个人不可能没有一点缺点，也不可能不犯一点错误。只要到不了触犯刑律的程度，夫妻间就应该互相理解，互相原谅。相互理解是夫妻间最重要的行为。在热恋阶段往往看不到对方的缺点，俗话说："情人眼中出西施。"一旦结婚，往往就会应了我们常说的两句话："凡所难求皆绝好，及能如愿便平常。"西人说："结婚是爱情的坟墓。"我希望，中国不要让这一句话兑现。我希望，结婚以后，爱情的温度会以另外一种形式与日俱增，而不是渐趋冰冷。

我在很多地方被别人认为是保守派，我也以保守派自居，并不是一切时髦的东西都是好的。在婚姻和家庭问题上，我也宁愿保守。我还是宣传我那一套：家庭中必须有忍让精神，夫妇相互包涵，相互容忍，天天为了一点芝麻绿豆大的小事而吵架，我不认为是好现象。

一夫一妻一个孩子的家庭，是历史演变的结果，是当前以及以后相当长的时间内形势的需要。我现在还想不出将来的家庭形式会变成什么样子，21 世纪也不会改变。我不希望，中国的社会有朝一日会改变复古，复古到没有家庭的社会，男女杂交，只知有母而不知有父。我希望，21 世纪中国的家庭会在保留这种形式的基础上，多增加一些温馨，多增加一些理解，多增加一些和谐，多增加一些幸福。

1999 年 11 月 3 日

爱国与奉献

最近清华大学和北京同方文化发展有限公司共同推出了大型电视专题片《我愿以身许国》暨《科学家的故事》。我参加了首映式。前者讲的是"两弹一星"二十三位科学家的故事，后者讲的是中国其他将近一百位科学家的故事，二者实相联系，合成一体。我看了后大为兴奋，大为震动，大为欣悦，大为感激，简直想手舞足蹈了。我们要感谢以顾秉林校长为首的清华大学的校领导，感谢同方文化发展有限公司的徐林旗总经理。没有他们的努力，这两部电视片是完成不了的。我欢呼这部优秀的电视专题片的诞生。我相信，将来当这部电视片在全国放映的时候，会有成千上万的观众参加到我们欢呼的行列里来的。

这两部片子的意义何在呢？

我归纳为两点：爱国与奉献。以爱国主义的情操来推动奉献精神；以奉献的实际行动来表达爱国主义的情操。二者紧密相连，否则爱国主义只是一句空话，而奉献则成为无源之水、无本之木。

爱国主义是中华民族的优秀传统，历数千年而未衰。原因是中国历代都有外敌窥伺，屠我人民，占吾土地，从而激起了我们民族的爱国义愤，奋起抵抗，前赴后继，保存了我们国家的领土完整，维护了我们人民的生命安全，一直到了今天。

　　到了今天，我们国家虽然仍然处于发展中国家行列中，但是早已换了人间，我们在众多方面取得了令人瞩目的成绩，在全世界普遍的经济不景气的气氛中，我们却一枝独秀。我们国家在世界民族之林中的地位日益崇高。没有我国的参加，世界上任何重大问题都是解决不了的。在这样的情况下，还有必要大声疾呼地提倡爱国主义吗？

　　我的意见是：有必要，而且比以前更迫切。我们目前的处境是，从一个弱国逐渐变为一个强国。我们是一个有十三亿人口的大国。这种转变会引起周边一些国家的不安。虽然我们国家的历届领导人都昭告天下：我们绝不会侵略别的国家，但是我们也绝不会听任别的国家侵略我们。这样的话，他们是听不进去的。特别是那一个狂舞大棒，以世界警察自居，肆意干涉别国内政的大国，更是视我为眼中钉。在这样的情况下，我认为，我们《国歌》中的一句话——"中华民族到了最危险的时候"，还有其现实的意义。

　　因此，我们眼前发扬爱国主义精神，不但不能削弱，而且更应加强。我们还要把爱国与奉献紧密结合起来。如果没有"两弹一星"的元勋们的无私奉献精神和行动，如果我们今天仍然没有"两弹一星"，我们的日子怎样过呀！那一个大国能像现在这样比较克制吗？说不定踏上我国土地的不仅是20世纪三四十年代打着膏药旗的侵略者，还会有打着另外一种旗帜的侵略者。

　　想到这里，我们不能不缅怀二十三位"两弹一星"的元勋们以及他们的助手们的丰功伟绩。他们长期从家中"失踪"，隐姓埋名，躲到沙漠深处，战严寒，斗酷暑，忍受风沙的袭击，奋发图强，终于制造出来了"两弹一星"，成了中国人民的新的万里长城。他们把爱国与奉献紧密地结合起来。他们是我们学习的楷模。我是不是过分夸大了"两弹一星"的作用呢？绝不是。以那个大国为首的力图阻碍我们前进的国家，都是唯武器论者。他们怕的只是你手中的真家伙。希望我们全国人民认真学习"两弹一星"的元勋们，也把爱国与奉献紧密结合起来。我们将成为世界大国是历史的必然，是谁也阻挡不住的。

2002 年 5 月 2 日

再谈爱国主义

爱国主义这样一个题目，不知道有多少人写了文章，做过发言。我自己在过去的一些文章中也曾谈到过这个题目。如果说我对这个题目有什么贡献的话，那就是，我曾指出来，不要一看爱国主义就认为是好东西。爱国主义有两种：一种是正义的爱国主义，一种是邪恶的爱国主义。日寇侵华时中日两国都高呼爱国，其根本区别就在于一个是正义的，一个是邪恶的。如果有人已经做过这样的论断，那就怪我老朽昏庸，孤陋寡闻，务请普天下大方家原谅则个。

我既不是哲学家，也不是思想家，但好胡思乱想。俗话说：愚者千虑，必有一得。我希望，这一句话能在我身上兑现。简短直说，我想从国籍这个角度上来探讨爱国主义。按现在的国际惯例，每个人都必须有一个国籍。听说有人有双国籍，情况不明，这里不谈。国际法大概允许无国籍。"二战"期间，我滞留德国。中国南京汪伪政府派去了大使。我是绝对不能与汉奸沾边的，我同张维到德国警察局去宣布自己无国籍。

爱国的"国"字，如果孤立起来看，是一个模糊名词。哪里的国？谁的国？都不清楚。但是，一旦同国籍联系在一起，就十分清楚了。国就是这个国籍的国。再讲爱国的话，指的就是爱你这个国籍的国。

如果一个国家热爱和平，绝不想侵略、剥削、压迫、屠杀别的国家，愿意同别的国家和平共处。这样的国家是值得爱的，非爱不行的。这样的爱国主义就是我上面所说的正义的爱国主义。反之，如果一个国家，特别是它的领导人，专心致志地侵略别的国家，征服别的国家，最终统一全球，天上天下，唯我独尊。这样的国家是绝对不能爱的，爱它就成了统治者的帮凶。爱国主义与国际主义是相通的，是互有联系的。保卫世界和平是两者共同的愿望。

要举具体的例子嘛，就在眼前。"二战"期间，西方一个德国，领袖是希特勒。东方一个日本，头子是东条英机。两国在屠杀别国人民的时候，都狂呼爱国主义。这当然就是我上面所说的邪恶的爱国主义。两个国家，两个头子的下场是众所周知的。

这种情况已经是俱往矣。然而到了今天，居然还有一个大国，亦步亦趋地步希特勒、东条英机的后尘，手舞大棒，飞扬跋扈，驻军遍世界，航空母舰游弋于几大洋。明明知道，别的国家是不可能从外面进攻它的，却偏搞什么导弹防御系统。任何国家屁大的事，它都要过问。不经过它的批准，就是非圣无法。联合国它根本看不起，它就是天下的主人。

有这个国家国籍的人们的爱国主义怎样表现？这个国家，特别是它的领导人值不值得爱？这是有这个国家国籍的人们要慎重考虑的问题。我一个局外人不敢越俎代庖。

2002 年 12 月 27 日

致第二届世界佛教论坛的贺词

和谐世界，众缘和合，

人间和美，天下大同。

祝贺第二届世界佛教论坛隆重开幕，祝大会圆满吉祥。

季羡林

2009 年 3 月 22 日

慈善是道德的积累

我是搞语言的，要我来讲道德，讲慈善，实在是有些惶恐。

什么是道德？这是一个大问题，可以写一本书。简单说来，道德是一种社会意识，是一种不依靠外力的特殊的行为规范。道德以善与恶、美与丑、真与伪等概念调整人与人、人与社会之间的关系。我国正处在一个大发展、大变革时期，稳定是第一位的，一定要处理好人与人、人与社会之间的关系。除了法律、行政手段的进一步强化和完善以外，道德是社会稳定发展必不可少的行为规范和调节手段。

在中国的传统道德中，伦理道德有很重要的位置，伦理就是解决人与人之间关系的，儒家讲的"三纲六纪"就是规定了君臣父子夫妇兄弟朋友之间关系的准则。这里有糟粕的地方，因为人与人之间应该是平等的，不应该谁是谁的纲。儒家强调要处理好人的各方面社会关系，还有许多值得批判吸收的东西。比方对父母的关系，中国人讲孝，这个"孝"字在英文没有这样一个词，要用两个词才能表述这个意思。所以西方的老人晚年是十分凄凉的。中西的道德是有区别的。我举个例子，我在欧洲住的年头不少，我看小孩子打架，一个十六七岁，一个七八岁，结果小的被打倒了，哭一阵爬起来再打。要在中国就会有人讲了，大的怎么欺侮小的呢。他们那儿没人管，他们认为力量、拳头是第一位的，不管你大小，只要把别人打倒就是正当的。西方道德中也有对我们有用的。我国传统的伦理道德应批判继承，精华留下，糟粕去掉。对外国好的，也可以学习，不要排斥。

慈善是良好道德的发扬，又是道德积累的开端。孟子说："恻隐之心，仁之端也。"一个社会的良好的道德风尚，一个人良好的道德修养，不是从天上掉下来的，要宣传教育，要舆论引导，更要实践、参与。慈善是具有广泛群众性的道德实践。慈善可以是很高的层次，无私奉献，也可以有利己的目的，比如图个好名声，或者避税，或者领导号召不得不响应；为慈善付出的可以很大也可以很少，可以是金钱也可以是时间、精神，层次很多，幅度很大，不管在什么条件下，出于什么动机，只要他参与了，他就开始了他的道德积累。所以我主张慈善不要问动机。毛泽东同志讲动机与效果的辩证统一，我的理解，效果是决定因素。"四人帮"有个特点，就是抓活思想，抓活思想就是追究动机。过去有句古话："有心为善，虽善不赏，无心为恶，虽恶不罚。"这是典型的动机唯心主义。

第四编　一个预言的实现

中国青年与现代文明

当前中国青年正面对着一个新的世纪末，20世纪的世纪末。

所谓"世纪"和与之相联系的"世纪末"，完全是人为地造成的，与人类社会的发展没有任何必然的联系。但是，上一个世纪末，19世纪的世纪末，世界上，特别是文化中心的欧洲，却确实出现了一些特异的现象，在意识形态领域里更为显著，比如文学创作之类。

到了今天，一百年过去了，另一个世纪末又来到了我们跟前。世界形势怎样呢？有目共睹，世界上，特别是在欧洲，又出现了一些特异的，甚至令人震惊的事件。在政治方面，存在了七八十年的苏联突然解体了，东欧国家解体的解体，内讧的内讧，等等，等等。在经济方面，人们也碰到了困难。难道这还不足以引起人们的深思吗？

在寰球激荡中，我们中国相对说来是平静的。这正是励精图治，建设我们国家的大好时机。但是，有一些现象也不容忽视，我指的是社会风习方面。在这方面，并不是毫无问题的。有识之士早已怒然忧之，剀切认为，应当认真对待，不能掉以轻心。

在不良风气中，最使我吃惊的是崇洋媚外。这种极端恶劣的风气，几乎到处可见。我们中华泱泱大国过去的声威，现在不知哪里去了。我坚决反对盲目排外那种极端幼稚可笑的行动。从中华民族的历史上来看，我们的先民都是肯于、善于、敢于学习外国的好东西的，我们的民族文化之所以能够无远弗届历久不衰，其根源就在这里。到了今天，外国的好东西，特别是在科技方面的好东西，我们必须学习。不但现在学，而且将来也要学，这是毫无可疑的。然而眼前是什么情况呢？学习漫无边际，只要是外国东西，一律奉为至宝。给商品起名字，必须带点洋味，否则无人问津。中国美食甲天下，这一点"老外"都承认的，连孙中山先生都曾提到过。然而今天流行中国市面的却是肯德基、麦当劳、加州牛肉面、比萨饼。门市一开，购者盈万。从事涉外活动的某一些人，自视高人一等。在旧中国，"华人与狗，不许入内"，立这样的牌子的是外国侵略者。今天，在思想上，在行动上竖立这样牌子的却是某一些中国人自己。

哀莫大于心死，我们某一些人竟沦落到这样可笑又可怜的地步了吗？

上面这种情况，你可以说是在新旧文明交替时代不可避免的。这话有几分道理，完全避免是不可能的。但是，听之任之，视而不见，也不见得是正确的做法。我们必须敢于面对现实，不屈服于这个现实，不回避这个现实。我认为，在这里，关键是提高我们的认识，提高我们对祖国文化以及西方文化的认识。我们要得到一种完全实事求是的、不偏不倚的，深刻而不是肤浅的认识。

尽人皆知，祖国文化是光辉灿烂的文化，对人类做出了极大的贡献。要完全实事求是地认识祖国文化，必须从宏观上来看。"风物长宜放眼量"，不能鼠目寸光，不能只看眼前。我国汉唐时期，文化广被寰球。我最近看到了一则报道。如果我没有记错的话，根据最新考古发掘的成果来看，唐代的长安（今西安）面积比现在大二十倍。这简直是一个难以想象的数字。长安真是当年世界文化和经济的中心。万国商贾荟萃于此，交流商品，交流文化。八方风雨会长安，其繁荣情况至少可以与今天的纽约、巴黎、柏林、东京相媲美，何其盛哉！

据我自己的思考，中国在外国人眼中失去光辉是从1840年鸦片战争开始的。在欧洲，十七八世纪不必说了。那时候流行的是"东化"，而不是今天的"西化"。一直到19世纪二十年代，在1827年1月，欧洲最伟大的天才之一，德国最伟大的诗人，可以说是欧洲文化化身的歌德，在同爱克曼谈话时，还盛赞中国文化，盛赞中国伦理道德水平之高，认为远非欧洲所能比。仅仅在十三年之后，到了1840年的鸦片战争，英国侵略者用大炮轰开了中国的国门，把鸦片送了进来，中国这一只貌似庞然大物的纸老虎被戳破了。从此中国的声望在只知崇拜武力的欧洲人眼中一落千丈。

在这以前，中国的某一些人，特别是那几位皇帝老子，以及一些贵族大臣，愚昧无知，以为自己真是居天下之中，自己真是真龙天子和天上的星宿下凡，坐井观天，不知天高地厚，骄纵狂妄，可笑不自量。可是，一旦当头棒加，昏眩了一阵以后，清醒过来，就变成了另外的人。对洋人五体投地，让洋人的坚船利炮吓得浑身发抖。上行下效，老百姓中也颇有一些人变成了贾桂。

旧社会有这种情况，是完全可以理解的。1949 年新中国成立以后，中国人民真正站起来了。有相当长的一段时间，中国人自尊自爱，精神状态是正常的，健康的。中间几经变乱，特别是"十年浩劫"，把中国人的思想又搞乱了。到了今天，就发展成了我上面说的那种情况。岂不大可哀哉！

我们究竟怎样看待西方文明呢？首先我们对人类历史上文明或文化的发展，应有一个正确的看法。人类历史的发展告诉我们，任何时代，任何国家的文明都不是一成不变的。它们都有一个诞生、成长、繁荣、衰微、消逝的过程。这是一个客观规律，是不以人的主观意志为转移的。中国文明如此，西方文明也是如此。

在欧洲，自从文艺复兴以后，随着资本主义的萌芽和发展，文化也逐渐发展起来。不管是在科学技术领域里，还是在文学艺术领域里，西方人都获得了极其辉煌的空前的成就，他们把人类文化推到了一个崭新的阶段上。一直到今天，西方文化还占有垄断的地位。世界各国，包括我们国家在内，无不蒙受其影响。上而至于政治、经济、文学、艺术、哲学、教育，等等，下而至于衣食住行各个方面，没有一个地方没有西方文化的烙印。西方资本主义和以后的帝国主义，对全世界弱小民族的剥削和压迫，我们当然也不会忘记。那是另一本账，我认为，可以与西方文化分开来算。

这样的西方文化是不是就能万岁千秋永远繁荣下去呢？根据我上面谈到的人类文化的发展规律，那是绝不可能的。西方文化也会有一个盛极而衰的过程的。而且据我看，这个衰的过程已经露出了端倪。西方有识之士也已承认，自己的文化并非万能。自己的政治和经济问题，它也并不能解决。两次杀人盈野的大战都源于欧洲，就是一个具体的证明。有人主张，资本主义能够自我调节。这是事实，但是调节的作用是有限的，只能治标，不能治本。正如人们服食人参鹿茸，只能暂时生效，不能长生不老。

就连西方文化表现得最突出的自然科学方面，西方人，甚至一些东方人，认为那就是真理，可是有许多自然现象它仍然解决不了，比如中国的气功和特异功能，还有贵州傩文化的一些特异现象。把这些东西说得神乎其神，我并不相信。但是这些现象确实存在，却也无法否认。

摆在我们眼前的东西方文化的情况就是这样。人类文化的发展将何去何从呢？

我不搞意识形态的研究，探讨义理，非我所长。但是，近几年来，一些社会和自然现象逼着我思考一些问题。我觉得，一部人类文化史告诉我们，几千年来人类发展的文化不外两大体系，一个是东方文化，一个是西方文化。东方文化的基础是综合的思维模式，西方则是分析的思维模式。所谓"综合"，其核心是强调普遍联系，注重整体概念。用句通俗的话来说，就是"既见树木，又见森林"。拿治病来做个例子，头痛可以医脚。所谓"分析"，就是"只见树木，不见森林"，"头痛医头，脚痛医脚"。这只是一个极其概括的说法，百分之百纯粹的综合思维或分析思维是没有的。

此外，我还发现，在历史上，东西方文化的关系是"三十年河东，三十年河西"。以中国文化为基础的东方文化，曾在世界上占主导地位，资本主义兴起以后，西方文化逐渐取代了东方文化，垄断世界达数百年之久。现在似乎是渐渐成了强弩之末。济其穷者必然是而且也只有东方文化。

我的意思并不是让东方文化消灭西方文化，那是完全荒谬绝伦的。我只是想说，在西方文化的基础上，用综合的思维方式来纠正分析的思维方式的某一些偏颇之处，能够解决西方文化迄今无法解决的一些自然和社会问题，把人类文化推到一个更高的阶段。

这样一个艰巨的任务绝非一代人或几代人在一两百年内就能完成的。我认为，下一个世纪就会是一个转折点。

今天的青年是迈向一个新世纪的一代新人，这个任务的开端工作就落在他们肩上。

1992 年 7 月 8 日

东方文化和西方文化

据说全世界学者对文化下的定义超过五百多个。这就等于没有定义。根据我粗浅的理解，人类在精神和物质方面所创造的一切优秀的东西，就叫作"文化"。

文化的产生

笼统地说，对文化产生不外有两种看法，一是一元产生论；二是多元产生论。

一元产生论主张世界上只有一个民族产生文化，这就是nordic（北欧人）。其他民族都不产生文化，甚至是文化的破坏者。这是德国法西斯的"理论"，自然为我们所不取。

我是主张文化产生多元论的。世界上任何民族，不论大小，都能产生文化，都对人类总体文化有贡献。但是，各民族产生的文化，在质和量上，又各自不同，甚至有极大的悬殊，这是历史事实。不承认这一点，不是实事求是的态度，不是科学态度。

文化的交流

自从有人类那一天起，就有文化交流。一个人在获取食物方面有了一个新的方法，别人学习，这就是交流。这当然是最简单最原始的交流。在历史发展过程中，人类逐渐形成了氏族、部落，等等。氏族与部落也有文化交流。以后形成了民族，形成了国家。民族与国家之间也有文化交流。这是更大范围的、内容越来越丰富的文化交流。一直到今天，文化交流还在全世界各民族、各国家之间进行，以至形成了眼前的光辉灿烂的五光十色的人类文化。人类的生活越来越丰富，寿命越来越延长。

文化交流是促进人类社会前进的最主要的力量。

文化的体系

尽管文化是不同地区不同民族创造出来的，但是归根结底，这些文化却形成了或者结成了一些规模比较大的文化体系。根据我个人的看法，有史以来一直到今天人类共形成了四个文化体系，这些体系是：

一、中国文化体系（其中包含日本文化，后者有了某些改造与发展）；

二、印度文化体系；

三、古希伯来、埃及、巴比伦、亚述以至阿拉伯伊斯兰闪族文化体系；

四、古希腊、罗马以至近现代欧美的印度欧罗巴文化体系。

两大文化体系

以上四个文化体系，如果再归纳一下的话，可以分为两大文化体系：一个是东方文化体系，包括上面的一、二、三三个文化体系；第二个是西方文化体系，就是上面的第四个。

人类自古以来的文化，尽在此矣。

两大文化体系的同与异

两大文化体系相同的地方是，都为人类造福，都提高了人的本质，都提高了人类的生活和享受水平，都推动了人类社会的发展。

两大文化体系不同的地方，表现在很多方面。但是，我认为，最根本的不同却表现在思维模式方面，这是其他一切不同之点的基础和来源。一言以蔽之，东方文化体系的思维模式是综合的（comprehensive），而西方则是分析的（analytical）。正如人类只能有东西两大文化体系，人类也只能有两个思维模式，不能有第三个。这种二分法，好像是大自然以及人类思维的一个基本原则。中国《易经》讲乾坤，也就是阴阳。自然界有日月、昼夜。宗教哲学伦理有光明与黑暗，善与恶，等等。

所谓"综合思维"，其特点可以归结为两句话：整体概念与普遍联系。用一句通俗的话来说，就是"既见树木，又见森林"。用医学来打个比喻：头痛可以医脚，反之亦然。

所谓"分析思维"，其特点就是抓住物质，一个劲儿地分析下去，一直分析到基本粒子。是不是还能再往下分呢？在这里，科学界和哲学界意见都有分歧，一派主张物质无限可分，一派主张有限。这种分析的思维模式，用一句通俗的话来说，就是"只见树木，不见森林"。再用医学来做比喻，就是头痛医头，脚痛医脚。

中国古代天人合一的思想，是东方思维模式的最有典型意义的代表。印度古代哲学宗教的"你就是它"——指宇宙，也表现了同一思想。印度佛教的名相分析，看似分析，深究其实，则与西方的分析迥乎不同。

对东方文化的看法

现在主宰世界的是西方文化。这是事实，谁也无法否认。但这只能是一时的现象。西方人轻视东方文化，实出于民族偏见。东方人，特别是中国人，轻视东方文化，则是短见。如果看问题能上下数千年，纵横几万里，则能看到事实的真相。

三十年河西，三十年河东

从人类几千年的历史上来看，东西方文化的相互关系是"三十年河西，三十年河东"。中国在汉唐时期，长安（西安）实际上是世界经济文化的中心。这也是事实，谁也否认不掉的。自明末西学东渐开始，情况逐渐有了变化。1840年的鸦片战争是一个转折点。日本认真学习西方文化！自1868年明治维新开始，时间早于中国，成绩大于中国，直到今天，科技浸浸乎将居世界首位矣。

河西河东行将易位

西方人挟其科技优势，自命为"天之骄子"。然而，据我的看法，人类历史上从来没有哪一个文化能延长万岁千秋，从下一个世纪开始，河东将取代河西，东方文化将逐渐主宰世界。西方人自认为他们那种以分析思维模式为基础的科学和哲学是绝对真理，然而自然界和人类社会中许多现象和问题，他们并不能解决。这一点西方许多有识之士已经敏锐地感觉到了，比如德国的施本格勒①（Spengler）、英国的汤因比（Toynbee），等等。西方最近几年兴起的一些新兴学科，比如模糊学、混沌学，等等，也表现了同一个朕兆。我认为，这些新兴学科，尽管内容不尽相同，甚至完全不同，却表现了某一些共同的思维特点，这些特点不同于西方传统的典型的分析的思维模式，而是表现出近似东方的综合的思维模式，比如主张普遍联系，有了一些整体概念。

人类文化发展的前途

我说，自21世纪起，东方文化将逐渐取代西方文化，我的意思并不是说完全铲除或者消灭西方文化，那是根本不可能的，也是违反人类社会发展规律的。正确的做法是继承西方文化在几百年内所取得的一切光辉灿烂的业绩，以东方文化的综合思维济西方文化分析思维之穷，把全人类文化提高到发展到一个更高更新的阶段。

人类文化总会不断地前进的，在任何时候也不会停步不前的，这就是人类社会发展的规律。

1992 年 8 月 4 日

---

① 施本格勒：今译"斯宾格勒"。

在跨越世纪以前

　　我们正处在一个新的世纪末，20世纪的世纪末。再过七年就要跨越到21世纪了。所谓"世纪末"，完全是人为地制造出来的。如果没有耶稣，哪里来的世纪？如果没有世纪，又哪里来的"世纪末"？可是一旦有了"世纪末"，这个"末"字似乎真具有了一点神力。上一个世纪的世纪末，西方文学艺术界和思想界确实出现了些异乎寻常的现象，带有一点末世颓废的色彩。这可能是偶然的巧合，且不去说它。

　　可是，我们现在这个世纪末怎样呢？当前世界上也确实出现了不少异乎寻常的现象，首先表现在政治上。一个超级大国一夜之间解了体，这是有目共睹的。

　　在我们国家和我们个人身上，情况并不怎么明显。我们国家确实没有像西方国家那样，在一个世纪内打了两次规模空前的大战，杀人盈野，血流成河。可是我们也有自己的一本难念的经。难道我们不应当在跨越世纪以前认真地反思吗？

拿我们国家来说，在过去一个世纪内，我们经过了大清帝国、中华民国、洪宪帝国、军阀混战、国民党统治、日本军国主义者占领，风风雨雨，坎坎坷坷，波谲云诡，蹭蹬多磨，一直到1949年，中华人民共和国建立了，才算是找到了一条路。找到的这一条路，可惜也并不平坦，仍然是风风雨雨，坎坎坷坷。特别是"十年浩劫"，把我国固有的优秀文化破坏得千疮百孔，连经济也被破坏到崩溃的边缘上。其恶劣影响，至今犹在。今后怎样呢？我们希望，我们要走的路会平坦一些。

　　至于我们个人，特别是知识分子，特别是几乎与世纪同龄的老知识分子，我们走过来的是一条艰难困苦的道路。1949年以前不必说了。解放以后，我们度过了一段极为兴奋极为欢欣鼓舞的时光。可是不久，我们就发现：我们的道路也并不平坦。风风雨雨，坎坎坷坷，走了四十多年，一直走到现在。幸亏中国知识分子有几千年的热爱祖国的传统，为其他国家所未有，我们平平静静，怨尤不多，在内心深处盼望我们国家富强起来。

　　谈到我个人，除了同其他老知识分子一样，有一些共同的期望和憧憬以外，还有我自己的一套想法。我不是搞哲学的，对东西方的哲学和文化问题，即使不完全是门外汉，最多也只能说是一知半解。可是，近几年来，不知怎么一下子心血来潮，忽然考虑起东西方文化来。因为毕竟不是内行里手，所以考虑是逐渐展开的。最初只不过是一点一闪念，用一句诗的语言来说，可以称之为"灵感的火花"吧。

　　我这"火花"是什么样子呢？我最初觉得，东西方文化有共同点，也有不同之处。而所有的文化都不能是永存不朽的，都有一个诞生、成功、繁荣、衰竭、消逝的过程。人类在历史上所创造的文化，数目颇多。但是，归纳起来，不外东方文化和西方文化两大体系。前者的思维模式或思维基础是综合的，后者是分析的。用一句简单明了的话来说，前者是"合二而一"，后者是"一分为二"。前者的特点是"整体概念"和"普遍联系"；后者是"头痛医头，脚痛医脚"。倘若仔细观察，这个特点表现在各个方面。从人类历史的发展来看，两者的关系是"三十年河东，三十年河西"。这两句话有人不赞成。然而，我却认为，这不是个理论，而是历史事实。理论可以反对，而历史事实则只能承认。

西方文化，在繁荣昌盛了几百年之后，把人类社会生产力提高到了空前的水平，促使人类社会进步也达到了空前的速度，光辉灿烂，远迈前古。世界各国人民无不蒙受其利。这一点无论如何也是必须承认的。

然而，今天的西方文化，同世界上所有的文化一样，也是绝不能永世长存的，它迟早也会消逝的。而且据西方少数有识之士的看法，到了今天，到了这个新的世纪末，已经逐渐呈现出强弩之末的样子，大有难以为继之势了。

这种情况表现在许多方面。特别是与西方文化有密切联系的威胁着人类生存前途的那些致命的弊端，更是引起了人们的强烈的警惕。仅举其荦荦大者，就有环境污染，生态平衡的破坏，臭氧层的破坏，大森林的砍伐，海洋的污染，动植物种不断灭绝，淡水资源的匮乏，酸雨的横行，新疾病的出现，等等，等等。这些弊端中的任何一种，如果任其发展下去，都能够使人类的生存受到威胁，何况多种齐头并进呢？

西方文化是怎样促使这些弊端产生的呢？我个人的看法是，它植根于西方的基本思维模式，它源于西方文化对大自然的态度。我觉得，自从有了人类以来，人类最重要的问题是：如何处理人与自然的关系。我们人类赖以生存的一切物质的东西都来自大自然。向大自然索取这些东西，是绝对需要的，不可避免的，但是索取的指导思想或哲学基础，东方文化与西方文化是迥乎不同的。西方以自然为敌人，高呼要"征服自然"。但是，大自然这东西是非常怪的，你要征服它，它就以牙还牙，对你加以惩罚。西方文化依靠其高度发达的科学技术，目空一切，认为自己是所向无敌的，自己是"天之骄子"，"征服"自然，征服了几百年，取得前无古人的辉煌成就，于是忘乎所以，不辨方向。而自然的惩罚也就在不知不觉中以雷霆万钧之力劈了下来，我在上面说的那些弊端，就是这种惩罚的最直接最具体的表现。

而东方文化呢，至少在哲学基础上走的是另外一条路。基于我们的哲学基础，我们对大自然采取了同西方迥异的态度。我们把自然当作朋友，不把它当作敌人，不去"征服"它，而是去了解它，然后再从它那里索取一切衣食住行所需要的物质资料。

何以为证呢？我的证据就是"天人合一"的思想。这是从先秦儒道墨等等各家共有的思想，一直延续了两千多年。我认为，宋朝的大儒张载是一个最典型的代表。他在著名的《西铭》里说："民吾同胞，物吾与也。"这话甚至受到他的反对派程朱的赞扬。

今天，在这一个新的"世纪末"里，西方文化产生的弊端，已如上述。要挽救人类，必须改西方之弦，更张东方之弦，大力倡导中国的"天人合一"的思想。我甚至敢毫不夸大地说：只有以中国文化为基础的东方文化能够救人类。到了下一个世纪，东方文化之光必将普照世界。这就是我的信念。

但是，我的意思绝不是想消灭西方文化。我们建设国家也必须利用西方的科学技术。这一点是坚决不能动摇的。我只是想说，在西方文化迄今已经达到的基础上，改变指导思想，要同大自然做朋友，在利用西方科技时，取其优点，去其弊端，使人类文化发展到一个更高的水平。

我还要强调一点："天人合一"思想，虽然源于中国，然而也并不是每个中国人都能了解其深远的意义，也不是每个人都遵守的。我们也干过不少违反这思想的蠢事，比如乱伐森林，破坏生态平衡，等等，而且我们也已受到了大自然的惩罚，洪水泛滥就是其中之一。总之，无论是在西方，还是在东方，这个"天人合一"的思想必须大力宣扬。在大多数人掌握了以后，行动才能出现。有了行动，人类前途就有保障了。这就是我在跨越世纪以前所想到的。

1993 年 4 月 12 日

大自然的报复

恩格斯在《自然辩证法》一书中说过一段话，意思是说：我们不要过分陶醉于我们对自然的胜利，因为每一次大自然都进行了报复。

这一段话说得何等好啊！何等准确，何等透彻！一直到今天，一百多年以后了，读起来还那样虎虎有生气。

从历史上来看，人类最初也属于大自然。一种什么动物（猿之类？）闹独立性，终于变成了人，公然与大自然分庭抗礼了。在中国思想史上，这称之为天人关系，"天"在这里代表的就是大自然。我在别的地方讲过：人一生有三大任务，正确处理天人关系，正确处理人与人的关系，也就是所谓"社会关系"，正确处理个人心中思想感情的矛盾问题。

人类要想生存，必须有衣食住行等方面的物质供应，这种供应只取之于大自然。这里就出现了一个对待大自然的态度问题。态度千差万别，但是综而观之，不出两途：一东一西。东方主张天人合一，人与大自然要成为朋友，不要成为敌人。宋代大儒张载说："民吾同胞，物吾与也。"充分体现了这种精神。西方一般倾向于"征服自然"。这是由东西两土文化体系的根本思维模式所决定的。

西方，特别是在产业革命以后，热衷于征服自然。征服的确有成绩，科学技术飞速发展，人民生活迅速改善。但是，大自然的报复也随之而来。例子俯拾皆是，比如物种灭绝、生态失衡、人口爆炸、地球变暖、淡水匮乏、新疾病产生、臭氧出洞，等等。这些弊端发展下去，将会影响人类发展的前途，这是十分明显的。前一阵子，世界上一些国家遭受"非典"（SARS）的袭击，不也应该看作是大自然的报复手段之一吗？

救之之方并不复杂，无非是改弦更张，改恶向善，同大自然交朋友，不再征服自然。

2003 年 6 月 24 日

论怪论

"怪论"这个名词，人所共知。其所以称之为"怪"者，一般人都不这样说，而你偏偏这样说，遂成异议可怪之论了。

我却要提倡怪论。

但我也并不永远提倡怪论。

历史的经验告诉我们，一个国家、一个民族，需要不需要怪论，是完全由当时历史环境所决定的。如果强敌压境，外寇入侵，这时只能全民一个声音说话，说的必是驱逐外寇，还我山河之类的话，任何别的声音都是不允许的，尤其是汉奸的声音更不能允许。

国家到了和平时期，政通人和，国泰民安，这时候倒是需要一些怪论。如果仍然禁止人们发出怪论，则所谓一个声音者往往是统治者制造出来的，是虚假的。"二战"期间德国和意大利的法西斯，是最好的证明。

从世界历史上来看，中国的春秋战国时代，怪论最多。有的甚至针锋相对，比如孟子讲性善，荀子讲性恶，是同一个大学派中的内部矛盾。就是这些异彩纷呈的怪论各自沿着自己的路数一代一代地发展下去，成为中华民族文化的渊源和基础。

与此时差不多的是西方的希腊古代文明。在这里也是怪论纷呈，发展下来，成为西方文明的渊源和基础。当时东西文明两大瑰宝，东西相对，交相辉映，共同照亮了人类文明发展的前途。这个现象怎样解释，多少年来，东西学者异说层出，各有独到的见解。我于此道只是略知一二。在这里就不谈了。

怪论有什么用处呢？

某一个怪论至少能够给你提供一个看问题的视角。任何问题都会是极其复杂的，必须从各个视角对它加以研究，加以分析，然后才能求得解决的办法。如果事前不加以足够的调查研究而突然做出决定，其后果实在令人担忧。我们眼前就有这种例子，我在这里不提它了。

现在，我们国家国势日隆，满怀信心向世界大国迈进。在好多年以前，我曾预言，21世纪将是中国的世纪。当时我们的国力并不强。我是根据近几百年来欧美依次显示自己的政治经济力量、科技发展的力量和文化教育的力量而得出的结论。现在轮到我们中国来显示力量了。我预言，五十年后，必有更多的事实证实我的看法，谓予不信，请拭目以待。

我希望，社会上能多出些怪论。

2003 年 6 月 25 日

一个预言的实现

在十几二十年前，我曾讲过一个预言：21 世纪将是中国的世纪。

我没有研究过新兴科学预言学，我也不会算卦占卜，我不是季铁嘴、季半仙，但也并非全无根据。我根据只是一点类似地缘政治学的世界历史地理常识。

我发现，在这个地球村中，每一个时代都有自己的政治经济文化中心，有的在东方，有的在西方，存在的时间长短不一，影响的程度也深浅不一。而这个中心不是一成不变的，而是有规律地变动着。拿最近几百年的世界史来看，就可以看出下面的规律：17、18 世纪，它是在欧洲大陆法、德等国，19 世纪在英国，20 世纪在美国，21 世纪按规律应该在中国。所以我说：21 世纪将是中国人民的世纪。这绝不是无知妄言，也不出于狭隘的爱国主义，而是规律使然。可在当时，颇有一些什么什么之士嗤之以鼻。我并不在乎，是嗤之以鼻，还是嗤之以屁股，那是他们的事，与我无干。

值得庆幸的事是，我在十几二十年前提出来的预言完全说对了。中华民族所固有的大气磅礴的创造力，被种种内在的和外在的力量堵塞了几百年；现在，一旦乘机迸发，有如翻江倒海，势不可当。例子多得不胜枚举。我只举一个看似虽小而意义实大的例子："中国制造"（Made in China）的商品现在流传全世界，包括美国在内，这在以前无论如何也是难以想象的。中国报刊以"中国和平崛起，世界拍案惊奇"等类的词句来表达这种感情。

中国人不喜欢"老王卖瓜，自卖自夸"。认为这是没有出息的事。我现在从外国请一位贵宾来，帮着夸上几句。英国前外交大臣杰弗里·豪曾说过几句话："过去二十五年，中国发生了巨大变化，它不仅确立了自己是国际社会一个稳定且负责任的成员的地位，它的政治制度及人民的聪明才智和能量已经产生了举世瞩目的经济成就，绝大多数人的生存条件和日常生活大大改善。"这一位英国绅士肯说几句真话，值得我们钦佩。我引用他的话来抹掉自己的自卖自夸之嫌。

2004 年 2 月 13 日

图书在版编目（CIP）数据

不完满才是人生 / 季羡林著；季诺编 .—北京：作家出版社，
2020.12（2022.11重印）

（季羡林人生六书）

ISBN 978-7-5212-0884-9

Ⅰ.①不… Ⅱ.①季… ②季… Ⅲ.①散文集－中国－当代
Ⅳ.① I267

中国版本图书馆 CIP 数据核字（2020）第 017974 号

不完满才是人生

作　　者：季羡林

编　　选：季　诺

责任编辑：省登宇　周李立

装帧设计：琥珀视觉

出版发行：作家出版社有限公司

社　　址：北京农展馆南里 10 号　　邮　　编：100125

电话传真：86-10-65067186（发行中心及邮购部）

　　　　　86-10-65004079（总编室）

E-mail:zuojia @ zuojia.net.cn

http://www.zuojiachubanshe.com

印　　刷：北京盛通印刷股份有限公司

成品尺寸：142×210

字　　数：240千

印　　张：9.5

印　　数：13001–16000

版　　次：2020 年 12 月第 1 版

印　　次：2022 年 11 月第 3 次印刷

ISBN 978-7-5212-0884-9

定　　价：39.00 元